明室
Lucida

照亮阅读的人

Newriting

张悦然 主编

严肃点！文学

北京联合出版公司
Beijing United Publishing Co.,Ltd.

卷首语

张悦然 / 文

近年来,严肃文学与类型文学的边界正在变得模糊,严肃文学越来越多地借鉴着类型文学的形式和元素。《使女的故事》《别让我走》《2666》《我的天才女友》,这些在文学界引起巨大反响,同时拥有广泛读者的小说,都在一定程度上引入了类型小说的方法,这些小说若脱离了类型小说的形式,所探讨的主题也就无法呈现。它们其实已经在某个程度上回答了一个问题,即对类型文学的借鉴,只是为了让小说变得更好看吗?如果不是,那么这种借鉴更深层的意义是什么?它们又给文学带来了怎样的改变?写作者能从中获得什么样的启示?带着这些问题上路,我们邀请的每个作者,都在沿途帮我们提供着路标,导引着方向。

所谓"类型"(genre),是一种"形式"(form),包含框架、边界和范式,就像古体诗,只不过这些格律并不完全体现在修辞上，而主要体现在内容和结构上。推理小说最后需要揭晓真相，犯罪小说得有凶案和侦探或者警察。我们看到，每个类型都有它需要履行的职责，也可以说是一纸与读者间的契约。契约能给读者带来一些安全感，让读者在安全的范围里体验危险，在预期里感受意外，这正是阅读类型小说的乐趣所在。但对严肃文学的作者来说，它很可能是必须被毁坏的东西，当他们使用类型文学的形式时，需要打破这一形式的某些规范，才能自由地实现自己的表达。他们很可能以冒充某种类型的信徒的方式，开始创作小说，但当小说结束时，他们已经是类型的叛徒。他们在类型里出出进进，把类型的衣服刺破，弄出很多窟窿，但又煞有介事地把它披在身上。我们可能很容易看到这些作家在"破坏"类型上所做的努力，却容易忽略他们在"遵循"类型里获得的裨益。"类型"的形式之中蕴藏着巨大的能量，那里有一些朗朗上口的旋律，你可以反抗它以获得推力，也可以以此为基础创作出美妙的和弦。

不过，在严肃小说中引入类型小说的方法是否是文学已经堕落的标志？小说这种文体经过一代又一代小说家的努力终于有了肃穆繁复的面貌，几乎能够处理所有人类社会最为深刻的问题，如今这种融合式小说的潮流是否象征着人类彻底进入了浅薄快速的时代？我想，这本书中的几篇长文和问卷，甚至几篇小说，即使没有提供答案，也展现了作家们对于这个问题的思考过程。小说本身亦是过程，我们希望它充满活力，也希望它潜入到思考的深处，也许在这种矛盾中我们就得到了一些东西。

目录

PART 1
主题讨论：文学的边界

003　钱德勒不写福尔摩斯："类型"与"主流"的关系简史
　　　黄昱宁

028　虎住你了：论唐娜·塔特的类型小说
　　　理查德·约瑟夫

041　快速回想一次小说这东西
　　　唐诺

086　历史小说的严肃性与通俗性——对话马伯庸

104　虚妄反倒是真相：论勒卡雷
　　　小白

119　类型漂移及其他——西语文学三人谈
　　　范晔　袁婧　许彤

143　问卷讨论：严肃和通俗的边界

PART 2
小说

201 **大手大脚**
徐皓峰

210 **歌队**
班宇

240 **淑女的选择**
双雪涛

PART 3
访谈

259 **在谦卑中完成精准的模糊——与刁亦男对谈电影和文学的某种类型**
刁亦男 双雪涛

PART 4
专栏

313　乌冬面馆的孩子
　　　吉井忍

PART 5
评论

327　洛威尔和他的当代性
　　　黄灿然

PART 1 主题讨论：
文学的边界

钱德勒不写福尔摩斯：
"类型"与"主流"的关系简史

黄昱宁/文

一

在《漫长的季节》里，正牌刑警马队长看出业余侦探王响有两把刷子，想让他给自己当个眼线。王响得意到略微忘形，拿出自己所有的侦探（文学）知识储备，用福尔摩斯和华生来比喻两人之间的关系，马队笑而不语。故事发展到后来，王响的儿子牵扯进案子，于是马队把王响拒之门外。然而，此处谁也不说要害，编剧轻快地照应了前面的文艺哏。王响问："说好的华生呢？"马队答："我更喜欢钱德勒。"

如此荡开的一笔，功能跟那首"打个响指吧"差不多，给整个剧渲染上一层略显异质却不算生硬的文学气息。对深有"城府"的观众而言，略感疑问的也许是，在1998年的东北小城刑警队长的观念里，雷蒙德·钱德勒真的有可能比福尔摩斯（柯南·道尔）更有趣甚至更"高级"？我随手搜了搜钱德勒的中译本，最早的版本似乎出现在1996年，封面大俗，文案粗糙而简陋。如果没有记错的话，钱德勒在文艺鄙视链里的位置大幅度提升，可能是迟至2000年之后的事情——尤其是在反复赞扬他的村上春树本人真正在国内走红之后。

当然，如此轻微的年代误植无伤大雅——毕竟，只要把时间轴稍稍往后挪一点，我们确实可以对"我更喜欢钱德勒"的含意心领神会。也许，真正有趣的题外话是，在文学的视野中，雷蒙德·钱德勒们与阿瑟·柯南·道尔们究竟构成了怎样复杂、暧昧、互相缠绕的关系，这种关系又经历了怎样的演变——毫无疑问，那也经历了一个"漫长的季节"。

首先还得就事论事——关于这个案例本身，还得多交代几句。在如今的文学史光谱里，柯南·道尔被定格，且仅被定格在类型小说范畴里，尽管他被公认为这个类型（侦探小说）的鼻祖和宗师。钱德勒则随着时间的推移越来越得到主流文学界的认可和推崇，一半（也许是一大半）跨进了那道严肃的门槛。需要指出的是，位于"类型小说"对岸的究竟是什么，这个问题似乎并没有特别严谨的答案。本文之所以用"主流文学"（mainstream）而非"严肃文学"或者"纯文学",主要是因为通常语境下对于后两者的定义过于狭窄和含混。当然,这里的"主流"大体上是学术评价体系的主流,跟大众文化语境中的"流行"或者"畅销"没有必然联系。

用柯南·道尔和他创造的福尔摩斯来给"类型小说"画像,确实具有无与伦比的典型性。那个连同烟斗、鸭舌猎鹿帽、因弗内斯无袖披肩一同被符号化了的侦探,凝聚着维多利亚时代最诱人的特质:冷峻,睿智,秩序井然,技术攻克万物,方法主宰一切,理性无坚不摧。站在如今的时空中,这些特质又被层层叠叠的怀旧情愫镀上一道金边。福尔摩斯没有失误,不需要妻子,仅凭客户袖口上蹭出的绒毛和夹鼻眼镜上的凹痕就能准确判定此人身份乃"高度近视的打字员"。他是从屡遭挫败的芸芸众生里脱颖而出的大智者,是从囚禁凡夫俗子的困境里神奇越狱的真英雄。

出色的类型小说善于简化生活,为读者创造深度沉浸的世界,拒绝出戏的受众有时甚至会反噬作者本人,对此柯南·道尔应该深有体会。福尔摩斯系列越是成功,柯南·道尔在"更严肃的"小说方面的尝试就越是被视而不见,以至于他一度痛下决心,在《最后一案》里硬是借"莫里亚蒂教授"之手,把福尔摩斯推下了悬崖。这件著名的文坛逸事最终以黑色幽默的方式结尾:读者们为大侦探戴上黑纱，群情激愤、义正辞严地逼迫道尔安排大侦探在《空屋历险记》中复活。虽然此后柯南·道尔再也没敢贸然行事，但厌"福"之心逐渐泛滥在他的言谈间，渗透他的在文字里。后来，柯南·道尔的儿子金斯利在第一次世界大战中殒命沙场，这个打击对本来颇为好战的柯南·道尔来说，不啻五雷轰顶，从根基上动摇了他的世界观。世界已然疯狂，他曾经深信不疑的科学和逻辑解释不了这种疯狂。晚年的柯南·道尔再也写不出一个字的"福尔摩斯"，而是一头扎进了唯灵论。他相信世界末日必将来临，开了一家专门出售灵异类书籍的书店，甚至言之凿凿、既喜且哀地记述了他与亡子魂魄相遇的过程。

这个让柯南·道尔失望的世界，到了雷蒙德·钱德勒的年代，变得更为复杂和暧昧。钱德勒笔下的私家侦探马洛，并没有多少解释世界的兴趣，甚至并不急着揭开谜底，也许因为"每次告别都意味着死去一点点"（《漫长的告别》）。大部分时间里，马洛与其说是在破案不如说是在延宕破案。他跟嫌疑犯一样浸泡在酒精里，伤感地跟女人上床，在街上望野眼，以调查的名义不紧不慢地聊天，冷冷地吐槽腐烂僵硬的警察系统。无论把钱德勒或者达希尔·哈米特，乃至后来的劳伦斯·布洛克打包归入"社会推理"还是"硬汉侦探"，好像都不足以说清楚他们那种疏离的、飘来荡去的属性。钱德勒自己的说法是，他不想"殚精竭虑于把一系列无关紧要的线索串联起来"，而是要把侦探从逻辑链上的一个环节重新变成活生生的人。这话若是被全盛时期的柯南·道尔听见，多半会不以为然，会认为那只是缺乏逻辑思维和科学精神的人难以"把线索串联起来"的借口而已。也许他还会反问，钱德勒不写福尔摩斯（那样的小说），究竟是不屑，还是不会呢？

好玩的是，在另一位类型小说大师斯蒂芬·金看来，尽管钱德勒"如今大概可以被认为是美国20世纪文学中的一位重要人物"，但早年给他贴上的类型标签却并没有那么容易撕下来。按照金的说法，钱德勒在有些批评家眼里只是一个"想混进文学圈的"雇佣文人，另一些批评家"试图冲破知识分子圈的这种动脉硬化，但通常只能取得有限的成就，即便勉强将钱德勒纳入大作家行列，也倾向于让他叨陪末座"。

鉴于斯蒂芬·金与主流文坛的既往恩怨，我们有理由相信他替钱德勒发的这通牢骚其实多半属于夫子自道。斯蒂芬·金跟好朋友谭恩美一起抱怨过在主流文学界受到的冷遇，虽然说的是气话，姿态还是肉眼可见的谦卑："从来没人问起过我们的语言。他们会问德里罗，问厄普代克，可决不会向流行作家提出这样的问题。可我们这些俗人也在意语言,虽说方式卑微,但我们仍然热切关注写故事的艺术和技巧。"对此,主流文坛的权威裁判哈罗德·布鲁姆显然并不买账。2003年,美国国家图书基金会把"美国文学杰出贡献奖"颁给斯蒂芬·金,这事儿让布老师大发雷霆。在他看来,这项本应致力于"减缓我们文化生活通俗化进程"的荣誉做了一个昏庸的决定,因为"我过去认为斯蒂芬·金是廉价惊险小说的作者,但也许那样说还是太客气了"。

二

事情还得从头捋起。

先做名词解释。追溯"类型"(genre)这个词的渊源,可以一路追到古希腊。尽管亚里士多德在《诗学》里的分类法——诗歌(颂歌、史诗)、散文和表演(戏剧)——如今看来已经没有多少实际意义,但这至少可以说明文学几乎从开辟鸿蒙起就有"分类"的内在动力。创作者需要借助相对固定的程式与标准发挥自身的能力——这是从古典时期就具有的倾向,再"纯"的文学都没法否认这一点。

比起诗歌、散文和戏剧来,小说的出现和发展要晚近得多。哪怕用最宽泛的标准来定义,这种文体的雏形也是迟至中世纪后期才初露端倪的。欧洲小说史之所以能拎出一条清晰的脉络，很重要的原因是每个阶段都有泥沙俱下的海量文本基础。沙子够多才有可能淘得出金子，而沙子们往往都是高度雷同的平庸之作——它们被时间湮没，却构成了金字塔底的基石。没有大量互相抄袭的骑士小说，以解构骑士小说为起点的《堂吉诃德》就成了无本之木；没有彼时铺天盖地的哥特小说和感伤小说，则无论是简·奥斯汀还是玛丽·雪莱，抑或勃朗特姐妹，都失去了从其中突围而出的基础和动力——从她们作品的种种细节里，我们仍然能触摸到那些匿名砂砾的质地。所以，如果对古典小说史有足够的了解，就应该知道，在"主流文学"与"类型小说"这两个词被发明之前，它们的关系并没有，也没有必要坚壁清野。

值得注意的是，"类型"是个古典词语，但"类型小说"（genre fiction）并不是。从诞生之日起，这个词的含义就被限定在通俗小说的范畴里。与象牙塔里孜孜不倦地按学术标准给各种文学流派命名截然不同，"类型小说"是一个主要由出版商出于细分市场的目的创造的概念。早在19世纪早期，图书出版对于个性的追求就受到另一种看法的挑战：在寄销制（意味着卖不掉的图书全都要原路返回，乐观预测销量的代价全由出版商承担）的巨大压力之下，出版商渐渐把希望寄托在某一类具有相同特质的作品上，它们可以被持续销售给一个庞大、多样且已经形成的公众群体。到了20世纪上半叶，更高效的印刷技术（轮转印刷机和装订用的合成胶）以及更广泛的分销网络终于让这种初萌于100多年前的观念落地生根。当全球读者都能在火车站里随手拿起一本廉价平装书时，类型小说的春天便悄然而至。

在新的平装小说的市场逻辑下，发现、培育以及服务读者（群）渐渐成了与发现作者同等重要，乃至更重要的事。由于价格下降和印量提升，衡量一本书是否成功，越来越取决于能否准确预测它将会抵达的读者。这样一来，不断复制那些已经被证实成功的品种，不让那些在书架上寻找福尔摩斯或者波洛的读者大失所望，成了最安全有效的办法。事实上，类型小说形成的第一轮规模效益，确实发生在推理/侦探小说领域。对那些20世纪20年代的文艺青年而言，那些摆在地摊上的通俗侦探杂志——《十美分侦探小说》或者《黑面具》——提供了快捷的入行路径。在这些杂志上连载通俗小说，相当于给出版商一张简陋的读者画像，吸引他们把第一笔启动资金注入新作家的创业账户。雷蒙德·钱德勒和达希尔·哈米特都是从《黑面具》起步的。在让侦探马洛和斯佩德张扬个性、悄悄从侦探的固定程式中逃逸之前，钱德勒和哈米特必须首先钻进那个程式，多少给读者一点点福尔摩斯式的幻觉，哪怕他们回过神来会疑心这是挂羊头卖狗肉。当然，主流文学界的保守派也不会轻易忘记他们的出身。用斯蒂芬·金的说法，"为《黑面具》写过稿"是钱德勒只能在"主流"里叨陪末座的重要原因。

金的抱怨不无夸张。不过，站在那些主流保守派的立场上，过度商业化带给小说创作的弊病也确实显而易见，这一点在20世纪60到80年代表现得尤为直观。当年紧接着侦探小说之后掀起的巨浪是浪漫小说，其历时之久、规模之大、工业化程度之夸张，成了主流文学界长期嘲讽的现象。玛格丽特·阿特伍德在她出版于70年代的小说《神谕女士》里，就安排笔下的女作家先在哥特式浪漫小说的风潮里吃了一拨红利，然后又坚决地弃之如敝屣，蜕变成一位女性主义诗人——女主人公从"类型"跳槽到"主流"的过程与其女权意识的觉醒同步发生。成功创造浪漫小说商业模式的现象级出版公司是加拿大的禾林公司（Harlequin）。他们在全盛时期出版的浪漫小说平均印量达到了50万册，退货率则不到25%。相对当时一般平装书1.2万册的平均印数、35%以上的退货率而言，禾林的战绩算得上是碾压了。

禾林似乎并没有给主流文学界输送过任何人才（显然

他们也志不在此),却实实在在地把类型小说的商品属性放大到了极致。他们按照情与性的尺度给浪漫小说精细分类,开设了好几个子系列,在每个子系列的编辑指南里,对于初吻大约出现在第几页这样的问题都立下了巨细靡遗的标准。典型的"禾林指南"自带喜感,洋溢着既天真又严肃却浑然不觉的气质:

"主人公之间的情欲应该侧重于描写激情,情感上的亢奋也宜因亲吻和爱抚而被挑起,而非性爱动作。当然,两人必须明显处于恋爱之中……在故事收尾之前,两人应当水到渠成地在适当的时间点明确无误地彼此以身相许。欢爱场景可以频繁出现,但不能太过泛滥,而且绝对不可以出现毫无缘由的欢爱。"

很难想象在禾林的爱情车间里忙着组装性感零件的作家们,究竟有什么样的真实想法,但从那时开始制定的一整套类型小说的工业化流程,直到今天还管用。打开2023年的《纽约时报》畅销书分类排行榜,占据前列的仍然是那些让读者们一看封面就开始进入沉浸式体验的名字:詹姆斯·帕特森,约翰·格里森姆,以及老而弥坚的斯蒂芬·金。循环复制对于创意写作的潜在威胁不言自明。成为一台深具服务意识的写作机器往往意味着被定型,自觉避开任何可能冒犯禁忌的雷区。然而,叙事游戏的升级,从来都不可能仅仅通过作者与读者之间的互相取悦来实现——互相刺激、冒犯甚至挑衅,是这个时代越来越稀缺的动力。从这个意义上讲,哈罗德·布鲁姆的激愤与忧虑是完全可以理解的。

但这只是硬币的一面。

在硬币的另一面,主流文学界的惰性同样存在,只不过由于机制不同,表现方式更隐蔽罢了。如果说,替类型小说的惰性托底的是强大的资本游戏和工业流水线,那么,为主流文学的惰性护航的就是金光闪闪的文学奖、你唱我和的内循环生态圈以及自给自足、不容置辩的话语权。如何分别克服这两种惰性?也许,时不时地互换一下角色,或者至少站到对方的视角去看一看,不失为一种行之有效的办法。

三

乐于跨界的作家其实不算少。除了前文提过的斯蒂芬·金和谭恩美,本世纪类型小说的翘楚——J.K.罗琳也曾用一部充满社会责任感和暗黑气质的现实主义小说《偶发空缺》试图砸破那扇"更严肃的"文学殿堂的门,然而门里保持着尴尬的沉默,并没有哪个懒洋洋的守卫出来应一声。在反向跨界的阵营里,格雷厄姆·格林的姿态最为潇洒。他把自己的作品分成"严肃小说"和"消遣小说"两大类,坦然让后者承担他的生活和旅行成本。如果你同时阅读他的《权力与荣耀》和《密使》,格林游刃于两者之间的那种时而"分裂"时而"通透"(我说不清是分裂多一点还是通透多一点)的风格一定会让你印象深刻。相比之下,拿过布克奖的约翰·班维尔的态度显得更微妙一点。从2006年开始,班维尔也像格林那样同时开了一个犯罪小说系列,却并不愿意在这类作品上署本名。化身为本杰明·布莱克的班维尔迄今已经写了至少八部作品,下笔要比他那些严肃作品快得多。从现有资料看,班维尔似乎很少用本杰明·布莱克的身份接受采访——这位深度介入了类型小说的作家,对于类型小说与主流文学的关系,多少有那么点欲说还休的尴尬。

有时候还不仅仅是尴尬。即便多丽丝·莱辛已经获得了诺贝尔文学奖,哈罗德·布鲁姆(是的,又是他)仍然将她数量可观的科幻小说从其"高品质的"现实主义小说中剥离出来,斥之为"四流作品"。如此尖刻的措辞倒是在某种程度上印证了英国批评家亚当·罗伯茨在《科幻小说史》(2010)里的看法:"在他们(主流文学界)吹毛求疵的概念等级中,'科幻小说'被特别地看成是幼稚而无价值的，甚至（在类型小说范围里）排到了'历史小说'和'犯罪小说'之后。"罗伯茨并不是危言耸听，因为直到20世纪中叶，科幻小说登在各种小杂志上的行业标准都还只有两美分一个字，而一篇主流文学作品的稿费能达到数千美元——单单这一点，就能看出当时科幻无论在学术评价体系还是在商业标准上都处于食物链的最底端。

在所有这些跨界公案中，最有趣的故事发生在两位女性之间。2009年，带有鲜明乌托邦烙印的美国科幻女作家厄休拉·K.勒古恩就玛格丽特·阿特伍德新发表的小说《洪水之年》写了一篇评论。对于小说的质地，勒古恩总体上给予积极评价，但很快她笔锋一转，把话题引到了阿特伍德对于科幻的态度上：

"依我看来，《使女的故事》《羚羊与秧鸡》以及这本才出版的《洪水之年》都为我们展示了科幻小说诸多功能中的一项，那就是用想象的方式，从现实的趋势出发，半预测半嘲讽地探讨一个处于不远的将来的世界。可惜的是，玛格丽特·阿特伍德并不乐见自己的书被称作'科幻小说'。尤其在她近期出版的一本优秀的散文集《移动的目标》中，阿特伍德说她创作的小说所描写的一切都是有可能发生的，或者在历史上已然发生过。它们不可能是科幻小说，因为科幻小说仅指那些当下没有可能发生的事情。

如此随心所欲给出的限制性定义似乎专为使她本人的小说免于被降到一个循规蹈矩的读者、评论员以及获奖作家都避之唯恐不及的作品等级中去。她不愿意让文学偏执狂将她的作品打入'文学隔离区'的冷宫。"

勒古恩的直率让这场关于命名和定义的分歧迅速触及"文学隔离区"这个敏感问题。阿特伍德深感委屈，很大程度上是因为她本人的阅读视野向来十分广泛，无论是侦探小说、神话故事还是科幻小说，都对她自己的写作影响深远——对于类型小说，阿特伍德不存在布鲁姆那样执着的偏见。

2010年，通过一场在俄勒冈举行的公开辩论，两位女作家很快在这个问题上达成共识。本质上，阿特伍德只是希望用"悬测小说"（speculative fiction，也译作推想小说或思辨小说）之类的标签将勒古恩认定的较为广义的"科幻小说"做进一步细分，同时承认分隔这些子类的是"一层有渗透性的薄膜"，因此，"各子类之间渗透流动实为常态"——自始至终，她都没有与类型小说划清界限的意思。阿特伍德之所以要特别强调自己写的"科幻"是没有火星人的那一类，并不是因为她讨厌火星人，而是因为觉得在这方面力有不逮。"无论我怎样构思火星人的形象，"她说，"只怕最终只能将他写成又丑又笨的样子。"

这种诚恳而幽默的平视态度将一场起初充满火药味的辩论从容化解，并且最终产生了相当积极的影响。阿特伍德甚至将与此相关的问题整理成了一本小书——《在其他的世界：科幻小说与人类想象》。在类型小说与主流文学的关系史上，我愿意把这本书看成一个小小的里程碑。

在这本书里，阿特伍德抓住了科幻乃至所有类型小说最容易被诟病的关键原因：站在主流文学的立场上，只有当文学作品出现"丰满"的人物形象（或患上心理并发症，或情绪多变，或长于自省），而不是仅仅忙于死里逃生和杀人的"扁平"型人物，它们才算得上是卓越的小说，才称得上"有深度"的东西——这段话显然化用了E. M. 福斯特《小说的艺术》里的经典理论。在阿特伍德看来，要破解这种由单一标准带来的偏见，唯有打开新的角度，来看看科幻小说能做到什么"严肃的"文学应该做而很难做到的事情：它们有更强的包容性，把正统文学弃如敝屣的神学纳为己用；它们可以将人类朝着近乎非人类的方向推到极致，直观探究人的底线和本质；它们还可以展示经过刻意假定并重组的社会结构，来拷问现有的社会组织形式；最后，它们引领我们游历人类从未涉足的地方，去探究想象的极限。

这种在全新世界里开疆拓土、既兴奋又茫然的自由感，对于"正统"作家莱辛、阿特伍德乃至石黑一雄、麦克尤恩，都产生了难以抵挡的诱惑——他们都写过那种"没有火星人"的科幻小说，其中一部分（比如《克拉拉与太阳》）甚至在主流评价体系和市场上都取得了成功。连一辈子并没有写过科幻小说的苏珊·桑塔格也说过这样的话："我最感兴趣的小说种类是广义上的'科幻小说'，是往返出入于想象的或幻觉的世界与所谓的现实世界之间的那种小说。"

四

不过，如果只能在这个系列里寻找一个不得不提的名字，一种最为独特的存在，那当然是莱姆——波兰人斯坦尼斯瓦夫·莱姆。

尽管对很多粗劣的科幻小说不屑一顾，但莱姆跟勒古恩一样，大体上并不反对人们将他的作品安置在科幻的"格子间"里。主流文学界对他的态度倒是难得的友善，甚至有些毕恭毕敬。英国的安东尼·伯吉斯和美国的库尔特·冯内古特都对莱姆不吝赞美，《纽约时报》甚至说过：这个世界上如果有一位科幻作家有资格获得诺贝尔文学奖，那么此人非莱姆莫属。但我们似乎也不能因为象牙塔那边抛来的橄榄枝就无视莱姆的知识结构里确实具有鲜明而硬核的"科幻"和"科学"属性——让阿特伍德们"力有不逮"的外星人和地外知识,莱姆不仅深有建树,而且还创办了波兰宇航协会。波兰的第一颗人造卫星,就是用莱姆的名字来命名的。

然而,莱姆所具备的这些科学知识,并不是用来堆砌科幻小说里常见的庄重宏大的仪式感的,也不是用来按部就班地完成漫画式的二元论批判的——往往倒是用来对它们形成解构与反讽的工具。简单的乌托邦或者反乌托邦装置都不足以概括莱姆的"星际失败学"。《惨败》里的外星人拒绝与永不服输的人类探索者接触,傲慢与偏见在遥远的太空发生滑稽而悲怆的碰撞。最终他见到了外星人,却在一种奇特的、视若无睹的状态下将其毁灭。你说这样的故事,究竟是乌托邦,还是反乌托邦?包括《三体》在内的绝大部分星际科幻小说,都把人类的位置放在"征服者"或者"奴隶"这两端——你当不了农场主就只能沦为火鸡。但莱姆却喜欢在这两极之间寻找复杂而模糊的灰色地带,并凭借他渊博的天体物理知识构想新鲜的、挑衅我们认知的细节。通过这样的方式,莱姆实际上在一个被阿特伍德认定必然充满扁平人物的陌生世界里,写出了一种独特的"丰满"。

我们不必再调用莱姆那部被塔可夫斯基拍成《飞向太

空》的名著《索拉里斯星》来说明问题，他少数几部与地外生命并无关系的小作品常常更有嚼劲——比如《未来学大会》。这确实是一部从头到尾都在"开会"的小说。一个关于未来的会（本书出版于1971年，小说开头表明，主人公正置身于在1971年召开的"第8届未来学大会"），开着开着就真的走进了未来，最后又疑似回到了"现在"的会场。这个巧妙而充满讽刺意味的框架，既使得关于人类命运的想象和探讨有了充分的施展空间，又同时在解构这样的想象和探讨。小说下半部里那个看似完美的未来世界，被残存着独立思考意识的主人公一点点撕开面纱，露出了苍白而枯槁的底色。这样的主题并不算新鲜，不过，莱姆在这部小说里用以构建乌托邦世界的核心是"心理化学统治"，也就是依靠类似于"梦饰宝"那样的效果极端逼真的致幻剂来实现对人们自由意志的剥夺，将后现代的虚无感贯彻到底。他用大量充满想象力的细节和格外松弛的语言（这份松弛是我在别的科幻小说作品里从未见过的），在很短的篇幅里营造出既缜密又癫狂的体系，读来百味杂陈，常常觉得自己跑错了片场——有时候简直恍若置身于华莱士的《无尽的玩笑》里的某个片段。

我们可以随便举一些例子。莱姆替未来世界发明了很多新事物，但发明的更多的是新词语。按照书里某位教授的说法，新时期的未来学家研究的不是"未来"本身，而是所谓的"语言未来学"，通过审视未来语言演化的各个阶段来研究未来。我们可以把这句话视为莱姆写作这部小说的意图之一，甚至可以看成一种自嘲，因为我们只要翻开这部小说，几乎每页都是新词语的狂欢。主人公会开到一半被"玻璃化"，若干年后解冻，在未来醒来，觉得自己简直成了文盲。他借助一部疯狂的词典，才知道"卵差"是从"邮差"演变过来的，指的是那些负责把人类的受精卵送到指定家庭的优生规划人员，而新时代的"助推器"实际上说的是助孕设备，"脚气"指"人工足爱好者"，"复兴者"则是指那些死后又被救活的人——因为新时代的人们可以随便置换身上的零部件，想要彻底死去成了一件异常困难的事。

莱姆的博学和智慧，他对未来的洞察，几乎从这部短短的小说的每个字里溢出来。小说里出现的"物像机"和"实影机"很容易让我们联想到当下最热门的AR（增强现实）和VR（虚拟现实）。莱姆所担忧的人类沉浸在虚拟世界乃至无法面对现实的问题，在今天的世界上变得越来越紧迫。小说里有一处细节，三个手袋电脑之间聊天，一直聊到吵起架来，这样的情况现在完全可能在不同的智能手机的语音助手之间发生。至于莱姆笔下的细节和桥段，可能给后来的科幻文学带来多少启发，就更是不胜枚举。比方说，这部小说里幻觉与现实层层嵌套，因此怎样判断自己究竟在幻觉还是现实中就成了一个关键问题。托特尔莱茵纳教授告诉蒂赫一个诀窍，当游乐场上的旋转木马飞速旋转时，梦饰宝制造出来的幻象就会发生错位，通过观察这种错位就能发现自己处在幻觉中。这种设定很像我们在电影《盗梦空间》里看到的那个在梦中永远不会停下来的陀螺。

再比如，教授给蒂赫看第76届未来学大会上的论文摘要，里面出现了很多关于"未来的未来"的离奇幻想。其中有一个方案鼓吹的是宫外生殖、假肢主义和普遍的远程感知。每个人只留大脑，封装在精美的保温塑料罐里。脑罐是一个带插座、插头和扣环的球状容器，由核能电池提供能源。这样一来，营养物的摄入在物理上是多余的，只需要在想象中通过恰当的编程来进行。脑罐可以连接任意的仪器、机械和车辆，通过远程感知移动到任何地方，通过传感器和摄像头完成几乎所有的人类活动。时至今日，我们会觉得这样的设定很眼熟，在《黑客帝国》之类的科幻大片里我们都见过在此基础上衍生的大量情节。但是，要知道，《未来学大会》出版于1971年，比起美国哲学家希拉里·普特南在《理性、真理与历史》一书中提出著名的"缸中之脑"的假想都要早了整整十年。

我们在《未来学大会》里到处都可以看到这些才华横溢的段落，大部分都隐藏在那些并不起眼的细节里。如果加以铺陈延展，几乎每一个都能独立成篇，但莱姆就只是信手拈来、随意挥霍，用轻松戏谑的口吻把哲学维度上的严肃讨论化解成一个个玩笑。读他的小说，我们总是既被人性的悖论和未来的困境所震慑，又被莱姆巴洛克式的狂欢风格深深感染，忍不住笑出声来。这是莱姆独此一家别无分店的风格。在他笔下，科幻小说不是各种新奇事物的陈列室，不是为了转化成影像的文字脚本，也不仅仅是成熟套路环环相扣的类型小说，而是自始至终都充满了唯有依靠反复阅读才能体味的魅力——毫无疑问，那是纯而又纯的文学的魅力。

五

莱姆示范了一个好作家——无论你把他归到哪个流派、哪个类型里——最可贵的能力就是善于突破限制，自由书写。没有哪个类型能囚禁莱姆这样有趣的灵魂，这份底气既来自他仿佛与生俱来的反讽气质，也来自他对科幻这种类型的融会贯通。唯有真正地理解它、吃透它、掌控它，你才可能举重若轻地穿墙而过，仿佛根本没有墙。

这道理适用于所有的虚构写作。其实，无论是在主流文学界，还是在类型小说圈，在它们各自的边界都徘徊着一群试图以某种方式突围的写作者。城里的人想冲出去，城外的人想冲进来。斯蒂芬·金在他的舒适圈里呼风唤雨，可他心心念念的文学殿堂却并不愿意向他主动敞开大门。他试着逾越那道墙，姿势却过于拘谨——我读他那本著名的《写作这回事》，就常常有这样的感觉。书写得很具体、很诚恳，对入门写作者的实用性远大于卡尔维诺的《新千年文学备忘录》。"叙事，将故事从A点推至B点，最终推至Z点，故事结束；描写，把读者带进现场；对话，通过具体言语赋予人物生命……"问题是，如果想翻越那道无形的墙，这样的指南却好像总是少说了某种重要的东西。

或许波拉尼奥可以用他那本《荒野侦探》告诉金老师，一部标题里有侦探的小说可以写得一点儿都不像侦探小说，从A开始的故事并不一定非要通往Z，悬案也不一定非要在结局被圆满解决。站在叙事进化论的立场上，过于平顺流畅的故事，可能也在暗暗抹平本来可以挑衅读者进而令其思维进阶的褶皱。一台让你一口气读到尾的"翻页机"（pageturner），难免会剥夺你停下来思考的可能。

当然这始终存在一个分寸感的问题。在文学的名义下，严肃作家是否可以理所当然地不顾及叙事逻辑，不需要把所有的故事都讲圆？戳破光滑的故事表面，究竟是出于叙事的正当需求，还是虚构能力不足，抑或仅仅是偷懒？实际上并不存在一个永远公正的裁判。很多时候，为了帮助判断，我们只能用自己的标准寻找标杆。在我的参照系里，莱姆、勒卡雷和埃科大约可以排前三。在某个维度上，埃科甚至有点像莱姆在主流文学圈里的镜像。无论是在《玫瑰的名字》，还是在《昨日之岛》中，我都能清清楚楚地看到作者如何精确地掌握比例，如何熟练地在类型的框架中一层层嵌入复杂的思辨，又在读者即将迷失的那一刻悄悄地把他们拉回来。

在故事的牌局中，真正的高手会故意让你以为他是在按照一个常见的套路打牌，让你毫无负担地滑入轨道，然后在你放松警惕的时候不按牌理出牌，打乱你的节奏，最终——"就这样把你征服"。但成为这种高手的前提是，你首先必须真的参透各种常见套路的规则，而不是瞎撞一气拼概率。你的那些神来之笔必须建立在深谙"寻常之笔"的规律之上，而不是反过来。

有些"类型"好像天然比别的类型更具"文学感"，而且这往往与它们在类型世界里的流行度成反比。早些年，这类作品多见于从侦探/悬疑类小说中派生的几个比较边缘的亚型：硬汉侦探，犯罪小说（那些往往从一开始就告诉你凶手是谁的小说，比如《天才雷普利》），黑色小说（《邮差总按两遍铃》《双重赔偿》），以及恐怕要另开一篇长文才能说清楚的邪典小说（cult）；在近50年里，这样的案例则更多从科幻小说里涌现（菲利普·迪克、格雷格·伊根、特德·姜……）。有趣的是，不单单是阿特伍德，其他更有文学追求的科幻小说家也觉得有必要将某些科幻作品从科幻大家庭里分离出来，唤起读者格外认真的对待。1989年，科幻小说家斯特林就用"滑流"（slipstream）这个词，与阿特伍德喜欢念叨的"悬测小说"遥相呼应。从定义上看，这两种作品应该有很大的交集：

"它（滑流小说）有时是幻想的，有时是超现实的，间或还有预测性特征，但所有这些性质又都不那么绝对。滑流小说既无意激起人们的好奇心，也不想以经典科幻小说的态度对未来做系统的推断，相反，它只是一种让你产生新鲜感的写作手法。"

在这段话里，"新鲜感"也许是个过于直白却十分有效的关键词。主流文学界再傲慢，也不能不承认，与市场更接近的类型小说作者们对于读者要求的"新鲜感"特别敏感，他们中的佼佼者也许会更早捕捉到人类思维的发展变化要求。有时候，在市场的催促和逼迫下，类型小说的革新动力会比学院派的更强——或者至少构成不可或缺的补充。从积极的方面看，类型小说与读者形成的反馈机制更成熟、更快捷，也更善于利用现代技术刺激自身发展。

无论如何，类型小说也好，主流文学也罢，都是古老的文字世界的一部分。作为一种传播信息、人际沟通的介质，如今它们面对的是同样的越来越强大的竞争者：图像、影视、人工智能。从这个角度看，留给小说家们自我革新的时间和空间并不宽裕。也许，主流文学和类型小说的关系史即将进入最关键的章节：打破壁垒，深度交融。因为我们别无选择。

唬住你了：论唐娜·塔特的类型小说

理查德·约瑟夫[*] / 文
钱佳楠 / 译

唐娜·塔特在哪儿？每当这位著名的隐居作家发布作品时，人们都会问这个问题。似乎每隔十年，她就会带着一部非凡的小说从茫茫黑夜中现身，而后同样突然地再次遁影于无形。塔特很少接受采访，她的私人生活是一座无法攻破的堡垒。最近的一档播客节目"很久之前，在本宁顿学院"试图探索塔特在这所臭名昭著的文理学院的成长岁月，但因为她直截了当地拒绝参与，节目遭遇了阻碍。塔特甚至给播客的创办人发去了律师函。在现如今的文学

---

[*] 理查德·约瑟夫（Richard Joseph）来自印度金奈，是作家、编辑、学者，其作品曾进入加拿大笔会2020年"新声奖"决选和加拿大文学院非虚构奖项长名单，目前在麦吉尔大学英语系攻读博士学位。本文原载《洛杉矶书评》，2022年10月2日，翻译及发表通过作者本人授权。——本篇脚注均为译者注

气候里,一切都仰赖宣传——作家几乎是被逼着做巡回售书、参加脱口秀、在社交媒体上发帖吆喝。多年来,密不透风的塔特成了大家疯狂"造神"的对象:唐娜·塔特在大溪地买了一个岛!唐娜·塔特搬到了弗吉尼亚的一座种植园!唐娜·塔特死掉了!

同样的问题也可以用来质疑她的文化地位:在我们对当代文学的共识中,唐娜·塔特在哪儿?在过去的30年里,塔特一直是英语文学界的常客,她的职业生涯从1992年的经典作品《校园秘史》(*The Secret History*)开始,直到2013年的畅销书《金翅雀》(*The Goldfinch*)。她的书非常畅销,而且经久不衰——《校园秘史》出版于30年前,目前仍然位居欣欣向荣的"暗黑学界"网络亚文化的中心。然而,她几乎从未被视作像菲利普·罗斯或唐·德里罗那样举足轻重的作家。在权威机构现代语言协会(Modern Language Association)编排的国际书目上,她的名字只出现在80部经过同行评议的学术论著中,这个数字微不足道,德里罗有2000个条目,而罗斯的条目则多达20000个。塔特也很少出现在教学大纲或学术期刊中。总的来说,文学评论界的结论似乎是:塔特是一个受欢迎但不成熟的作家,她的小说是有趣的嬉闹,而非值得学界关注的严肃文学。自《校园秘史》出版以来,这种批评声音一直阴魂不散，《巴夫勒》(*The Baffler*) 杂志嘲笑其为"喧哗的娱乐作品，而非艺术"；类似的非议声音在《金翅雀》出版后到达顶峰，该作品被少数有影响力的评论家斥为当代小说的丧钟。当这部小说荣膺普利策奖时，弗朗辛·普罗斯*感叹道："现如今，难道没人再关心东西是怎么写出来的吗？"

鉴于最近有重新评价类型小说的趋势，塔特继续被排除在正统小说之外尤其令人疑惑。你可能已经听说了，类型小说又红起来了。过去的几十年里，不少有声望的文学作家转向流行的小说形式寻找灵感，这一趋势有时被称为"类型化转向"(genre turn)。今天，类型化转向是学术界和批评界的热点，例如科尔森·怀特黑德†的高深复杂的僵尸小说《第一区》(*Zone One*, 2011)、阮清越‡的烧脑间谍惊悚小说《同情者》(*The Sympathizer*, 2015)，再如朱诺

---

* 弗朗辛·普罗斯（Francine Prose），1947年出生于纽约布鲁克林，美国当代著名小说家、散文家和批评家，曾经担任美国笔会中心主任。
† 科尔森·怀特黑德（Colson Whitehead），1969年生于纽约上东区，美国作家，他的小说《地下铁道》(*The Underground Railway*) 同时摘得美国国家图书奖和普利策奖。
‡ 阮清越（Viet Thanh Nguyen），1971年出生于越南邦美蜀市，越南裔美国小说家，首部长篇小说《同情者》获2016年普利策奖。

特·迪亚兹*具有现代主义色彩的《奥斯卡·瓦奥短暂而奇妙的一生》(*The Brief Wondrous Life of Oscar Wao*, 2007),该书借用了漫画书中的恐怖元素。不久以前,若是与通俗读物藕断丝连,作家会就此失掉文学精英俱乐部的入场券。然而,在2000年后的"美丽新世界"里,这些小说可以收割《伦敦书评》的美誉。事实上,原本的等级制度已被彻底动摇,正如《洛杉矶时报》所言,珍妮弗·伊根†的最新悬疑科幻小说《糖果屋》(*The Candy House*, 2022)"把文学小说从自身中拯救出来"。对类型小说来说,这无疑是麻雀变凤凰——它们从文学的最大威胁转变为文学的恩公和救世主。

在奉行新平等主义的文化界,人们可能期待着为唐娜·塔特的作品翻案,即所谓"唐娜复兴"。毕竟,她的小说尽管语言雕琢、叙事构架宏大,但都显示出与类型抗衡的重要意义。《校园秘史》颠覆了经典侦探小说的惯例,核心悬念不再是"谁是凶手",而是"为什么杀人"。

---

* 朱诺特·迪亚兹(Junot Diaz),1968年生于多米尼加共和国,1974年随父母移民美国,代表作有短篇小说集《沉溺》(*Drown*),长篇小说《奥斯卡·瓦奥短暂而奇妙的一生》。

† 珍妮弗·伊根(Jennifer Egan),1962年出生于芝加哥,长篇小说《恶棍来访》(*A Visit from the Good Squad*)获2011年普利策奖。

《小友》(*The Little Friend*, 2002)在很大程度上借鉴了"少女侦探"这一小说类型,如"南希·德鲁"(Nancy Drew)系列和《小间谍哈莉特》(*Harriet the Spy*)。《金翅雀》则获益于流行电影,其中一个角色被描述为"50年代黑色电影或《十一罗汉》里走出来的冷面硬汉,这个慵懒的家伙混了多年黑帮,没有什么可失去的"。换言之,塔特的文学作品是对流行类型小说的回应,完全可以被视作"类型化转向"的范例。然而不知何故,她也被这个新生的学派遗漏了。塔特没有被归到怀特黑德和伊根的类别,就像她没有踏进菲利普·罗斯和唐·德里罗的行列。再看一眼现代语言协会的书目就能认清这一点:怀特黑德出现在500多部同行评议的学术著作中,伊根有近3000个条目。尽管塔特的职业生涯更长,她却只有80个条目。像弗朗辛·普罗斯和詹姆斯·伍德这样权威的老派批评家对塔特公开表示敌意,而前卫派人群只能说对她回以尴尬的沉默。很显然,类型化转向有两条路可走:"正确"的道路和塔特的道路。

让我们借助一个比较来解释其中的区别。"类型化转向"这个术语是由安德鲁·霍伯里克(Andrew Hoberek)于1999年创造的,当时国家书评人协会把他们的小说奖授予了乔纳森·勒瑟姆*的《布鲁克林孤儿》(*Motherless Brooklyn*)，该作品是对硬汉侦探类型的高雅书写。霍伯里克指出，这是类型化作品第一次获得如此殊荣。然而，在那七年前，唐娜·塔特就出版了《校园秘史》，该书对同样的类型进行了实验，但没有赢得类似的赞誉。更有趣的是，这两本书参考的是雷蒙德·钱德勒的同一部小说。事实上，勒瑟姆和塔特曾是大学同学兼密友，他们似乎共享了同一本书。在《布鲁克林孤儿》中，勒瑟姆写道：

> 这么多侦探被打倒，堕入诡谲的旋涡式黑暗，到处是多维度的超现实主义空洞（"红色的东西像显微镜下的病菌一样蠕动"——菲利普·马洛，《长眠不醒》†），但我没有什么可以贡献给这一痛苦的传统。相反，我在蒙昧中跌宕起伏，唯一的差别只在于虚无、空白、贫乏和我对贫乏的憎恨。

---

* 乔纳森·勒瑟姆（Jonathan Lethem），1964年生于纽约布鲁克林，美国小说家，代表作有《布鲁克林孤儿》、《孤独堡垒》(*The Fortress of Solitude*)等。

† 《长眠不醒》(*The Big Sleep*)是雷蒙德·钱德勒1939年发表的小说，曾两度（1946年，1978年）被改编为电影。这是钱德勒首部以菲利普·马洛（Philip Marlowe）为主角的小说，也被认为是他最杰出的作品之一。

在《校园秘史》中，唐娜·塔特写道：

> 我打开灯，翻查我的书堆，直到找出从家里带来的一本雷蒙德·钱德勒的小说。我以前读过它，以为读一两页就会犯困，但我已经忘掉了大部分情节，很快我就已经读到50页，然后是100页。

每位作者对钱德勒和硬汉类型的重写都有着明显的不同。勒瑟姆的态度是讽刺挖苦，表达出些微的优越感。请注意，他对"这么多侦探"感到疲惫，"痛苦的传统"则一语双关——这种陈词滥调不仅本就包含"痛苦"的词义，而且勒瑟姆还暗示，它激发了美学上的痛苦，也就是令人痛苦的无聊。他似乎在说，他自己的侦探不会求助于这种陈词滥调。而从塔特的这段话里看不出任何居高临下的态度，她毫不掩饰其阅读类型小说时的愉悦：她暗示，虽然我们都知道侦探小说中会发生什么（罪案会被侦破），但这并不影响它所带来的纯粹的阅读乐趣。

《布鲁克林孤儿》作为类型化转向的初始文本，为整个批评流派设定了模式：文学作者可以援引某一类型，对其进行改编和发挥，但其目的只是为了贬损它。换言之，这些作家在他们的小说中，并没有转向类型，而是在攻击类型。在怀特黑德的《第一区》中可以看出这种趋势，书里的僵尸象征着流行文化的过剩：他们既消费无脑的人类肉体，也消费情景喜剧、浪漫小说和健怡可乐。在阮清越的《同情者》的开篇，主人公就宣布："也许詹姆斯·邦德可以在令人芒刺在背的间谍生活里安然入睡，但我做不到。"这一信息藏有不那么隐秘的暗语。尽管这些小说使用了流行类型的元素，但这么做是为了将自己与其区分开来：作为更复杂、更现实或实验、更具"文学性"的作品。它们不是类型小说，而是自觉的文学小说，只不过穿着嘲讽类型的外衣。

皮埃尔·布尔迪厄*称此为"居高临下的策略"（strategy of condescension）。他举了这样一个例子，一位当地的政治家在出席一个纪念家乡诗人的仪式时，用贝阿恩地区的方言而不是法语向人群演讲。由于这一高尚的姿态，这位政治家受到了听众的热烈赞誉。正如布尔迪厄所指出的，为了让贝阿恩的听众赞扬这位贝阿恩市长用贝阿恩方言讲话，他们都必须"就一条不成文的法则达成共识：法语是正式场合下的正式讲话唯一可接受的语言"。换言之，如果

---

* 皮埃尔·布尔迪厄（Pierre Bourdieu），法国著名社会学家、人类学家和哲学家，创造了许多研究范式和概念，包括文化资本、社会资本、符号资本、象征暴力、场域理论等。

要把说贝阿恩方言看作一种"高尚的姿态",前提便是承认法语天生就比地方方言优越。这位政治家尝到了自己行为的甜头:他因为颠覆了语言等级制度而受到赞扬,但实际上他也在重新巩固这一不成文的法则。同样地,类型化转向的作者因其打破边界的作品而赢得赞美,但他们的行为实际上强化了文学小说和类型小说之间的边界。《纽约时报》的一篇书评如此写道,《布鲁克林孤儿》"不同于它所影射的老套侦探小说",而是深入"人类思想的密林,在那里,词语在分裂和纠缠中获得深意"。换言之,这不是类型小说,而是现代主义小说!类似的态度也出现在《柯克斯评论》对《第一区》的评论中:"僵尸题材为作者的创造力提供了近乎不可能的灵感。""近乎不可能",那是因为类型小说按照其定义就缺乏原创性。勒瑟姆和怀特黑德,就像布尔迪厄笔下的法国政治家一样,由于他们所谓的世界主义(cosmopolitanism)赢得了嘉奖,或借用《柯克斯评论》的话说,他们"抹去了艺术和庸俗小说之间的区别",但同时也从加强这种区别中受益。

与以上相反,塔特的文学作品是严肃且不卑不亢地对待类型小说的结果。当《金翅雀》的主人公提奥带着一幅无价的画作通过机场安检时,他想象着"像电影里那样的煤渣房,砰砰作响的门,穿短袖的愤怒警察,'别想了,你哪儿也去不了，孩子'"。"像电影里"这句笼统的修饰在这里不是用来搞笑的，而是直指真正的威胁。这个熟悉的场景成了充满折磨的世界的生动缩影，法律会碾碎提奥孩子般的希望。事实上，整部小说满载着各种类型的影射和技巧，尤其是类型电影。《金翅雀》的特点是动作片式的枪战场面、各种类型片里的罪犯和黑帮、勒索情节以及毒贩交易，这是过去50年来所有警方侦查和抢劫电影的杂烩。但所有这一切都被严肃对待，被精心安排在一个脱胎自查尔斯·狄更斯小说的宏大情节架构之中。事实上，这部小说经常被称为狄更斯式的作品，塔特也坦然承认了狄更斯对她的影响。"在我还是孩子的时候，"她说，"我读了很多狄更斯的作品，这些书更多地存在于我的内心，而不是外部的现实世界。"小说讲述了提奥从童年到成年的故事，这种叙事广度和庞大的人物阵容固然是狄更斯式的，但更重要的是作品中呈现出的人物"类型"：当代文学中很少见的特立独行、具有传奇色彩的原型人物。举例而言，热情洋溢的霍比类似于《大卫·科波菲尔》里的裴果提先生；捣鬼的波里斯则介于《大卫·科波菲尔》里的斯蒂福和《雾都孤儿》里的"机灵鬼"道奇之间。

《金翅雀》一半是犯罪电影，另一半是19世纪的成长小说（bildungsroman），至少可以说这个组合很诡异。这部作品的非凡之处正在于：它不仅将大众文化与文学正统拼接在一起，而且没有让后者凌驾于前者之上。我认为，这就是塔特从未被视作类型化转向流派的一部分的根本原因——她从未用高雅文化来证明低俗文化的缺憾，而是不加区分地将它们混杂在一起。如果借用烹饪的比喻，这就是花生酱果酱三明治和奶昔之间的区别，前者的不同味道形成反差，后者的味道则是混合的。《布鲁克林孤儿》就是花生酱果酱三明治：勒瑟姆高雅的现代主义文辞消解了硬汉元素，这种精心设计的反差使得评论家称其"提升了"类型文学。与之相反，《金翅雀》则是一杯奶昔：《十一罗汉》和《大卫·科波菲尔》之间的边界模糊不清。倘若塔特能表现出她对类型文学惯例的轻蔑——比如说，如果提奥调侃自己的偷画行为就像"一些可笑的抢劫电影"——她或许会得到更多认可。塔特抵制这种本质上精英主义的姿态，她的作品因此永远处于批评的混沌之中。

在《金翅雀》摘得普利策奖之后，大部分的骚动都集中于一个关键词："严肃性"（seriousness）。弗朗辛·普罗斯认为自己有责任苛责这部小说，因为它"被当成一部严肃的文学作品来谈论和阅读"。詹姆斯·伍德也认为这部小说"不严肃"，它讲述了"一个幻想的，甚至荒唐的故事，建立在荒谬和不可能的前提之上"。事实上，伍德说，《金翅雀》就像从儿童文学里衍生出来的东西。对伍德和很多当代批评家而言,童稚的东西不可能严肃。不过要是你花时间和孩子们待在一起,你就会知道情况并非如此:孩子们对待事物无比严肃。塔特深知这一点。哈莉特是《小友》里的中心人物,年少的她一门心思地追随自己的幻想,险些丧命。狄更斯在很多方面也是一个永远的小孩,醉心于"荒谬和不可能"的东西。人们不禁要问,伍德会如何评价《荒凉山庄》中那个自燃而死的人物?人在正常情况下不会突然自燃。然而没人胆敢声称《荒凉山庄》是一部"不严肃"的小说,因为狄更斯以无比认真的态度对待这个荒谬的前提,将自燃的过程描写得严肃而悲壮。因此,严肃性指的不应是主题,而应是书写。

从根本上说,我对小说的期待就是这种对待幻想的全情投入。我认为这也是为什么有这么多人钟爱塔特的小说。类型化转向小说在向类型化靠拢时最精彩,而在炫耀其高大上的姿态时最叫人作呕。无论多么有才华的作者,如果他总是不间断地提醒你,他的小说优于其他小说,你就会禁不住开小差。我在看一部全新的电影时,并不想听导演的评论。我读小说的时候也是如此,希望作者和他那些精心构建的诡辩统统消失。我希望完全进入小说里的世界,和书中的人物在一起,忘记现在是什么时间,除了我手中的书之外，失去和现实世界的一切联系。我认为这才是伟大文学的核心魅力，对我来说，塔特施展出了和狄更斯一样的魔法。

有一次，当塔特被问及《校园秘史》是否以本宁顿学院为蓝本时，她以典型的打马虎眼的姿态回避了这个问题。"有一个罗马人都喜欢的画家，"她说，"他画的葡萄看起来如此逼真，以至于狗会扑到墙上，试图把它们吃掉。作为一个作家，我的责任也是唬弄你。"就我个人而言，我很高兴自己被塔特无比严肃的文字唬住了。

快速回想一次小说这东西

唐诺 / 文

2013年,我在北京和80后年轻作家们(忽焉已不年轻了)交谈时,做出了些判断,称之为"三大奢侈",讲大陆文学(小说)的三个大华美景观应该不会持久,即声名、书写材料和经济收益;稍后,我也说了大陆长篇小说的某种异常书写(惊人的字数、惊人的数量)是通俗化走向的清楚表征——多年后看,这说的幸好都不算太离谱,但当时我想的正是世界的此一倾斜现象,我有点担心,记得现场还补了这句打预防针也似的话:"等你们接替了上一代书写者,成功站上了现在王安忆、莫言这些前辈的位置,极可能会发现,那时的文学世界和对待你们的方式,已完全不会是你们现在看到的、想望的这样。"这些话,对听者和说者都并不愉快,但可能必须讲,否则我会有一种把人骗进文学来的共犯感。

世界持续向通俗端倾斜，我以为有个最耐久，甚至联结着人的种种生物性本能的主理由，那就是大众的形成、崛起，并源源增强其尺寸和力量，一块一块地接管世界。"胜利归于大军这一方"，这最早系由文学外的托克维尔（以及小密尔）所提出，18世纪，他看到的是所谓的"绝对平等原则"，以为此一意识一经唤醒就无法再退回，不仅深植于人性，竟然还占据着道德优位。所以托克维尔用"无可阻挡"来说它，并断言这不会只存在于政治层面，绝对平等原则必定冲入每一领域，社会、家庭、学校云云，翻转、夷平其层级结构；跟着来的是资本主义的完胜，大众购买力的量变让年深日久的顾客身份质变，大众不再只是承受者、听命者，大众的话语权日增。最终，这是资本主义而非传统意义上的"顾客"，人们甚至拿上帝来夸张比拟它，由它来说最后一句话，而且据说永远是对的。

于是，所有的工作成果遂成了"商品"，至少都走在朝商品去的路上——很多领域的工作成果，担忧的或许不是成为商品，而是无法顺利商品化，商品化意味着成功踏出了第一步；但文学该担心的不同，是那些难以符合商品简单游戏规则的种种东西怎么办，是不成为商品就没意义、就不值得去想去做、就等于不存在吗？这相当尴尬，文学书写者总是那种比一般人多停留一会儿、多看一眼、多想一下的人,文学的根本思维抗拒着简单,文学说的总是,如昆德拉讲的,"事情比你想的要复杂"。

是的,我们来到这里了——确认一下我们当下的历史处境,以为背景,以为一个根本的引力,我们就可以来谈小说了。

面向一个完整的世界

现代小说书写,大致说是在18世纪初,始于亨利·菲尔丁、丹尼尔·笛福等人,这个新颖的书写形式呼唤着、回忆起、创造出自身的来历,比方英国人上溯到乔叟、法国人想起了拉伯雷、西班牙人废话当然就是塞万提斯云云。但小说另有一个任谁都肉眼可见的更久远的源流,直通上古,那就是"故事",人类讲故事已持续百万年了。

这其实是相当不同的两道源流,汇流到一起先带来丰饶,要到很后来我们才不断察觉两者不易完全和解,各自指着不一样的走向。这里我们尝试这么来分别,讲故事是口语,而现代小说书写则用的是文字。文字带来了一个大门槛,不是谁都能立即跨过它,这就先排除掉不少人,包括书写者(说者),如本雅明直指的,说故事尽管能耐有高下,但仍人人能够,都能参与跟着说出自己的故事,或至少，能再传诵它并（不知不觉）添加上自己的重现它；也包括读者（听者），普遍能看懂文字是人类历史耗时又耗力的进展工程，但文学书写的要求不仅止于识字，真正在人类世界发生的是，人好不容易看懂字了，但文学书写又已使用更难的字，讲述更难懂的东西。

本雅明津津乐道这个说故事者、听故事者的聚集和流动，很形象地把它描绘成一个动人的小世界：篝火旁，从四面八方来的人围拥着，火光在人脸上跳动。人欢快、沉迷、笑语不断，交换着故事，把自己的故事融入他人的故事之中，如此，个人再沉恸不堪负荷的特殊生命经历都融化、分解于众生之中。本雅明说这是人最大的安慰，人其实需要的只是这样，不是要某个答案，生命只是得继续下去而已。

相对地，本雅明以为现代小说讲的不是一般性的故事，而是某个人生命中"无可比拟"的事物。无可比拟，意思是没有、难有比较，也就无法、难以理解，所以读者（听者）加不进自己，两者的关系成为单向的，人得不到安慰——听者的安慰，以及说者回音般、唱和般，如同被理解、被碰触的安慰，其极致便是小说单子化了，现代小说书写成为人间最孤独的一门行当——本雅明总是纵跳地把话讲极端，这也是他魅力之所在。现代小说的大线条书写轨迹确实如他说的这样,也的确出现过如此极端的单子化小说,比方上世纪五六十年代让大家又惊异又痛苦不堪的法国新小说就是。

但现代小说书写并不是这么开始的,从核心来说,现代小说比人类历史上之前、之后的任何一种书写,都更加试图面对、谈论一整个世界,完完整整的世界。就算到今天,小说仿佛一样被挤压成为某种封闭性的专业东西,但正如卡尔维诺在他谆谆叮咛的《新千年文学备忘录》里说的,只有小说(文学)不只用单一方式思索,如今只剩小说(文学)仍试图翻越过每一堵专业竖起来的高墙,宁可笼统不肯遗漏地看世界、描述思索世界。分割世界,离开众人,不是书写原意,也是很后来才发生的事。正好相反,现代小说写的原是众人的故事而不是书写者自身某一无可比拟之事,这是人类书写史的第一次,书写的大转向,因此也是书写者最"无我"的时刻,书写者毋宁更像是个旁观者,一个内心声音,甚至一直到今天,小说仍是最谦卑的文体,小说书写者仍多是隐身的,或如博尔赫斯讲的代数学,把自身巧妙代入小说人物X之中,如福楼拜令人惊骇的宣告:"包法利夫人,就是我。"(把自己融进性别、性格、生活习性、品德以及用情方式如此迥异的爱玛·包法利里)但福楼拜另一句书写名言并不矛盾:"书写者,应该让读小说的人并不感觉他存在。"

书写第一次描述众人,所以我们可以说,书写这才第一次面向一整个世界,以及,完整的世界正是由现代小说带到人面前的。

逐渐静默下来的小说

之前,世界上下分割,上头是公侯将相,下面是贩夫走卒,我们从文字书写来看,这道分割线变得更明确,文字原比人更没有意识到、更不在意下层世界的存在。但说来有点奇怪却很人性的是,口语的下层世界,说的竟也是帝王将相、圣哲英雄的故事,人们想听的是更华美的故事,和本雅明讲的不大一样或者说微妙曲折,人以某种更谦卑、更梦境性的方式聚集,代入自己来得到欢快和安慰。逃离(以遗忘为核心)才是总是力有未逮的人们更经常也更可靠的安慰方式——日后,巴赫金分别称之为"第一世界"和"第二世界",这是书写顺序,而不是历史现实。下层世界当然远远早出百万年,人数也多得多,但这个更广大的世界是沉默的,从来没真的被说出来。

所以,对某些敏锐的、心有所思的人,极生动的,他们所看到的便不仅仅是一种新书写、几部不同以往的作品而已,而是一整个蓝海般的全新世界,扑面而来,令人兴奋。

稍后，现代小说进入俄罗斯，别林斯基读果戈理书写乌克兰下层人们生活现场的《狄康卡近乡夜话》，激动说出口的也正是："这是个全新的世界。"

现代小说生于此，是这一全新书写所摸索出来、凝结出来的强而有力的特殊文体；但这一书写也许有个更恰当的说法，可称之为"散文化"，小说包含其中，是散文的一种，相对于之前诗的书写，相对于之前只用较少文字、大刺刺地讲述第一世界的大人物、大故事、大情感的那种书写。

《堂吉诃德》，提前出现的现代小说，照昆德拉所说或许就是第一部现代小说的小说（所以，个体有超越性，不完全困于集体的时代限制，这一需要有点英勇的认知，对尤其是以个人为基本工作单位的文学书写者很重要，既是严苛的要求又极富安慰）。书中，挨了一顿狠揍的老拉曼却骑士肉疼于也心疼起自己不走运的牙齿，又正色训示起桑丘·潘沙，说牙齿是比钻石还重要的东西云云（人上了年纪后会知道这无比真实）。昆德拉指着这一段莞尔地告诉我们，过去的骑士小说，过去的大英雄故事，绝对不会有人在战阵上关心牙齿，这是第一次。

书写要进入广大人群的每一生活现场，钻入每一处边角缝隙，聆听并再现人内心每一种近乎不可闻的微弱声音，便得动员手中全部所有还不够，这包括文字的使用。我们说，有所谓不入诗的字，太粗鄙、太琐细、太丑怪、太乏味、太罪过幽暗云云；但没有不入小说的字（我记得博尔赫斯曾这么讲过吉卜林的书写，"使用全部文字"意味着吉卜林是面向一整个世界书写），随着书写的深入还得不断铸造新字、新词、新隐喻、新象征。

口语和文字，于是有了消长，并在稍后形成所谓黄金交叉——过去，人们以为口语连续，是完整的、稠密的一方，文字负责简要的、粗疏的记录，是偏附从性的；但如今，文字才是更完整、更稠密的，文字突破了事物的表层，惟危惟微，诸多文字发现的东西已难以用口语来说了。

但口语和文字不会一直这么相安无事下去，愈往下写愈会发现这是不尽相同的两个东西。现代小说书写，循文字之路前行，逐渐和口语分离，我们好像可依小说中的口语比例来大致推断现代小说的书写时日或者说书写阶段，稍稍夸张地开玩笑来说，口语成分有点像碳-14同位素，即所谓的放射性碳定年法，我们根据它的残余量来估算某一生物体的存在时间。

现代小说逐渐失去"声音"，成为一个静默下来的文体。语言的确有较多的物理性限制，但这也极可能是它最特别之处，有更多的临场感、实时性成分，有诸多那种难以言喻、难以捕捉的"一瞬"；语言的对象也比文字的对象更靠近、更热闹，往复交流更频繁，也许少了思索，但也就少了思索的多疑和防备，有卸下武装的轻松感、解放感——语言直通群众，文字则最终回返书写者单独一人。

散文化，现代小说使用全部文字，动员已知所有，当然也"纳入"已说了百万年堪称最娴熟的故事，只除了改用文字来说；也是，人"认识世界"，能有凭有据掌握的硬实东西还太少，仍处处空白，只能用想象、用传闻来填补它。而这也非首次，稍早的文艺复兴时已这么做，我们至少还可以再上溯到罗马时代的维吉尔，像他的《埃涅阿斯纪》便不是历代口语流传故事的记录，而是一个人的书写。现代小说，只是把场域移到一般人的世界——第二世界，开始说一般人的故事罢了。

故事不是一个单一画面，而是连续性的一段时间，如此，便引入了变化，更引入了因果，这个人、这件事、这一画面便分解开来，可以理解了。我们总把说者想成是个完整经历了某事、一脸风霜、跌入回忆般话说从头的人，就像《白鲸》里那个要我们喊他以实玛利、不肯告诉我们真实姓名的家伙，他上了捕鲸船装廓德号，经历了亚哈船长和大白鲸莫比·迪克那场壮丽但令人不可思议的愚蠢搏斗，最终每个人都死了，连同那几只等着分享食物的海鸟，只有他一人幸运地抓住棺材改成的浮子，活着回来，带回这个史诗故事。

吉卜林的神奇短篇《要做国王的人》(The Man Who Would Be King)也是这样（拍成过电影，由肖恩·康纳利和迈克尔·凯恩两个英国佬演出），深夜敲门的正是昔日的骗子故人（迈克尔·凯恩饰），但一身残破、形容难识了，他讨了点威士忌喝，包袱里是他死生伙伴（肖恩·康纳利饰）的头骨和那顶从7000米高的雪山掉落下来的皇冠，带回来这个两名骗子如愿短暂成为国王的不可思议的故事。

本雅明把说故事的人说成行商和农夫，也就是远方旅人和在地老者，都是某种时间老人，都经历了什么，惯看了什么，没足够时间不足以完成故事云云。但《白鲸》的书写恰好告诉我们，至此事情可能恰好倒过来，比较像是想写出这场人鲸搏斗及其悲剧，从而回想（创造）了这些人、这些来龙去脉。

也许，故事原来是这么来的，某个人完整经历它并将它完整携来（我自己很怀疑），但小说书写倒转了过来，愈来愈是如此。我们听过太多这样的书写宣告，小说的故事总是开启于一个单一画面，某一个惊异的、饱满到都要溢出来、深植书写者心中不去的生动画面，想要弄清楚（或摆脱）这个又呼之欲出又单子似难以击破的画面，是以，故事进入小说里，有了更多认识的成分、理解的成分。

潜伏下去的故事

但这里真正触动我的是，在如此强烈的写实要求之下，这些总是神佛满天、生命实体经验如此稀薄的传说故事，如何能够和现代小说相融？

我晓得问题不会出在现代小说初始，而是末端。我要说的是，彼时人们不见得会认为这样的故事"不实"，基本上，这仍然是彼时人们看世界、想世界的方式，在那样人们仍倾向于相信万物俱灵的年代，当时人们相信的世界远比我们如今认为的深奥，比我们眼见的神奇。事实上，这已是20世纪后半的事了，加西亚·马尔克斯亲口告诉我们，《百年孤独》里我们称之为魔幻的那些东西，他宁可说是写实，因为这正是他祖母说故事的方式，他祖母乃至于诸多哥伦比亚人仍信其为真，而且人证一堆，指证历历。

但现代小说的这一"写实"强调，终究让它开始多疑起来，踏上不归路也似的持续远离传说故事。这包含于人类世界更大范畴的思维变化之中，人定向地、更严苛地理解、定义真实，这就是我们所说的"除魅"，不是一次认知，而是一长段历史，一物一物地对付，一个神一个神地消灭。像是《堂吉诃德》，随机先遭嘲笑、瓦解的便是原来的骑士故事，拉曼却的这个老好人吉哈诺先生读了太多骑士故事疯掉了、痴呆了，故事里那种装腔作势的所谓骑士风范和作为,在天光之下全成为愚行。

如今,我们会用"神话""传奇"云云的类似含糊字词来指称传说故事,这是"假的"的典雅有礼貌的说法,意即直接标示如警语:"真实世界里事情不会这样子发生。"这样的故事一被判定为不实,遂只能从"认识"这个较正经的领域退走,不再参与严肃的思索,说者也逐渐被挤压到生活现场的边角去,成为单纯享乐的、博君一笑的技能,人数已不足,再搭建不起那种热切添加传送的必要生产链条。当然,时代大空气、社会的建构方式云云也变得不宜,所以,再没《吉尔伽美什》,没《奥德赛》,没《摩诃婆罗多》,没《封神榜》《三国演义》了。它们如零星散落,时至今日,我们仍能在每一乡间看到,总有一两个那种性好吹牛、说话天花乱坠的人,很烦或者很受欢迎,尤其是在收音机、电视机到来之前,漫漫长夜,人吃了晚饭后还可以做点什么好?

但事实上,传说故事仍一直"藏身"现代小说中。人类世界的驱魔作业从没真正完成,人的生活现场太碎、太多死角、太多今夕何夕之地;文学、小说尤其如此,这个世界以个人为基本单位,代表着最多样、最宽容、最固执、最多例外。博尔赫斯讲:"我想,人不会厌倦于听故事。"这句轻描淡写的话提醒我们,真正顽强的是此一人性成分,这个需求持续召唤供应，必须得到满足，也许是某种改以文字来说的故事，也许是某种更合适它的全新载体，如日后的收音机、电视机。它潜伏着，等待风起。

强烈的认识激情

至此，我们可稍做整理。

现代小说书写打开一般人的世界，但书写者仍旧是能娴熟使用文字的上层之人，这得持续相当长时间。书写材料转向一般人，但其眼光、意识依然来自这些过着好生活的，至少衣食不愁也不仰靠书写换取生活的人。因此，书写有着强烈的志业成分，其核心是严肃的（一直到今天，我们仍使用"严肃小说"这词），其当下课题就是（重新）"认识这个世界"——昆德拉曾引述现象学大师胡塞尔晚年的那次著名演讲，胡塞尔以为"古希腊哲学在历史上首次把世界（作为整体的世界）看作一个需要解决的问题。……并非为了满足某种实际需要，而是因为'受到了认识激情的驱使'"。

昆德拉一路数下来现代小说的此一认识之路，如一层一层剥开这个世界："事实上，海德格尔在《存在与时间》中分析的所有关于存在的重大主题（他认为在此之前的欧洲哲学都将它们忽视了），在四个世纪的欧洲小说中都已被揭示、显明、澄清。一部一部的小说,以小说特有的方式、以小说特有的逻辑,发现了存在的不同方面:在塞万提斯的时代,小说探索什么是冒险;在塞缪尔·理查森那里,小说开始审视'发生于内心的东西',展示情感的隐秘生活;在巴尔扎克那里,小说发现人如何扎根于历史之中;在福楼拜那里,小说探索直到当时都还不为人知的日常生活的土壤;在托尔斯泰那里,小说探寻在人做出的决定和人的行为中,非理性如何起作用。小说探索时间:马塞尔·普鲁斯特探索无法抓住的过去的瞬间,詹姆斯·乔伊斯探索无法抓住的现在的瞬间。到了托马斯·曼那里,小说探讨神话的作用,因为来自遥远的年代深处的神话在遥控着我们的一举一动,等等。从现代的初期开始,小说就一直忠诚地陪伴着人类。它也受到'认识激情'(被胡塞尔看作欧洲精神的精髓)的驱使,去探索人的具体生活,保护这一具体生活逃过'对存在的遗忘',让小说永恒地照亮'生活世界'。"

但一定也是昆德拉环视周遭的当前忧虑对吧,他怎么可能看不出小说的此一认识激情的杳逝、杳逝中?今天,小说如他说的,将只是、已是些"絮絮叨叨的东西",已没有"远方"了。

我们的感想可能正相反,至少我自己是如此。我反倒极惊讶这一不应该会普遍的非本能激情居然可以存留于小说中这么久，至今仍余音袅袅。"并非为着满足实际的需要"，这意味着人必须放下手中工作，去做多余的，乃至于可能危及他生活的事。在长达几世纪的时间里，它居然还能说动一般人跟着走，虔敬地当是大事，别说，我真还有点想念那般光景——咖啡馆里，如今完全绝迹了，但还真的曾经有过，人们安静坐着读厚厚一部小说一两个小时，人们热切谈论比方《卡拉马佐夫兄弟》里的大审判官寓言，尽管都说得坑坑疤疤的，而且，绝不只是文学科系的大学生而已（听得出来，课堂要求的讨论不以这种方式、这种语言进行）；文学、小说，曾经是人的"生命基本事实"，和人的生活直接联系着，并不需要其他多余理由。

是认识激情，"并非为着满足实际的需要"，但实际需要是沉默持久的更强大的引力不是吗？所以这也就成了一处软肋，它给了如此书写的人种种较苛刻的要求，包括他得有钱有闲才行。但世界能够一直这样上下截然二分吗？就算可以，小说书写者能够一直留在第一世界，保有这个不愁吃什么穿什么，只寻求"他的国和他的义"的舒舒服服的位置吗？

怕什么来什么，而这也将是人类历史一一发生的事。

仍是由上而下的书写

不由一般人书写，但现代小说仍能够依此缓缓进入、渗透众人，有点像佛家的小乘、大乘之别，林中分歧为二径，同样面对世界、面对佛理，一组人皓首穷经继续只身深入；另一组人则回过神来，想方设法把深奥的佛理"翻译"为一般性的话语，简化为歌咏、仪式，及于众生。早期承接说故事形态的所谓大叙事小说，几乎每一部都看得出兼有着此一存心。但我们用较明确的"科幻小说"类型来说明。

应该直称为"科学小说"较对，这大致始于稍后的19世纪初，玛丽·雪莱的《弗兰肯斯坦》。随科学大爆炸性的进展，在19、20世纪之交如花绽放，总是先提到这两人：法国的儒勒·凡尔纳，以及紧跟他身后的英国人赫伯特·乔治·威尔斯。

这组小说原不以享乐为其书写目的，或者说，如此精彩好读的故事毋宁只是糖衣，来自书写者的洋溢才华和精湛技艺。直说，这是宣扬"科学福音"用的，书写者站在科学新知和众人之间，小说高度乐观的氛围（几乎就是小说史上最乐观的一组作品），和彼时人们对科学的无比信赖和依赖同步，假以时日，没什么是（未来）科学不能帮我们解决的。科学是新宗教，小说家是其使徒之一，天国近了,你当悔改归皈。

科学小说阴郁起来是稍后的事,也是来自科学的"触底"也似折返。我们渐渐看出了它的限制,看着它闯的大祸小祸,也感受到未来惘惘的威胁。这组小说的亮度暗了下来,一部分开始反思、质疑,另一组这才真正"幻"起来,成为另一种神鬼小说。

侦探推理这一更大类型小说也大致如此开始。威尔基·柯林斯的名著《月亮宝石》,我们说,在日后侦探推理类型成立后,才回溯成为其始祖之作(事物的成立,回忆出、创造出它的来历)。但其实也可以只看成是一部以谋杀为题材的小说,谋杀尽管并非太寻常,但不也是我们生活中的一般事实吗?《月亮宝石》的卡夫警探,并没成功破案,他只奋力走到水落石出前的临界一步,唉,身为推理探长怎么可以不破案呢?所以我们可以很合理地这么想,柯林斯关怀的不是此一最安慰人心,享乐者不可或缺,视为权利、视为报酬的完好收尾;他感兴趣的是此一漫漫罪恶,芜杂地牵扯到历史传统、社会结构、家庭结构,以及人心。就跟陀思妥耶夫斯基也写谋杀犯罪一样,《罪与罚》《卡拉马佐夫兄弟》云云——事实上,侦探推理小说也屡屡将陀思妥耶夫斯基纳入,迎来大神加持。

但我们晓得侦探推理有更直接、轻快的来历,始于爱伦·坡（他稍微悲苦），大成于英国——那就是上层文人的智性游戏，茶余饭后，想出个精致典雅的谜自娱娱人，考考大家，也彰显自己的机智云云。每种通俗类型小说都有它的一些特殊基因，年深岁久，至今科学和推理仍是智性成分最高的两种小说，毫不奇怪，它们的顶级作品，屡屡可以好过一般水平的所谓正统小说。

但这样的由上而下书写，感觉还是未完成，感觉还是不完满，尤其在绝对平等的思维空气里。于此，左派有一个过度简单的理想，总倾向主张，下层世界的小说，就该由下层世界之人自己来写，即日后所谓的话语权云云——他们对权力的警觉，一直高于对内容的关注。

认识，从不是这么简单的事，更不这么截然二分。我们直接来看这两部了不起的著作——屠格涅夫的《猎人笔记》和契诃夫的短篇小说集。两者都直书彼时俄国下层种种辛劳贫苦的生活现场，屠格涅夫贵族出身，以一个打猎的贵族老爷身份，追着鸟兽足迹，从外部进入到每一个现场；契诃夫乃农奴之孙、破产小商贩之子，当然，他就活在这世界里面，这些人就是他的亲人、朋友、邻居、熟人、同乡云云。这两部著作都精彩无匹，值得一读再读，失去哪一部都是小说史的巨大遗憾。

我们只简单说，完整的认识目光必须既来自内部，也来自外部。内部的认识和见树，亲切、准确、稠密、细节满满，有着强大到几乎无须解释的事实力量和触发潜能；来自外部的认识如见林，最珍贵的则是整体感，不落入单一特例的陷阱，不困于惑于一时一地的时空限制，能够把认识从存在的遗忘中"拎出来"，进一步置放于人类的总体认识之中，连接更宽广的人类经验并得到深度。现代小说带给文学书写的最珍贵的礼物，其实就是此一来自外部的目光或者说此一位置。

先读，而不是先写

人类世界持续上下流通，也为书写带进来下层世界的人。书写有重重门槛，但没这种势利眼。来自下层世界的新书写者，如果够好（并不苛刻的够好），并不被排斥，反倒是直上C位的惊喜，仿佛把原有的文学图像"刷新"一次，还往往得到超过真正评价的注目和赞誉，俄国的果戈理、契诃夫是如此，日本的林芙美子尔后也如此。

只是，这比想的要慢、要难。

首先，要有足够数量的下层世界之人能熟练掌握文字，从中冒出来够格的书写者，这是等于要让整个世界脱胎换骨一次的人类大工程，没个几世纪的耐心是做不到的。

固然，个体有超越性，不必等待集体齐一完成。只要有足够强的生命素材，对文字技艺的依赖可以降到极低，所以起步即巅峰，第一本书用的总是生命中最珍贵、最厚积的材料。时至今日，小说世界从不间断出现所谓的素人小说家，且往往第一本书就是他最好的作品，至少不出前三本，这个现象如今在通俗类型小说是通则，不这样才是例外。人的生命经历，就一本书而言太多，但对一生的书写则又少得可怜，两本三本就差不多空了。写下去，书写的重重门槛这才一个一个来，感性生命材料的快速消耗，得由人的思维，以及文字技艺来补充来替换。因此，"读"和"学"变得比"写"更重要；也就是说，书写得是专业了，所谓"素人"只是暂时性身份，不转入专业，就得离开。

就来自下层的书写者而言，更直接的难题是，如何取得这个"有钱有闲"的书写位置，或平实地说，如何同时挤出足够的物质条件和时间，这无疑还早，现实世界还差得远。因此，小说向大众倾斜、翻转，不是走书写之路，而是阅读之路——作为读者，远比作为书写者便宜、省时间，而且识字即可，但即使如此，也还是得费时几个世纪。

在笛福、菲尔丁的时代，工业革命才起步，书籍是极昂贵的，就连夜间照明的蜡烛都算奢侈品，如中国古时的穷书生得靠雪光或萤火虫微光，甚至冒着痴汉罪名凿墙壁来偷光。所以，很长时日，在这个下层的劳动世界，阅读一直被看成是"有害"的，败家、浪费时间而且徒乱人心，让人上不上下不下，无法安分于生计。

阅读，缓缓地以某种蜿蜒的、渗透的方式进行。像是买不起书的人读可以传看的廉价报刊，上头印有连载的，当然多为享乐成分较高的小说；同理由，小说也拆册出版，如我们熟悉的分期付款概念。

此一长路途中，至少有这两个重要节点——一是，所谓"读小说的厨房女佣"；另一是，企鹅出版社的"六便士小说"。某种意义来说，是前者促成了后者，真正改变了人类世界的阅读风貌。

阅读（小说）如打开缺口般流向下层世界，开始于厨房女佣而非一般劳动者。女佣毕竟是彼时最贴近上层世界的人，她可由女主人处借来小说；之前，她从主人和其友人的交谈就先听到有关小说种种，有相当的阅读准备，她也有灯光，晚饭后的私人休憩时间，厨房一灯如豆，但足够她看清书上文字。六便士小说，一本书可用一包烟而不再是两个月的工资取得，小说阅读至此才真正向一般人开放，而这已经是1935年的事了。低价当然是阅读的福音，但愈是影响深远的大事，总愈有带着某种潘多拉盒子意味的种种效应，你打开它，不会只跑出来单一一个东西。书价可压这么低，便得以数量的大增为条件；也就是说，数量从此成为小说成书的一个大门槛，而且，数量的命令声音，会愈来愈响亮、坚决，书写者多出来一个得小心侍奉的神，还是一个不怎么在意质量、偏感官享乐的神。你怎么可能只要这边不要那边呢？

远离一般人的生命经验

平行于此，我们回头来看小说的持续认识之路——我们只最简易地来说。

认识的不易通则是，由大而细、由近而远，但在认识的后半阶段，我们更该留意的是由显而隐——离开表象，离开感官，进入到偏概念、偏思维性的世界。因此，每一道认识之路，总逐渐远离众人、远离一般性的生活经验，凝缩为一个个森严的专业，小说也很难逃出这个基本认识宿命。

1904年6月16日都柏林市利奥波德·布卢姆这个人的一天，用百万字仔细书写难以计数的一瞬，而这每个一瞬如中微子穿透人身，一个也留不住，也就毫无意义——这是一部最虚无的小说，或者说绝望的小说，日暮途穷，但人就连日暮途穷都不知道了，也就不会像阮籍那样放声大哭，这只是寻常又寻常、淡乎寡味到不起泡的一天而已。

从荷马神鬼征战的九死一生返乡十年故事，到乔伊斯的就这一天——《尤利西斯》已不再是个故事了，它毋宁只是个意念的揭示及其证明，一个冗长无比的证明，只告诉我们，这所有一切全无意义，到尽头了，时间被切碎成无数个瞬间，全无联系，全无顺序，这是单子了，打不开，进不了记忆，即生即死。

也因此，这部小说的评价断成两极，不是历史前十、前三乃至于第一，就是乏味、无聊、失败。大致上，叫好的倾向于文学的专业之人，尤其是学院中人，他们喜欢抓单一概念，而且不怕，也习惯烦琐的证明；质疑的偏创作者同业这端，小说怎么可以这么写？小说从不是只为说出最后那句话（爱伦·坡这么主张，但这是不对的），小说不该是康德的《纯粹理性批判》，小说不服侍某个、某几个单一概念，不管这概念如何了不起云云。这包括乔伊斯的爱尔兰后辈书写者多伊尔，他坦承自己读不下去，且发出这样宛如国王新衣的疑问——那些声言《尤利西斯》是十大小说之一的人，真的有被它片刻"感动"过吗？博尔赫斯，他曾说这部小说写得"太机械"，他用最温和的方式说，小说不应该这么写。

我自己不反对，且支持任何肯读一次《尤利西斯》的人，是的，好东西不一定有趣，漫长人生，人至少总该从头到尾承受一次这样极度乏味的美好。我唯一的谏言是，这是不必读两次的小说,那些毫无反应流过布卢姆的一瞬,同样毫无反应地流过阅读的我们。好小说都应该重读,但这不适用于《尤利西斯》,这是一种"我知道了"就可以的小说。

我以为,真正让创作者这边不安的是,乔伊斯直接触到了大家志业最深处的忧烦——每个够认真的小说家早晚会切身地察知,小说一定会被写完,就像太阳也会烧完自己,如今,小说还剩多少、还有多远?这个高悬每个人头上的小说末日钟,乔伊斯有点鲁莽地直接把它拨到零。

不许重复,真的吗?

认识之路给现代小说最严苛的要求,极可能就是这个——不许重复。

不重复,弄懂了就丢下,箭矢一样永远指着、射向前方,如此英勇,小说书写马上碰到的麻烦便是故事的快速消失——我们直接取用列维-斯特劳斯的结论,这个研究人类全部神话故事的人指出:故事,所谓的原型故事其实数量极有限,即便诉诸历史长而又长的时间,不同生命现场难以数计人们的集体经历、想象和梦境,真正发生的并不是新故事的源源而生,而是这有限故事落在各种不同时空的彼此交织及其辉煌变奏。

日后，推理小说的书写设计，把不许重复这个命令执行到成为天条。但老推理读者心知肚明，诡计原型就那些，光《福尔摩斯探案集》一书就用掉多少，而且一个短篇一个，如此浪费、如此讨债，日后的推理作家怎么活？所以美国范·达因的代表作《格林家杀人事件》，便原原本本继续使用福尔摩斯《雷神桥之谜》的精妙诡计。

不重复，受此沉重压迫的当然不只故事，人有限的存在、有限的情感、有限的感知理解能耐、有限的突围创造能耐，全部如有涯逐无涯，殆矣。博尔赫斯便曾忠告，文学的隐喻其实数量有限，但也不必勉强去发明新的隐喻（只因为隐喻是从文字够长时间的使用中自然生成如结晶，书写者是感受它的存在如发现，是使用而不是制造）。

小说外部，人类世界也变得愈来愈不合适生产故事。如书写大上海的王安忆感慨的"城市无故事"——在领先城市化的欧陆，这甚至还早近百年，"总是转过一个街角就从此消失了"。依本雅明，先是"行商"，远方的故事、奇人奇物奇事；然后是"农夫"，在地的故事，如作物缓缓生长出来，这于是需要很长的时间，让事物有头有尾完整显现，"你凝视得够久，便可以从岩石的纹路中看到某只兽、某一张人的脸"。但在城市里，建筑物栉比鳞次，人的目光不断被阻断，时间碎成片片，碎成一瞬；而城市又是最趋同的东西，若还有什么不同于你所居城市的奇妙东西，都是历史的残余物，也都在流逝之中。

然而此事千真万确——一般人并不在意重复，事实上，他们喜爱重复，甚至不停寻求重复，如《浮士德》经典的那一句："这真美好，请你驻留。"

重复是熟悉，是安全，是不害怕不迷途。生活里，我们所能拥有的任何美好时光都太短暂，所以我们设法复制，重复等于使它驻留，让自己一次又一次回去那天、那地方、那些人，尤其是那个幸福满满的一刻。

所以可能得这么想，不是感慨而是感激。如此"不人性"的现代小说之路，居然能长时间说动这么多读者跟着走，四个世纪一代代人你写我就读的信之不疑，想起来真不可思议，也真的珍贵，尤其在路末端的今天（他们只是少了，并没完全消失）。他们一直围拥着小说前行，说小说赖他们以生存并不为过，尤其在已无意识形态的时尚魅力、纯属个人信念支撑的今天。

小说书写从来无法（其实也无须）做到完全不重复，有些好话说一次、听一次怎么够呢？小说只是摆荡于有限故事的变奏（如乔伊斯《尤利西斯》、福克纳《我弥留之际》是数千年前《奥德赛》返乡故事的辉煌变奏），和掩饰性的重复之间，至于倾向哪边也许并不必深究。重复，更多被保留在那些享乐成分较浓的小说中几百年如蛰伏，最终，在读者方的需求通过黄金交叉（或死亡交叉）逐渐越过书写方的主张之后，"独立"成为一种又一种的通俗类型小说。

成为职业，又不成其为职业

这是真实发生的事，2005年，我们的日本小说家朋友星野智幸到台北——我曾在书写中引为实例一次，并多次私下讲给两岸的年轻小说书写者听，当他们（合情合理）抱怨当下的小说处境时，作为一个安慰，稍稍苦涩的安慰。

星野当时风华正茂，是中坚世代的"旗手"小说家，圈内非常期待。我关心他的书写状态，他告诉我正在和出版社编辑讨论下部小说的主题。我无比好奇，这还要商量吗？星野说："我现在的地位还不能想写什么就写什么，而且，字数限制大概是八万字。"我想起当时我所属出版社的宫部美雪、凑佳苗的厚厚小说。星野讲："哦，那不一样，她们的书很能卖，不受这些限制。"

几年后，星野在经济上有点撑不住了，不得已去早稻田大学开课教小说创作。

日本人的年均所得早超过四万美元，且好学好读书出了名。我们印象里,这事实上也真没多久,不过一代人的时间,日本的大小说家不都是云上人?台湾出版过一本三岛由纪夫的书写和家居写真书,住宅、起居室、书房、书桌、所用的钢笔文具,以及收藏物、摆设物,用小说家阿城的话说:"都是好东西啊。"

在小说历史上,这绝对是被严重低估的一件大事,那就是小说书写终究成了一个"职业"。

"职业"其实是个极可疑的说法。不是人类社会真的成功让上下阶层泯灭(只是复杂化了,且分割方式由权势倾向财富,如今权势和财富又有重新世袭化的反挫趋势),而是小说书写者逐渐失去了上层世界的种种"庇护",他逐渐成了必须自力更生的人,小说书写必要的"钱"和"闲"都不再理所当然,必须设法从自身挤出来。

我老师朱西甯,几十年时间里都是台湾最顶级的小说家,但我始终在场完全清楚——他有基本的退休终身俸(不到50岁就早早申退,损失更优厚的给付来换取书写时间),他是文学编辑,他演讲、出任文学评审,他在大学兼课,以及更稳定的,我师母刘慕沙速度较快的日本文学翻译收入云云。也就是我说过的,以某种"东边拿一点、西边拿一点"方式拼凑而成。小说的经济收益(从报刊连载到版税),当然是其中必要的一项;但这也是说,只靠小说书写不够，小说是"被养"的。

这几乎是每个小说书写者的共同经验，血肉真实，不是意识形态作祟——要让书写彻底职业化、商业化，一路上总有什么一直制止你、拉住你（包括这里那里不可以这么写，不能轻飘飘地写、不能讨好没节操地写、不能煽情洒狗血地写、不能违背自己本心如说谎地写，等等），而且，感觉自己一路在丢东西，那些你辛苦多年才堪堪拥有，也自豪的珍贵东西，直到自己像完全空了，一无所有，感觉自己是"转行"了而不是写另一种小说而已。是以，这里有一种确确实实的"高傲"，甚至"逞强"，以为自己只是不为而非不能（尽管纯商业书写也不是简单的）。

确实，这是两个不同的神。小说之神要求你太多，商业之神几乎只要你做到这一点但非常严厉，那就是放空自己，搁置举凡信念、价值这些麻烦纠葛，无我。这有老子哲学的况味（所以老子哲学是真正的末世之学，谋略、兵法云云皆生根于此），你要不争如水，趋下如水，随世起伏，不执着不抗拒，保持灵动，这才能跟得住集体这难以捉摸如时时变脸的声音，嵌入到商业的巨大体系之中。你需要的不是任何成形的哲思智慧，那都太多太危险，通俗类型小说是"有限"的小说，你真正需要的仅仅是机智，尽可能只用机智来写小说。

容易吗？也容易也并不容易，看人。

真正成功让小说书写成为职业的是通俗书写——但出乎意料的是，这竟然也不持久，人类世界真的捉摸不定。

声誉的量变到质变

优雅自嘲的英国人有种说法："美语原是英语的一支，如今，英语只是美语的一种怪腔怪调的地方方言而已。"

正统小说，可见将来，会不会只是一种怪腔怪调的小说而已呢？

这不好说，我自己也没敢过度期盼、过度要求——现在，我甚至不敢劝人踏进文学领域，遑论劝人去写已这么难写好，又现实处境趋劣的小说。对那些仍不屈服的书写者，我敬意满满。

我较担心这两事。

一是小说的评价一样跟着向通俗端倾斜——很长时日，好小说和受欢迎的小说是不会搞错搞混的两个东西，甚至被认定是背反的，一如电影奖把最佳影片和最受欢迎影片并置，前者信任专业眼光及其鉴赏力，后者则单纯是集体声音，票票等值，以多为胜。记忆中，也从未选出过同一部影片，而我们真正在意的、记得的总是前者。

但那种一字之褒，宠逾华衮的时代已杳逝，它渐渐叫不动众人如老阿尔卡蒂奥再叫不动马孔多人——我在京都祇园一再看到如斯画面,那几家典雅但清冷了,卖着不合时宜的好东西,如和服腰带、发簪、折扇云云的老店,依然高挂着昔日将军家指定商家的荣宠木头牌匾。但在绝对平等原则的年代,一人两人的津津赞叹连基本顾客都构不成了,那只是知己,相濡以沫。

小说评价逐渐向中间合流——愈来愈多人真心相信,也敢大声说出来,诸如村上春树的小说就是最好的小说云云;中国大陆,也许更多人认定的就是那两部说来说去的金庸武侠。有这样的意见倒不奇怪,比较特别的是其声量和数量快速增强,持续量变跟着的往往是质变,果然,专业的文学工作者、评论者的呼应声音日多,且总是以某种"我这是更诚实""我与时俱进"的昨非今是的方式说出。

我曾用一整本书想声誉(以及权势和财富)这东西,声誉如此郑重、如此需要保卫,不在于"虚名",而在于它是一根绳子,系着、拉着某些宝贵的东西,且往往只剩它还拉着。因此它得尽可能正确、尽可能强韧。

认真、上达志业层次的文学书写,一直由声誉所拉动。就连自由资本主义之父亚当·斯密都这么认定,在《道德情操论》而非《国富论》中,他比较各行各业,说声誉是文学书写者最主要的报酬，极可能还是唯一报酬。你拿走它，有点难看地把它奉给已有丰厚财富报酬乃至于权势报酬的对象，也就把书写者驱赶向财富权势之地。

声誉也拉着我们最重要的文学记忆，拉着我们所有最了不起的小说，断不得，也错不得。

爱默生曾把书籍说成是"死物"，人们不想起它不打开它，它就一直沉睡于洞窟（或墓穴）之中，万古如长夜。电子化，所谓的长尾、无限清单云云帮不了我们多少，这只是成功改建、扩大了墓室而已，你不记得，就等于不存在、不曾存在。就算莫名留住一个空洞名字也没啥意义，还会变得好笑，我搜寻过，如今，"堂吉诃德"毋宁是超大型连锁商店，而不是那个做不可能之梦的愁容骑士和那部小说；"夏多布里昂"则是菲力牛排中段最鲜嫩、布满油花的那32盎司，而不是那个被抛掷在民主曙光时代的最后贵族，那一根历史盐柱，那本阴森森宛如由坟墓中传出、来自彼岸的回忆录。

通俗享乐小说可写到极好，像是推理的布洛克，像是间谍的勒卡雷。我几位水平极佳的友人如钱永祥，便直接认定勒卡雷最好，没之一的那一种最好，但即使我也爱读勒卡雷，却不得不出言驳斥——把勒卡雷推到最高，有太多比他更好的小说就没位置站了，我们可能会轻忽它们从而失去它们，如托尔斯泰、契诃夫、格林、三岛由纪夫……一长串的死者。

通俗享乐小说可写到极好，并非商品要求的缘故（《五十度灰》，全球销量超过5000万册，却连文句都不通，我说的是原文，中文译本比原文通顺多了），而是因为一直以来，好的通俗享乐小说家，一样活于、生长于这四个世纪的小说世界，一样读这些伟大的作品，共有着相似的文学教养。所以，随着声誉的转向，通俗享乐小说的质量一样会劣化，且应该更快劣化，只因为它的书写者（尤其是新加入的书写者）会更远离，甚至根本就不知道此一书写传说。

只生活着的小说家

我的另一个小小忧虑是，正统小说书写的进一步业余化。

正统小说书写无法顺利职业化，这是不得已的初步业余化，也是有点荒唐的业余化——台湾很明显，我猜世界各地也多少这样。真正心无挂碍能全力以赴书写，反倒是年轻时日，未就业，在学；30岁、40岁之后，就得由自己来养小说和自己，以及一个个多出来的家人。也就是说，书写者总是以更少时间、更分散的心神，来写思索更深、考虑更多的小说，完全倒置。书写者在自己家中，也屡屡从那个光辉的、家人引以为傲的早慧天才，慢慢退化成某种狼狈的，甚至连生活都难以自理的头疼之人。果戈理说："早夭是天才人物的痼疾。"他指的是真的早死，但现实天才书写者的早夭却多是力竭、脱离、退场、转业、黄粱一梦。我人在现场的台湾这半世纪，能够一个一个详列一纸长长的清单，也知道小说世界魅力消退，荣光逝矣，"公园池塘结冰了，那些野鸭子飞哪里去了"。

荒唐的另一面是，较轻快书写的通俗小说，反而是专业；较困难的正统小说，很难不是业余的。

但我真正关心的是书写者的内心变化，以及必然引发的实际书写变化，因为这其实是可自主的。

2017年，我去上海复旦当散文奖评审，科系分明的大学生书写，很容易让我清晰地看到此一现象，应该说是一个明显的空白，一个应该要有却没有的东西，福尔摩斯最聪明的那一问："狗为什么没有叫呢？"（《银色马》）——只有一位生物系的大学生写出了他的专业目光，其他人好像一进入文学世界，就得把自己认真所学、走得最远的东西留在门外如违禁品，得缩回成无差别的"一般人"。文学，很奇怪地成了非专业、非职业的东西。

每一门专业，除了其内容，也都是一种看世界的特殊目光,一个穿透世界的特殊甬道——而这原是小说这一文体的最强项,它的杂语性、它的多人多重目光,让它立体地、无死角地看人看世界。

知识的持续细分乃至于逐渐脱离一般性的生命经历,确实让小说的使用造成困难,也不知不觉形成此一错觉,跟着,通俗类型小说在小说内部的分割林立,更加深此一错觉——小说一个一个领域让开,小说不断如此自我限缩,你说,最终小说会剩什么、剩多少?

此一错觉最糟的结果就是,我以为,它让书写者成为"最不用功的人",或温柔点说,"不晓得该如何用功的人"——正统小说的书写者,比通俗类型小说的书写者不用功、准备不足,这很尴尬,却逐渐成为相当普遍的事实。通俗书写,领域有限明确,布满知识和细节,书写者很知道自己该摄取什么;而正统小说的书写者,去掉一个个层级建构成形的专业领域,那就只剩一个蓬松无序的世界,人只是"生活着"而已。

没有任何一门技艺、任何一种行当,人的准备工作只是"生活着"。

正统小说一定可以写更好

美国大法官,修补宪法,守护宪法,只有九个人,终身职如志业,"就像崇高清冷的埃及神庙里的九只圣甲虫"。因此,他们每年能审理的宪法上诉案数量不多(美国宪法再明智不过地赋予他们任意选择的权利,无须交代理由),但增加名额无助于此,因为大法官不是协同分工(只能得到一种看法),而是九个人各自独立审理,是九个法庭而不是一个法庭——所以,不为追求效率,而是获取九种各自面对同一宪政难题,探索真理的途径及其可能结果。这也使大法官不像现代联邦官员,而是古代、大真理时代的祭司。

一室九灯,灯灯相照,光不相互抵消,而是织成某种光之网,希冀无暗处、无死角。

这像极了小说书写,小说家如纳博科夫说的,既研究"上帝的作品"(即世界),也研究"同业的作品",一样不是效率分工,而是理解、对话,触动并寻求新的空白、新的可能。每一个书写者都单独面对世界,都一个人从头想到尾才真正说出来。

但更像小说书写的可能是这个——大法官不接受抽象的法学询问,那是学院教授的事,他们只审理具体争议的案件,"只在有正反双方真实攻防的法庭进行"。

小说总是从发现某一个具体事实,甚至仅仅是一个具象的、挥之不去就好像缠上了你的画面进入世界。卡尔维诺告诉我们，世界是张巨大的网，你从任意一个点进入，最终都会通向整个世界；我自己的土气补充是，具体事实尤其是具体疑问，是无法自限、无法分割的，书写者不是经济学家，如熊彼特说的，经济学者只负责回答问题的经济部分，然后审慎地把问题交给别人，这被称为"高贵的义务"。小说书写者不能这样，小说家的高贵义务毋宁是，想尽办法利用每一种专业成果，并穿透每一种专业分割，能走多远算多远，设法恢复问题的完整、世界的完整。

各门专业学问的进展，只是让小说书写变得困难，包括规格的深度要求，包括书写的知识准备幅度云云，小说面对的真实世界并不随之分割；通俗类型书写各据一隅，只是它自身的设限，并非是这一块一块领域的分离，禁止入内。

你看，一样悲伤地写叛国间谍，勒卡雷的名作《锅匠，裁缝，士兵，间谍》，当然远不及格林的《人性的因素》以及《哈瓦那特派员》。

犯罪小说顶峰的美国冷硬派，一堆杰作，但哈米特、钱德勒、布洛克等，如何企及比方《卡拉马佐夫兄弟》《押沙龙，押沙龙！》？

翁贝托·埃科的《玫瑰的名字》，摆明了就是用福尔摩斯加华生医生的古典推理框架，但书中诡计的精密度、复杂度及其隐喻力量（像那座随字母组合变化如万花筒、隐藏终极秘密的大图书馆），完全不同档次，而威廉修士（福尔摩斯）借助《圣经·启示录》的人为（或说错误）解谜模式，却能正确预言随机性、偶然性的案情进行并找出凶手，这是符号学了，不是推理小说所能够做到的。

写一个女子的情感和家庭悲剧，谁能达到《安娜·卡列尼娜》的高度呢？

我们或许也会想起卡尔维诺，像是他科学幻想小说形态的《宇宙奇趣全集》，数学排列组合及其演算也似的《帕洛马尔》，以及他直接用诸种类型书写合成，又似实验小说穿透可能的奇书《如果在冬夜，一个旅人》。卡尔维诺正是最早认真思索正统小说和类型小说分合的人，早我们很多很多，以他宽广温和的心胸、丰硕复杂的知识，以及精湛无匹的书写技艺。

天下人走天下路，无处不可去，小说可以如此气宇轩昂。是的，即使在类型小说已全面占领统治的各领域里，正统书写仍"一定"可以写得更好——我说的是"一定"。尽管类型小说书写者有更好的现实条件，但最终仍只是有限的书写，它的天花板设得不太高，容易满足于某种商品规格的达成。像《锅匠，裁缝，士兵，间谍》，就结束于叛国间谍捕获的高潮，合情合理；而格林的《人性的因素》，我们早早就晓得那是卡瑟尔，但小说没停，继续披荆斩棘前行。所以不是谜，而是处境；卡瑟尔也不仅仅是间谍，他更多时候是个人、完整的人，不可以让他间谍的单一身份凌驾、吞噬人。加西亚·马尔克斯赞叹再三，说这是一部最完美无缺的小说。

我自己喜欢如此携带着问题书写的小说，小说如一灵守护，我几乎要说这才是小说的"正确"写法——问题如人心头微火，照亮着、引领着小说前行；问题又如磁铁（如《百年孤独》老阿尔卡蒂奥拖行的磁铁），它会一直吸过来它要的、有助于思索它的东西。书写者小心护着它不熄灭，感觉再无其他命令声音，也不可被阻拦，有某种奇妙的自由，只止步于自己力竭、自己穷尽可能。

编入影视工业的通俗小说

最终，我们来说通俗类型小说的一个坏消息，比预想来得快。

一直，我们认定通俗类型小说扩展着小说阅读版图，让小说不断及于那些原本不读小说的人们。也许曾经是这样没错，但今天，我们得正视并设法解释这个有点诡异的统计数字——小说不断朝通俗端倾斜，但小说的整体销售量、阅读量却以相当明确的速度在缩减。一般，带点鸵鸟味的会简单把原因归为小说，甚或书籍的一整个衰退，这没错但还是没这么简单，因为急剧下落如坠崖的反倒是通俗享乐小说。也就是说，小说走向大众，但看来大众并不领情。

真正发生的是什么事？我（以一个出版老编辑和老读者的身份）的回答是，关键极可能在文字。

声音和影像，为物理性的时空所限制，无法存留，无法及远，也无法再现，但如今不是了，它成功成为最有力量的全球性载体，实时、直接、生动、轻灵，尤其在今天这个大游戏时代，在"马孔多人已不再追随老阿尔卡蒂奥"的时代。

本雅明说过复制时代的来临和aura（灵光）的杳逝；昆德拉说收音机终结了音乐的崇高追求，音乐成为纳博科夫讲的"软绵绵的音乐"——履霜知坚冰至。

声音影像成功蜕变，暴露了文学、小说的根本大问题——文字真的太沉重了，文字本来就不那么适用于享乐。我看日本电视上的搞笑艺人，他们最不能吐槽别人、已达营业妨害程度的话语，第一是"你说得一点也不好笑"，第二是"你这么说太沉重了"。

沉重，如今是不赦之罪。

如果再补上这两个数字，讯息会更清晰——"哈利·波特"系列全球销量为7亿册,"魔戒"系列为2.5亿册。罗琳应该已成功超车前辈女王阿加莎·克里斯蒂,成为史上第一畅销作家了,尽管她的小说本数远少于阿加莎。

一两个赢家、其他全是失败者的这一不太健康的模式,我们应该颇眼熟。这正是不加节制的晚期资本主义的商业模式,并最早完成于影视,然后是商业运动(NBA、MLB、欧陆足球云云),以及亘古至今的赌博。

所以说我们该老实承认了,通俗享乐小说已更远离文学,它已被编入更华丽、更庞大的影视(以及电玩)工业体系中,不是个人书写,而是集体作业的一项文字工作,并非那么起眼、那么优遇的一个工作。

丹尼斯·勒翰,原是冷硬派作家,写驻地波士顿的"帕特里克/安琪"双私探系列。多年前我负责编辑他的新作《隔离岛》,警觉他改行了——应该是前一部的《神秘河》起头,到《隔离岛》已相当纯粹是瞄准电影而写,角色、分场、空镜、特写、对话云云。整个节奏是电影而不是小说,毋宁是写得很详尽的电影分场大纲;不是小说的稠密,而是电影分工的精密。果不其然,2002年后他直接就是编剧了。

顺着勒翰的提醒,往后20年我在华文世界不断读到这样的小说,尤其是大陆,大陆的影视工业来得比昔日好莱坞更急、更浅、更金粉，是一道撞击喧哗的金钱之河，人心焦躁，得说，还真没一部写得比勒翰好。

进一步，就是通俗小说的"乐透化"。

我的老友卢非易，在南加大念的电影，学生的课余时间不值钱，当时，他们一群室友便凑起来写剧本，八大电影公司一家家投递，被打回来那是原形，但万一万一——工会有最低酬付设定，万一哪家垂怜或瞎了眼，那就可以打电话订跑车了。

巨大奖赏又取决于大众捉摸不定的"感觉"，书写者怀抱如此希望也并非不合理——用这个来解释新近的通俗小说书写，尤其是大陆已是人类历史奇观的网络小说书写，一目了然（信不信？我少说也读了两三百本网络小说，当然是快速读过，我想知道他们在做什么、想什么）。

此地繁华，流满牛奶与蜜，当集体蜂拥成形，我想，真正的小说书写者就退到一旁了，小说书写终究是个人的，集体需求的天花板太低了也太单调了，他听得见更有意思的召唤声音，也应该有着某种自豪之心。小说书写者，如博尔赫斯说的，"我们有义务成为'另一种人'"。

我信任小说

于是，小说只是变得更纯粹而已——也许来的，以及留下来的不是那些最聪明的人，这有点可惜。是有那种仿佛天生的小说家没错，这让他们很容易进入书写，一出手就有模有样，但也还是只保用于书写初始，小说长路，要求人很多很复杂，各阶段（比方年龄）也有不同的要求，聪明用进废退，小说、文学从不是这么浅、这么简单的东西。

回想过来，小说书写并没"失败"，事实上这是个成果辉煌的文体，我们试着把小说遮掉，看现代文学还剩多少？也许正因为这样，才让如今小说变得这么难写，"好摘的果子都被摘光了"，而这其实也正是人类每一条思维之路的末端的必然现象。我们说，小说真正不成功的，只是在人类的历史变迁中没能找出某种"经济模式"，不稳定、狼狈，但还不至于致命（有人不以为意，有人觉得写不下去），也不至于阻止好的小说出现。这四个世纪，或因某种集体处境，或因个人出身或生命际遇的不运，个别小说家一再陷落于生存底线处，有太多了不起的小说是这么挣扎写过来的，契诃夫、爱伦·坡、林芙美子云云，以及自作自受的陀思妥耶夫斯基。我也想起我的老师朱西甯的小说最初开始写作的时日，一盏小灯泡，一块图板垫着，在战友们已酣睡的夜里，只有这时间属于自己，偷来的时间——20世纪50年代，台湾什么都还没开始，谁都穷，但也许那样反而没事，人心思平和宁静，听得见昆德拉所说的自己内心的活动声音。

说这些不是暗示,更没一丝道德绑架的企图,只是想正确地、完整地更了解小说这东西、小说书写这件事,以及其全部可能。对于我这样写不成小说的人,话已说太多到僭越的地步了,终究,人和小说的关系是一对一的,小说书写之事,只有书写者自己能回答,能够的话,麻烦直接用小说回答。

弗吉尼亚·伍尔芙说,人活着并不只是吃饭记账而已,人会感动,会思索好奇,会做梦,会抬头看黄昏日落和满天星斗云云。这都是对的,但这些年,因为某些难以说清的理由,也知道自己隐隐带点火气,我不再这么说话,也不愿把希望置放于这样的普遍"人性"上。

我真正不改信任的,是小说这个东西,我仍然相信它是神奇的——小说是最不自恋、最不任性的文体,小说也是最逞强的文体,小说无法自怨自哀,小说总是把困厄、悲伤"包裹"起来,设法置放到某个可理解的世界之中(现实不够,便自己组合、创造一个应然世界),包括自身的困厄和悲伤。所以好的小说书写者,总小心不让自己的悲伤超过它的读者,即使他的当时处境比任何读者都艰难、都更像身在地狱,如卡夫卡,如去国回看都柏林的悲苦乔伊斯;小说甚至自讨苦吃,如格林说的,"小说家要描叙痛苦，就有义务同受其苦"。

小说这些特质，如果认真书写，一定会一个一个内化为书写者本人的人格特质。

> 那人比别人高出一头
> 在芸芸众生中间行走
> 他几乎没有呼唤
> 天使们隐秘的名字

我极喜欢从博尔赫斯那里看来的这四行诗，我以为这也是对小说家的最准确的描写——如果我们加进去一点期待的话。

历史小说的严肃性与通俗性
——对话马伯庸

今年，马伯庸新出版了一部以医疗史为题材的小说《大医》，又一次在新的领域做出尝试。在写作早期，马伯庸就展现出了自己广博的兴趣和旺盛的创作力，他的作品涵盖了奇幻、武侠、历史、科幻、悬疑等不同类型和风格，近年来逐渐转向了以历史小说为主的创作。成为畅销书作家的同时，在严肃文学领域内，他也得到了越来越多的认可，2010和2012年分别获得人民文学奖散文奖和朱自清散文奖，2018年在"匿名作家计划"中写作的小说《卜马尾》以神秘和诗意的风格给读者留下深刻印象，近几年又不断有小说在《收获》等传统文学期刊上发表。作为一名在不同领域都有所建树的作家，《鲤》邀请他谈谈文学创作中严肃和通俗的问题。

1. 个人的阅读和写作

你读书的时候学的是经济管理专业，后来又在外资企业工作，可以说和文学的距离较远，并非一条典型的作家成长路径。那在开始写作之前你是怎样接触到文学的，哪一类别的作家对你产生了比较大的影响？

我是从小听评书长大的，三国、水浒、隋唐、杨家将、薛家将、说岳等等，每天中午跑步回家，就为抢着能准时听到收音机里播放评书。我听完了不过瘾，还要在学校里给同学转述，有时候剧情记得不太清楚了，甚至还会即兴编上一段，唬得他们一愣一愣的。如果不是家庭原因，说不定我就拜师学曲艺去了。现在回想起来，我的文学师承——更准确地说，所谓的俗文学或市井文学——大概要追溯到宋元时代的瓦子说书，得从霍四究、尹常卖、柳敬亭这一挂算下来。

走上写作道路后，你阅读的兴趣和方向有没有发生

改变？现在阅读的书籍大概是哪些方向和种类的？

我读书比较杂，写作更杂。早年创作是在网络上，无拘无束，也没什么偶像包袱，什么都写，科幻、灵异、武侠、幻想、历史……就好像一个小孩子进了玩具店，什么东西都想拿起来玩玩。后来慢慢地，我发现历史这个方向比较合自己口味，不知不觉开始了以历史题材为主的创作。不过我倒从来没给自己做过限定，兴起而作，兴尽而回，不会拘泥于特定的身份。作家不该是一种职业，而是一种状态，你有表达欲望并且付诸文字，在那一瞬间你就是作家。你搁下笔，停止写作，作家身份便随之丧失。

我现在看的文学作品不如之前多，大部分时间是阅读文献与资料。原因很简单，我看小说会不自觉地想，如果换了我来写这一段冲突，应该如何处理；如果我来描写这一对人物关系，会怎么剪裁——作为同行，我能看到每一段文字背后的殚精竭虑，也感觉得到作者布局谋篇的技巧，不自觉就会进入工作状态，容易焦虑，太累。不过很多经典名著，我没事还是会拿过来反复阅读，它们太伟大了，轮不着我替人家焦虑。

严肃文学和通俗文学之间，通常界限并不是非黑即白、泾渭分明的，而是类似于光谱一样的存在。在你的光谱中，哪个或哪些作家的作品更严肃、更经典、更值得反复阅读？

我一直觉得，严肃文学也罢、通俗文学也罢，这些都是书评家和图书馆要去头疼的分类。作为作家，本分就是将自己的内心诚实地表达出来，用尽你所认为最美好的技巧，就算尽了自己本分。而读者也只需要去评判一本书我喜欢不喜欢，就足够了。

我一直极其喜欢马克·吐温，他是一位当之无愧的幽默大师，而且在他的幽默背后，永远藏着一层犀利的洞察，洞察背后，还抹着一层悲悯。比如《败坏了哈德莱堡的人》《傻瓜威尔逊》，以及一个小短篇《火车上的吃人事件》。读这些作品的时候，你会感觉有一位小丑从幕布间隙朝着观众席窥过来，脸上的油彩浓郁，可眼神里的清澈与犀利，却在黑暗中熠熠生辉。

在严肃文学领域，也有一些作家的作品销量很好（当然现在越来越少），你认为这些严肃文学作品比较畅销，是因为更好地吸纳或者借鉴了类型/通俗文学的元素吗？

写作不能考虑销量，一考虑销量，动作就会变形，文字就会变化。不是说我们应该无视市场，而是说经济规律并不以作家个人意志为转移，想太多也没用。作家搞创作，不是去迎合市场上的种种流行需求，你迎合不来，你只能在作品里展现出自己的三观与观点，找到和自己志趣相同的读者，本质上这是一个交友的过程。

在许多访谈中你都提过自己的写作是从网络上开始的，可以再具体聊聊当时是由于什么契机开始创作的吗？网络写作的经历对你后期的创作有没有产生什么影响？

当年没有网络之前,一个文学爱好者想要走出来,难度太大,需要一级一级文学刊物往上投。像我这种没什么天赋的人,估计很快就泯于众人了。网络最大的好处是无限降低了发表门槛,同时也给予了足够宽容的容错度。网络写作,作品可以瞬间被天南地北的无数人看到,他们的反馈几乎是即时的,这在传统时代是不可想象的。我是成长型的作者,起初写得并不好,现在回过头去看,我都想抽自己,就是一个中二小傻子,如果我胆敢去投传统刊物,恐怕退稿信会直接击溃我的尝试。但网友们并不会因此而鄙夷,反而会因为你作品里的一点点闪光而褒奖,这让我逐渐有了信心,慢慢放开手脚,磨炼技艺。

近些年,你获得了一些严肃文学领域内的奖项,也经常在传统的文学期刊上发表小说。你认为自己在创作过程中进行过有意识的调整以更符合严肃文学的要求吗?

顺其自然,随遇而安,文字这东西骗不了人,你只能写出你最擅长、你感觉最好的东西。剩下的事，就交给读者和评论家们去决定。

在国外已经有很成熟的类型/通俗文学的写作生态，类型文学和严肃文学更像一种并行发展的关系，在类型小说领域，也出现了像斯蒂芬·金、厄休拉·勒古恩、弗雷德里克·福赛斯、西德尼·谢尔顿、托尔金、J. K. 罗琳这样的经典作家，其影响力和受尊敬程度不亚于严肃文学领域的作家。你认为中国为什么没有涌现出太多这样的作家？

我觉得中国现在就类型文学这一块，已经涌现出很多出色的作家了，他们只是还需要一点时间去成长。成熟的市场化操作、便捷的网络沟通方式、大众日益提高的文学素养，种种因素都在直接或间接推动着这一块的创作朝前发展。从前的文学爱好者是孤独的，一个小城市里可能就十几个人，现在他们可以轻而易举地在网上找到同志，彼此倾吐与讨论，甚至可以获取最新的国内外文学动态。文学和市场从来不是互斥的，而是互相成就。苦难会诞生伟大的文学，丰饶则会促进一个行业的复兴。

2. 历史小说的严肃性与通俗性

你早期的写作涵盖了各种类型和风格，包括但不限于奇幻、武侠、历史、科幻，甚至鬼故事、奇谈或者搞笑作品，比如悬疑小说《她死在QQ上》、科幻小说《寂静之城》也都有不错的反响，那你最后是如何逐渐转向了以历史小说为主的创作的？

其实历史是一个题材的大筐，它的创作维度非常大，什么东西都可以往里面装。无论是武侠、灵异、搞笑、悬疑、言情乃至科幻，你会发现，所有的文学类型都可以放入历史的场景里去演绎。归根到底，历史说的始终还是人性，贪与欲、义与情，这些始终不变的东西，在不同的时代有着不同的表征。我很喜欢在这些真实的缝隙里寻求虚构的快感，所以历史题材是一个必然的选择。

可以谈谈你认为比较经典的历史小说吗？以及这些作品对你的创作有没有产生什么影响？

早年我看乔万尼奥里的《斯巴达克斯》，就感觉非常惊艳，故事里对古罗马生活的细节描写令人心折，后来读徐兴业先生的《金瓯缺》，他对汴梁的繁华描写也是精细如织锦。他们两位决定了我对历史细节近乎偏执的追求。赫尔曼·沃克的《战争风云》则教会了我如何在真实历史中缝入虚构的丝线，尤其是每一章开头煞有其事地附上一段并不存在的德国将军的回忆录，虚虚实实，实在让人着迷。还有茨威格磅礴华丽的气势，芭芭拉·塔奇曼的精准犀利，显克维奇的悲悯雄壮，山崎丰子对专业铺排的执着用心。每一位历史小说家以及非虚构史学家，我都从他们身上汲取了太多养分。

你之前多次提到过历史小说的公共关怀问题，你认为类型文学的道德标准会更主流、更简单吗？如果在类型文学中更深入地讨论道德问题，是不是就会增强作品的严肃性？

关于道德的问题，从来不需要作家专门植入到作品里。任何一部历史小说，都不可避免地会涉及对道德本身的探讨,更准确地说,历史小说的本质,就是将人类的道德困境置于一个特定的场景下进行沙盘推演,这是无可避免的。金庸先生的《天龙八部》里,萧峰要面对身份认同以及辽、宋选边,最终自戕而死;肯·福莱特《巨人的陨落》中,五个家族不停地在国际风云变幻中做着挣扎。还有石黑一雄的《被掩埋的巨人》,把族群撕裂的话题,掩藏在亚瑟王的传说故事中。历史讲的是人性,人性就一定涉及道德。高明的作者可以让读者在不知不觉中被引导着面对道德问题,完成主题构建的闭环。

很多类型小说的生命力有限,发展到一定的高峰期就走向衰落,比如武侠小说、某些类型的推理小说等,但有些类型小说则有更持久的生命力,比如科幻小说、成长小说、历史小说等。你认为这其中的原因是什么?

我认为和人类的想象力阈值有关系。比如武侠小说,当年受欢迎,是因为作者们虚构出了一个江湖世界,人人身怀绝技,这是超越日常生活经验的幻想。但现在广大读者看惯了仙侠、看多了玄幻，动辄毁天灭地、飞天遁地，大侠们的绝技已经不够看了，没办法给读者们提供更广阔的想象空间。相比之下，科幻小说因为面向未来——科技的发展方向是无限的，从前是太空歌剧，现在是人工智能——总能给读者带来更新鲜、更惊奇的体验。历史小说也一样，虽然它也是古代题材，但并没有"武侠"限定，可以拓展出无限种可能。克里斯提昂·贾克可以在《谋杀金字塔》里虚构出一个精妙的古埃及世界，《达·芬奇密码》可以重构宗教传说，《影武者德川家康》干脆从历史存疑的一些矛盾中，生发出一段传奇故事。每个作者、每个时代，都能创造出截然不同的风格与故事出来。

你在谈最新的长篇《大医》时提到过，因为和医疗以及疫情的热点过于接近，你曾经犹豫还要不要写作和出版这本书。之前你也说过，在《长安十二时辰》获得很好的市场认可后，你明知可以进行"十二时辰"系列的创作以追求更好的商业表现，但没有继续，而是开始写其他东西。这种

反热点、反畅销的行为背后的考量是什么？

写作是一个放电输出的过程，而一个人的积累是有限的，不可能持续放电。如果被市场所裹挟，被流量所迷惑，你就会不由自主地继续写，无暇补充，写到你的底蕴全部耗光为止。一个作者应该时刻保持着输入状态，虽然这需要耗费很多时间和精力，短期来看不太合算，但它会让创作生涯持续得更久，长期来看还是有意义的。

你对医学、历史、地理等不同学科的知识都有广博的兴趣，并且为了创作经常要阅读很多学术论文、历史资料。诺贝尔文学奖得主托卡尔丘克在写作时也有大量搜集资料的习惯，在她的《雅各布之书》（也是历史小说）的写作过程中，她甚至雇了助手来帮助自己搜集整理资料。你会考虑这种做法吗？

我试过委托助手和团队帮我搜集资料，可惜失败了。他们搜集的资料很好很全面，但我记不住。我只有自己亲手寻找，才能在脑海里构建起一个索引库，写作时随时调用，没办法假手他人。只有经历了寻找资料的全过程，你才会对它产生强烈印象。这与养育子女很像，你全程一手带大，才会真心爱这个孩子。

因为在准备过程中要阅读大量不同类型的资料，托卡尔丘克也会把各种不同形式的材料引入自己的创作。你在谈到自己写作的准备工作时，也说过会读很多私人日记、行政档案、图志、年表、报刊，不过你只是把这些不同形式的材料作为获取知识的来源，最后的小说呈现出来的还是比较传统和流畅的讲故事的模式，你考虑过以后在小说的形式上也做一些类似的探索和突破吗？

我考虑过。这方面我觉得最好的典范是赫尔曼·沃克的《战争风云》，以及乔治·桑德斯的《林肯在中阴》。后者是我在日本旅游时啃完的，没想到还有这么奇妙的文本组合方式。史料本身也是创作的一部分。不同的史料形式可以体现出不同的意味，这是我很想探索的领域。

在《长安的荔枝》《两京十五日》《长安十二时辰》等作品中,你都非常强调准确的空间和时间概念,这是你自己的偏好,还是类型小说创作需要格外注意的问题?

我自己的偏好,我希望力求文本精准,让读者可以在真实的地图和城市里复现出来。时空越是精准,历史的质感就会越强,也就能让读者更加信服你所描绘的世界,并毫不怀疑地走进去。

你作品的影视改编近些年非常成功,很多读者也会说你的作品本身就有很强的画面感、镜头感。虽然电影、电视的出现,对所有领域写作者的创作都有影响,但你是否认为类型小说受影视的影响更大?如果类型小说已经有了很好的影视改编版本,原著的价值和独有魅力是什么?

毕飞宇老师在《小说课》里举过一个例子。他说海明威的短篇《杀手》里,有很强的镜头意识。电影发明之后,所有的小说作者,都在不自觉地使用镜头语言,这是电影艺术向文学的反向渗透。

当然，这不意味着小说文本和剧本可以互相置换，小说画面感虽强，但本质上是诗化的，与剧本的视听语言表达，从底层逻辑上是截然不同的。

传统的历史小说常常以政治人物为中心，聚焦在帝王将相等重要历史人物身上。而你的小说更关注那些在历史的狭缝中挣扎和生存的人，这本身就是个很文学化的表达。你的这一倾向是如何形成的？

在现代社会，个人价值越来越被承认，越来越被尊重，普通人的存在感不只在生活中体现，同样也在历史叙事里。我聚焦小人物的倾向，其实是与近年来史学界的微观叙事密切相关的。从古早的《蒙塔尤》到《叫魂》再到新近流行的《奶酪与蛆虫》，都是这一倾向的体现。

对类型文学来说，讲故事的方法和技巧很重要。以你之前提过的畅销书作家西德尼·谢尔顿为例，他被称为最会讲故事的人，其作品以流畅的叙事著称，不会有太多的心理和环境描写，主要靠人

物的行动和对话支撑。你认为这是他个人的风格，还是说一定程度上是类型文学的特点？

类型文学追求的是叙事流畅，其技巧用斯蒂芬·金的一句话来总结就是：少用形容词，多用动词。各家写法巧妙不同，但所有名家不约而同地注意到，如何让观众以最低的理解成本，接受最多的信息量。

承接上个问题，对叙事技巧和方法的重视，会使得作品趋同吗？你的历史小说涵盖了汉末、唐、明、清、民国等不同的历史时期，在不同的作品里，除了讲述的故事不一样，讲述的方法会有相似之处吗？

我认为一个好的历史故事，应该是独一无二的，它只有在特定的社会规则之下才能成立。每个时代的社会特性是不同的，潜藏着不同的价值观与道德规范。比如汉代奉行公羊学的大复仇理论，替家人报仇的行为是被普遍赞赏的；但明清两代，对血亲复仇则持反对态度。再比如唐代尚武，而宋代则尊文,一个宋代军官在汴梁的社会地位,远不及一个唐军将校在长安那么高。即使两个人身上发生了同一个故事,各个角色的反应也将截然不同,剧情逻辑也大相径庭。如果一个故事放在不同时代都成立,那它就是失败的。

近些年,越来越多的历史学者开始进行科普性的大众读物写作(你自己也写过像《显微镜下的大明》这样的非虚构作品),有些学者也很会讲故事,作品很受读者欢迎。你认为与这些非虚构作品相比,历史小说能提供给读者的独特价值是什么?

亚里士多德说过,诗人的职责不是描写那些已发生的事,而是传唱那些可能发生的事。历史小说提供的是一种可能性,这种可能性会给读者留出足够广阔的想象空间。它在历史的血肉里撑出一片空间,让文学肆意生长。

3. 对未来的展望与思考

中国的现状是网络文学比较繁荣,而类型文学的发展极其有限。你认为之后随着全民知识水平的提高,类型文学在中国会有更好的发展吗?还是网络文学将替代类型文学的职能?

网络文学也是类型文学的一部分,或者说是类型文学在网络时代的一个发展方向,一个极致的体现。就我观察到的网络文学而言,它们体现出了丰沛的创作欲、澎湃的想象力以及深度和广度都很扎实的多样题材。这是之前从来没有过的盛况,虽说泥沙俱下、鱼龙混杂,但迟早会诞生真正的经典。

作为一位跨越不同领域的畅销书作家,你对中国严肃文学和类型文学的创作者有什么建议?

我的建议就是不要多想,专心去写,别想太多别的事。作家的身份要单纯一点,写出自己满意的东西就足够了。

虚妄反倒是真相：论勒卡雷

小白 / 文

正如托比·曼宁在他那本书中所说，勒卡雷是揭示表面误导的绝对大师——揭开一层另有一层，在那下面还有一层[*]。读者总是在某一层停下来，不再向下挖掘，就像一个不够老练的审讯者面对他笔下那些训练有素的人物。

吉姆被捕时受了伤，他躺在医院就想好了"几条防线"[†]，也就是为审讯者准备的几套故事。第一道防线是"最可以轻易放弃的"，是"反正他们已经知道了"的。接着是第二道防线，在那以后还有一系列阵地。在每一道防线上，他的目标都是要让审讯者认为他垮了，一切都已招供，真相业已显现。可即使像利玛斯[‡]那样持合作

---

[*] Toby Manning, *John le Carré and the Cold War.* ——本篇脚注均为作者注
[†] 《锅匠，裁缝，士兵，间谍》。
[‡] 《柏林谍影》。

态度的对象，一位老资格的审讯者也会预判他"不会全说真话"，总会"有意隐瞒一些情况"，要耐心，要反复审查。

而勒卡雷的小说就像这些人一样，似乎也在沙拉特受过训练。其中有几部，比如《锅匠，裁缝，士兵，间谍》《完美的间谍》《女鼓手》，尤其经得起读者反复拷打，甚至可以把它们当成你与作者之间一个小小的智力游戏，不管你读几遍，每一遍都会有新发现。有人说《完美的间谍》是一部元小说，因为小说内容主要是关于一个人如何去写一部小说。我们甚至可以延伸这个观点，将"锅匠"那样的小说称为元间谍小说，因为它几乎是在叙述层面呈现出某种"间谍模式"。在勒卡雷那里，文体本身也变成了阴谋诡计，叙事技巧就像是一种tradecraft（间谍情报技术）。有趣的是，美国作家、前中情局官员查尔斯·麦卡里曾在一篇文章中说，间谍工作就像写一部小说，行动计划类似情节设计，招募特工如同创造一个虚构人物[*]。

首先是时间。在接受《巴黎评论》采访时，勒卡雷曾说他有一个基本原则：尽可能晚地进入故事，一旦进入则

---

[*] Charles McCarry, "Intelligence in fiction", *Intelligence and National Security*, 2018.

尽可能快地讲完。但故事进入得晚就需要很多回溯信息，他说这将会是他一直需要处理的难题。不过这说法很可能只是又一个"表面误导"——就像他多年来在公开采访中提到自己时的种种说法。因为在1991年版"锅匠"自序中他介绍说，一开始他想用顺序时间线讲这些故事，可初稿失败了。他没办法既用线性叙事又能让人物回溯，于是他重写了初稿——依据这一种说法，让人物和信息回溯不是需要处理的附带难题，而是事情的初衷，只有在回溯中，平滑的表面才会出现裂缝，揭露真相或另一层假象。当然初稿本身又是一种表面说法，根据记载，勒卡雷是在1972年到1973年间完成这部小说的，他自己宣称因挫折感而一把火烧掉了初稿。可后来有人却发现一叠1969年的草稿，那时候已有比尔·海顿*这个人物。

要把这些小说中的事件按照它们发生的时间排出顺序，是一件相当困难的任务。时间标记本身就很少，叙事时间又不断向各个方向延伸。"锅匠"的故事主要是在人物话语、思绪和案件卷宗中逐渐展开，它们成了叙述者的代理，而真正的叙述者似乎放弃了对时间的控制，任由这些代理人向后追溯、向前跳跃，或者在段落与段落之间平行

---

* 《锅匠，裁缝，士兵，间谍》。

来回。作者甚至屡屡在采访中误导读者，说自己完全是即兴写作，从不制定行军路线，而是把读者扔进混乱的生活，跟他一起整理，分享冒险的乐趣。《完美的间谍》表面上设置了起点和终点，叙事从起点和终点分别向前和向后推进。前者由主人公皮姆的写作、回忆构成嵌入叙述，从他出生前六个月一直到现在。后者主要依靠太太玛丽和导师杰克对皮姆失踪事件的追查向往昔时光回退。两个方向上的叙述同样打乱了时间序列，并且两个方向的叙述在时间上并不能吻合，叙述者也从未试图在某个事件上将两个方向的叙述并置，以形成对照。因此小说到最后索性向读者宣布说，虽然到了终点，但看起来仍像是起点。至于说到起点，《荣誉学生》开头第一个词语是"事后"——事后在伦敦，几个情报人员在"圆场"角落喝酒聊天，讨论海豚案，差不多也就是小说故事本身应该以何处为起点。仅在起点问题上就已众说纷纭，有人说是60年前，有人说是1973年11月，有人甚至说到1841年1月26日，也就是英国强占香港的那一天。

线性时间被打乱，一部分是因为叙述来源的间接性质。读者就像史迈利本人那样，只能耐心等待散碎信息不分先后地一片一片出现，必须一直等到它们数量足够多，足以在一个由时间和因果逻辑组成的坐标系中形成一种有意的模式。

在"史迈利三部曲"或者《完美的间谍》这些小说中,有关人物与事件的重要事实,基本上都交由代理叙述者处理——小说中的某个人物、一项情报或者几份档案卷宗。情报档案本身就是需要严格考察的对象,而宣称事实的人们也有各种理由误导听众:遗忘、混淆、恐惧、羞怯、阴谋、虚荣、年老昏聩或者年幼无知。于是叙述进程变成不断累积中的或真或假的情报,读者必须小心谨慎,连经验丰富的史迈利都会惶恐,因为他在某个时间点突然发现"他一直称之为虚妄的事情反倒是真相"[*]。

勒卡雷喜欢让他的人物在说出一件事情时,事先声明是在讲故事。小说中每一个人物都在不断向某个或某一群听众编故事,这些故事没有一个是确定可靠的,但也有一些则部分可靠。巴雷把苏联科学家的消息向情报部门汇报,官员们认为"也许属实,也许编故事的另有其人"[†]。约瑟夫一路上都在给查莉编造她与别人坠入情网的故事,如同催眠一般,让她"逐渐进入故事深处"[‡]。

"史迈利三部曲"中的康妮,没有人比她记得更多,她

---

[*] 《锅匠,裁缝,士兵,间谍》。
[†] 《莫斯科情人》。
[‡] 《女鼓手》。

自己就是一个苏联情报档案库。史迈利在头脑中绘制推理蓝图，如果出现一小块信息空缺之处，他就会去找康妮。康妮喝了几口酒后，就会想起某个故事，"像讲童话一样开始讲她的故事"。故事就是情报，情报就是故事。故事或真或假，就像情报一样。所以哈瑞·潘戴尔索性自己给英国情报机关编故事，他从恐怖漫画书中学来词汇，控制节奏，发挥精湛创意，仔细选择高潮降临的时刻，努力把故事润饰得更具风味。*

"故事"很可能是勒卡雷小说中出现次数最多的词语，至少是其中之一——平均每部小说接近30次。如果勒卡雷希望读者注意这个关键词，那他提醒得实在是过于迫切了。他是在告诉读者，这些小说中的每个人物出于种种只有他们自己知道，或者甚至自己也不知道的原因，都在不断编造故事，其中每一句话都有可能只是为了制造一层虚假表面，为了误导听众。他们的历史，他们的立场、观点、情感和动机，就像比尔·海顿，给"圆场"带来巨大损失的叛徒，他自己说充当双重间谍是出于一种"美学上的考虑"。史迈利为他设想了种种动机，最后终于放弃，结论是人类行为的动机没有标准答案。比尔·海顿就像"一个

---

* 《谎言定制店》。

俄罗斯套娃，打开里面又是一个娃娃，再打开里面又是一个"。他怀疑所有人中只有卡拉看到过比尔身上最后一个小娃娃，但是在小说中卡拉只是一个永远的阴影。

勒卡雷也是在提醒读者阅读小说的方法：要把这些叙述当成有待考察和验证的情报。它们也许是真的，也许是假的，也许有真有假，也许整个故事都是编造的，但其中有片言只语透露了真相。因此读者必须像史迈利那样，对叙述中的每一句话都详加思索。

史迈利，以及小说中其他临时充当听众的各色人等，都是勒卡雷专门为读者设置的代理读者。他们总是不漏过讲述者的每一句话、每一个动作或者表情，他们会记住一些无意义的声音，如果有必要，他们也会在大厅里、在办公室门外、在电话线上偷听。他们按照自己的观点、情感立场和有限的视角，对听到的故事做出判断和分析，当他们向别人转述时，总是附带上自己的意见，无须经过原作者同意他们就擅自修改出自己的版本。他们毛遂自荐，充当小说的解读人或者编辑。

在这里，现代小说发明的两项叙事技术起了至关重要的作用。一个是第三人称受限视角。在处理视角方面，勒卡雷是个顶尖高手。他总是把叙述交由小说中的某个人物代理，让他们去看、去听、去思考、去讲述。可他又逼迫他们只能通过一个极其狭窄的视角去观察。像吉勒姆那样参加一个小型会议，与会的其他人都是同伙，只有他懵懵懂懂，对情况一无所知，却必须寻找一些关键信息。* 或者是一个落入陷阱的可怜家伙，面对严酷的审讯和拷打，仍然尽力记住些什么。有时候这个叙述代理人年幼无知，就像那个胖乎乎、圆滚滚、患有气喘病、智力稍微有些问题的学童比尔·罗奇†，他确实看到了什么，却无法了解其意义，他的观察充满各种误解和幻觉，真相却仍能在其中偶尔露出影子。要做到这些，全靠勒卡雷本人捕捉话语、声音、动作、表情和环境细微扰动的超凡能力。

然而勒卡雷并不拘泥于现代叙事学规则。实际上，尤其是在他写于七八十年代的那几部最好的作品中，他采用了混合视角。常常从第三人称受限视角毫无预告地突然跳入全知叙述，随后又回来。在《完美的间谍》中，情况变得更加复杂。除了第三人称受限视角、全知视角，因为主人公皮姆的书信体写作，更加入了第一人称。皮姆这个第一人称视角是从他出生前六个月开始的，在尤金尼德斯（《中性》）和麦克尤恩（《坚果壳》）之前，勒

---

*　《锅匠，裁缝，士兵，间谍》。
†　《锅匠，裁缝，士兵，间谍》。

卡雷就创造了一个"胚胎"叙述者。皮姆用第一人称书信体来写作，可当他讲到自己过去的行为和观点时，又不断转换成第三人称，人称和视角在持续地来回滑动。皮姆频繁地变换人称是为了控制书信读者的认知，因为他猜想会有很多人看到这些信件，其中有一些未必是他乐于让他们知晓真相的。在一段信中他说："记住他们，汤姆。杰克，你会认为我疯了。"汤姆是他的儿子，杰克既是他的精神导师、职业上的领导，也是他太太的老情人（这一点他很可能心知肚明）。

又一次，勒卡雷通过某种叙述层次上的类比关系，告诉读者他如此处理小说叙事视角，也是为了控制读者的认知。对一个老练的读者来说，这确实有点让人恼火。英国作家威廉·博伊德为此在一篇文章中指责了勒卡雷。*

除了大量小说和剧本，博伊德最出名的作品是一部艺术家传记《纳特·泰特》(*Nat Tate: An American Artist*)，书中记录了一位抽象表现主义画家的悲剧人生。这个人物完全出自作者虚构，名字来源于伦敦的两个美术馆。博伊德出版时却并未透露这一点。在新书发布时举办了盛大派

---

* William Boyd, "The spy master's style: John le Carré's fiction could be simultaneously old-fashioned and thoroughly modern, but what made it Le Carré-esque?", *The Critics*.

对，请来大卫·鲍伊等人朗诵片段，很多不知道这个骗局的艺术界知名人士接受记者采访时，声称认识那位画家。显然博伊德极富才智、自视甚高。

博伊德在那篇文章中批评勒卡雷，说他竟用全知视角来写小说，并且列举了几部作品，说这些21世纪的作品可能是在19世纪写的。他认为勒卡雷既然用了全知叙事，就不能隐瞒信息。博伊德俏皮地说，你不能"吃了蛋糕，还想拥有蛋糕"（you cannot have your cake and eat it）。接着他又批评了勒卡雷小说的一些标志性手法：用斜体字来捕捉说话声音的细微差别，长达数页的人物独白，等等。博伊德的尖刻批评显然是故意忽略了勒卡雷大量而精确使用的限制叙述。激怒博伊德的是勒卡雷对读者认知的娴熟操控。他说勒卡雷明明是个雄辩的作家，却蔑视叙事基本规则。明明是个有意识而技巧高超的情节设计者，却假装自己对情节一无所知，故意让读者迷惑。文章最后，他用模棱两可的方式说出了真心话。他说勒卡雷的小说从纯粹的文学意义上看有些古怪：一方面是略显笨重的19世纪的叙事方法；另一方面则又具有现代感，机智，老练复杂，对人性、对世界如何运作了如指掌。但他认为这种文学书写方式和世界观之间的紧张关系，可能恰恰就是勒卡雷作品隐秘的真正价值，它是对小说伟大声誉的重要贡献。

勒卡雷擅长驾驭自由间接文体，这是小说艺术现代性的另一个关键因素。詹姆斯·伍德盛赞这种灵活复杂的叙事技巧，却贬低精于运用它的格林和勒卡雷。他选了勒卡雷小说中的一小段，指责它们"要么令人放心地乏味，要么令人放心地有效（telling）"，不过是一些叙述成规，虽然是被作者颇具品味地选择使用了。伍德认为它们只是一种商业现实主义风格，可以轻松出产，自由间接文体在勒卡雷那里失去了原先在福楼拜手中的活力，虽然福楼拜"远不那么高效"。

伍德对原创价值有一种原教旨主义式的偏好。福楼拜固然富于创造性活力，但勒卡雷的"量产"也具有方法论意义。伍德也许不能理解勒卡雷对自由间接文体的高效产出，并不必然是一种风格的解体，也不一定是一种资本主义商业语法。

正如博伊德指出的那样（虽刻薄但也不乏公平）：勒卡雷的叙事是一个奇异的混合体，确实有不少陈词滥调，可同样也有很多，甚至更多充满生动活力的段落。他不是精雕细琢（如福楼拜那样），而是让叙述近乎某种即兴表演，目标是准确地传达信息和情绪，以及有效地控制"观众"。

勒卡雷风格更像是对舞台表演艺术方法的挪用。自由间接文体要求作家在叙述者和人物之间自由移动，这与演员必须处于角色和自我之间，在心理体验上近乎同构。勒卡雷是一个戏剧行家，组织过剧团，演过舞台剧。据说勒卡雷有一个写作习惯，每天上午他将当天要写的一段故事搭好框架，随后就会去康沃尔海岸边的山路上散步，在散步途中，他假想自己扮演小说中的人物，不断喃喃自语，如同体验舞台角色。* 他似乎曾说过，要写好一段人物对话，不要去想象他们在日常生活中的说话方式，要去设想他们如果是一名优秀演员，在舞台上会如何说出台词。

勒卡雷笔下的每个人物都是演员，身处各自小小的社会舞台上。这也是现代人难以逃脱的处境——欧文·戈夫曼曾在他的书中为我们指出这一点。† 间谍们尤其如此。学习舞台表演技术本身就是英国情报机关训练学校的必修课程。彼得·福利斯是一名事业兴旺的演员，但他加入了情报单位，为他们建立了一套"伪装"课程，这项课程主要是通过戏剧表演训练，让间谍学员们学会如何扮演一个角色。‡ 福利斯后来被调到蒙克顿城堡，为开设在此的新间谍

---

* Adam Sisman, *John le Carré: The Biography*.

† Erving Goffman, *The Presentation of Self in Everyday Life*.

‡ Ariel Whitfield Sobel, "All the world's a stage: covert action as theatrical performance", *Intelligence and National Security*.

学校提供教学。勒卡雷本人在加入情报单位后,也曾在此地受训。*

勒卡雷在他的自传《鸽子隧道》的导言中说,间谍这个身份从一出生就被强加在他身上,但他试图从他所了解的那个秘密世界出发,为人们居住其中的、更大的世界构造一个剧场。间谍剧场与那个更大的"世界剧场"相比,区别可能并没有那么大。只不过在那个秘密舞台上,目标更单一、动机更明确,假如表演出现失误,会有更大的危险。

在《女鼓手》里,勒卡雷展现了演员/间谍、剧场/世界剧场的这种映射关系。以色列情报机构招募舞台剧演员查莉,训练她,为她设定性格和立场,要求她在充满阴谋和欺骗的秘密世界中扮演一个角色,去诱捕一名恐怖分子。在训练和"正式演出"的过程中,查莉的人格被撕裂成两半(甚至也许不止于此)。当她通过训练越来越进入角色后,她开始同情"剧本"为她设定的敌人。克兹和约瑟夫,这出戏的"导演"和"教练"鼓励她内心的这种分裂,因为如果她不真正地投入角色,对手怎么会相信?

---

* Ariel Whitfield Sobel, "The theatre of the real: the actor/spy relationship in le Carré's *Tinker Tailor Soldier Spy* and *The Little Drummer Girl*", *Intelligence and National Security*.

如果是那样，计划就会陷入巨大危险。可要是她过于投入角色，他们就会面临另一个危险。万一查莉假戏真做，加入对手一方呢？如果查莉不是从一开始就爱上了约瑟夫，她可能真的会那样。但这样就出现了一个疑问，查莉和约瑟夫的爱情，难道不是从一开始就写在克兹的"剧本"中吗？

列奥·罗斯滕——20世纪40年代当过好莱坞编剧，后来成了政治学家（他也是一位出色的人类心理观察者）——发明了很多金句，其中有一句这么说：表演是一种欺骗形式，演员几乎可以像观众一样轻易地被自己迷惑。间谍事务和表演一样，也是一种欺骗形式，间谍也很容易在角色中迷失自己。所以间谍和演员一样，也可能是一种背叛的形式。

勒卡雷的小说从这里进入了人类的普遍经验，一种现代世界的困境。为了表现查莉的内心分裂（同样也是勒卡雷人物的基本共性），勒卡雷把自由间接体用到出神入化的境界。他以敏锐地捕捉人性表征的能力，在每一句叙述中融入多层次的意图和动机，换句话说，勒卡雷几乎是发明了一种多层的自由间接体。叙述者、代理叙述者和被叙述对象，他们的内心声音常常在一个句子中同时展现。

安东尼·伯吉斯读完《完美的间谍》后讥讽道，勒卡雷先生的才华亟待被用于创作真正的小说。他还感慨地说，从世界尺度上看，英国文学唯一能生产的只有间谍小说这种低级作品。Sub-art，他用的是这个词。这种有关高级文学和劣质大众文学的观点由来已久，贯穿了整个20世纪。在一定程度上，它也得到了20世纪左翼知识分子的响应：大众文学包含了反动的资本主义意识形态。为了把间谍小说提升到高级文学的水平，可能也是为了向勒卡雷做出某种示范，安东尼·伯吉斯自己动手写了一部"末世论"间谍小说。小说名叫 Tremor of Intent，《意图的震动》。小说戏仿了多位间谍小说家的桥段和风格，从格林、伊恩·弗莱明、安布勒到勒卡雷，但最终人物和故事都陷入了一个荒诞的世界。在安东尼·伯吉斯的高级文学标准中，人类经验和世界的未来在本质上是无解的。而像勒卡雷那样的作者，到小说最后总是会提供一个表面看起来平滑圆满的解决方案。但我们知道，勒卡雷小说提供的最终答案，可能只不过是又一项"假旗"行动[*]。

---

[*] False Flag：间谍技术用语，一种误导作业。

类型漂移及其他
——西语文学三人谈

范晔 袁婧 许彤/文

> "坏书到处都有。但没有坏类型。"
> ——厄休拉·勒古恩

> "亲爱的厄休拉·勒古恩：
> ……你问我为什么要一直写信？……也许是因为我已经疯了，毕竟我读了那么多科幻小说……也许这些信就是我的NAFAL飞船……"
> ——罗贝托·波拉尼奥《科幻精神》

范晔: 有喜爱拉美文学的朋友提出一个观点,认为拉美作家在文学形式的探索上"一直非常自由",对于很多类型小说的元素,信手拈来,从波拉尼奥到最近受到很多国内读者喜欢的拉巴图特都给人这样的印象。所以这位朋友想找我追溯根源或者分析原因,为什么拉美作家"对类型元素的吸纳,特别自然和自由"。这是个很有意思的问题,但显然超出了我的回答能力,就决定拉上你们一起聊聊,以这个话题作支点或跳板,看看能聊出些什么好玩的东西。

首先——当然是例行吐槽:有人(就是我)发现,在中文语境中似乎可以很"自然"地使用"拉美作家"如何这样的表达,却很少听到以"欧美作家"为主语的命题句……甚至很少总称美国作家、爱尔兰作家,人家会说门罗如何,托宾如何,萨莉·鲁尼如何。那为啥"拉美作家"就可以当作一个似乎高度同质的群体来谈论呢?

袁婧: 我也有这方面的疑惑。我想可能是因为国内对拉美文学的译介还不够全面,大家自然了解不够深,如果有更多接触,就会发现每个国家、不同时期的情况都不能被轻松地概括,就好像我们把八大菜系统称为中餐,但实际上不应忽视其中许多模糊和差异性的部分。

范晔: 这个菜系的比喻很有"味道"。那我们就姑且言之,尽量结合具体个案来谈"拉美文学"——当然我们三个都是西语文学专业出身,所以谈的其实是西语美洲文学。去年夏天,多米尼加文学家佩德罗·恩里克斯·乌雷尼亚(Pedro Henríquez Ureña,1884—1946)的作品终于有了中译本,《寻找我们的表达》。秘鲁文学史家何塞·米盖尔·奥维多的四卷本《西语美洲文学史》里专门给乌雷尼亚开了一个专节,评价说恩里克斯·乌雷尼亚是最早一批将西语美洲文学当作有机整体来处理的人。我们可能需要这种历史的现场意识,因为今天好像觉得顺理成章,好像开天辟地以来就应该有西语美洲文学或者拉丁美洲文学这样的东西,但其实这也是由这样的一些先行者来奠定的。恩里克斯·乌雷尼亚他们那种奠基性的贡献,使得我们现在完全接受了西语美洲文学作为整体的事实,将其视为理所当然的常识而忽略了其中的源流。

说到类型文学，西语文学中有一部世界级的反类型的类型文学——我说的当然是塞万提斯的《堂吉诃德》。当然塞万提斯的年代还没有今天所谓"类型文学"的术语，但《堂吉诃德》可以说是吸纳类型元素、化腐朽为神奇的绝佳案例。文学史教科书常说是《堂吉诃德》"埋葬了欧洲骑士小说"，但其实我们这些异时空的读者往往并不了解被埋葬的是什么，因为很简单，我们没有读过骑士小说（目前译介为中文的只有一部《骑士蒂朗》，也属于坊间难寻，只能在图书馆里一睹风采）。但在塞万提斯和他的同代人中，上至王公贵族，下至贩夫走卒，都不乏骑士小说的狂热粉丝。破落贵族在其中寄托先前阔过的美梦，新兴资产者则把骑士小说当成研习贵族仪范的教材……塞万提斯绝对是熟读骑士小说的骨灰级读者，只有这样他才能驾轻就熟地拿骑士小说中的桥段自如开涮，在第一部第50章里甚至借堂吉诃德之口秀了一段，完全可以被视作塞万提斯亲笔所写的骑士小说片段。所以巴尔加斯·略萨说，塞万提斯并没有"杀死"骑士小说，而是用自己的方式进行了一次精彩的致敬……所以是不是可以说，后世西语美洲的类型文学及反类型文学也是一种"塞万提斯的遗产"——借用昆德拉的名言？

袁婧： 是的，也可以说是数个世纪前那些"西印度编年史家"（Cronistas de Indias）的遗产。因为对"类型"的讨论首先让我联想到美洲大陆上最早的"归类"行为，就是来自旧大陆的征服者对新大陆陌生事物的"命名"，古巴作家莱萨马·利马（Lezama Lima，1910—1976）在他的名篇《拉丁美洲的形象》里谈到这种"奇闻"："贡萨洛·埃尔南德斯·德奥维多（Gonzalo Fernández de Oviedo，1478—1557）把蜥蜴称作龙。每个新被发现的小动物都让征服者想起老普林尼。他们先是谨慎地探寻相似之处，接着粗暴地确定它与其他已知动物的不同。德奥维多将蜘蛛与麻雀对比，将蜜蜂与苍蝇对比……森林布满魅力，人们将这里的动植物与古老的动物寓言集、神话故事和神奇植物相联系，从而认识它们。"这段话里的埃尔南德斯·德奥维多是参与征服巴拿马的西班牙作家，著有《西印度自然历史概况》。当这些来自欧洲的征服者和博物学家来到美洲，才发现由他们的经验所建构起的分类体系无法完全覆盖这块新大陆上的动植物。这段话一方面点出，最早关于美洲的叙述恰恰是在对比和化用中产生的，由于旧有的规则不适用于这片大陆，于是自然而然地产生了不合"常理"、令人惊喜的观察和表达。到了19、20世纪的拉美作家的笔下，这种对本土特点的无意识呈现逐渐发展为对自我文化身份的有意识追求。另一方面我们看到，如果强硬地套用规则和概念，就会显得有些自大和滑稽。"类型"的存在让我们可以便捷地理解事物，但同时也是一种暴力的简化，这种简化的倾向是进入现代之后许多拉美作家自觉反抗的。

范晔： 所以有人说，类型文学孕育了自身的反面。比如西语文学对世界文坛的重大贡献，流浪汉小说的前世今生……

许彤： 这确实是值得一谈的个案。作为西班牙语现代叙事文学的重要发端，流浪汉小说（la novela picaresca）恰恰是一种高度类型化的文学样式。它萌生于16世纪中叶，在文艺复兴时期风靡欧洲，彻底改变了欧洲小说艺术，其潜在影响在

19、20世纪,乃至21世纪的诸多作品中依然有迹可循。其实流浪汉小说更确切的译名应该是流浪人小说,因为尽管作品主人公往往是流浪男,比如杨绛先生的译著代表作《小癞子》(即《托尔梅斯河的拉撒路》)、吴健恒先生翻译的《骗子外传》(作者是巴洛克文学代表人物克维多),但一度淹没在岁月浪花中的《流浪妇胡斯蒂娜》《虔婆之女或奇思异想的埃莱娜》等作品无疑是底层女子的"大女主"人生剪影,越来越受到国际学术界的重视,也逐渐被更多的普通读者了解和阅读。与骑士小说、田园小说截然不同,流浪汉小说多取材于当下生活,以底层小人物为主人公,有着强烈的自白或自辩诉求,被西班牙马克思主义文学理论家胡安·卡洛斯·罗德里格斯称为真正意义上的"穷人的文学"。作品往往采用第一人称叙事者视角,由主人公讲述自己的故事,沿着主人公的生命轨迹以其自身流浪经历串联事件,呈现市井百态。流浪汉小说语言自然生动,诙谐质朴,嬉笑怒骂,擅于使用夸张、调侃、自嘲、讽刺等手法,文本中还不乏针对主人公经历的道德评判。换言之,流浪汉小说从一开始就确立了所谓现实主义的基本出发点，立足同时代人的当代生活，直面社会问题，针砭社会时弊，在"反英雄"主人公的自述中构建了虚构文学的自由/自主的主体，暴露哈布斯堡绝对主义王朝的制度困境，隐晦宣示新兴阶层的价值取向。癞子说他要好好讲一讲自己的生平，为的也是"再瞧瞧那些没造化的人，靠自己智勇，历尽风波，安抵港口，相形之下，成就大得多呢！"。不平、自傲、苦涩、期冀……五味杂陈，是"人"的宣言，更是自由的"人"的诞生；是人的"类型"文学，更是"人"的文学。"人"与"现实"在流浪汉小说中交相辉映。或许正因如此，在整个西班牙殖民时期，小说是被禁止在美洲殖民地传播的，而在风起云涌的拉丁美洲独立革命时期，墨西哥文人和革命者利萨尔迪（José Joaquín Fernández de Lizardi, 1776—1827）却选择了流浪汉小说这一"落伍"的文学类型，创作了被誉为西班牙语美洲第一部长篇小说的《癞皮鹦鹉》。

范晔： 我记得安赫尔·弗洛雷斯有个说法，"世界文学中的最后一部流浪汉小说，却是拉美文学中的第一部",说的就是《癞皮鹦鹉》。

许彤：是的,从写作时间上看,《癞皮鹦鹉》大约作于19世纪初期,最初以小册子连载形式出版,1816年成书,其间屡受新闻检查机构刁难,直至作者利萨尔迪去世后才得以全本刊印。小说主人公叫佩德罗·萨尼恩托,绰号"癞皮鹦鹉",出生在墨西哥城,自述血统高贵,家境小康,但为人好逸恶劳,父母死后家产挥霍殆尽,自甘堕落,沦为流氓无赖,坑蒙拐骗,几度锒铛入狱,最终幡然悔悟,改邪归正,安度晚年,还留下一部自述,回顾人生,警示后人。《癞皮鹦鹉》继承了流浪汉小说的真谛。利萨尔迪借主人公的堕落和救赎,描摹独立革命前夕墨西哥的动荡不安,刻画各色人等的复杂人性,涉及家庭关系、儿童教育、人的发展、宗教问题、社会腐败、司法不公、种族歧视、压迫原住民等诸多问题,批评的矛头直指腐朽的旧制度和卑劣的殖民制度,以期唤醒民众,建设一个独立的、道德的新世界。

利萨尔迪还借主人公之口再三强调他留下的是一部"信史"。"信史"一词很容易让我们联想到贝尔纳尔·迪亚斯·德尔·卡斯蒂略(Bernal

Díaz del Castillo, 1495—1584)的《征服新西班牙信史》(*Historia verdadera de la conquista de la Nueva España*, 1632)。征服初期和殖民末期的两部"信史",前者维护的是宗主国的荣耀、殖民者的荣誉,正如墨西哥历史学家埃德蒙多·奥戈尔曼所言,美洲不是被发现的,而是被发明的。墨西哥文学大师卡洛斯·富恩特斯进一步指出"美洲的发明也是乌托邦的发明:欧洲渴望一个乌托邦,为它命名,寻得它,只为最终摧毁它"。在几百年的殖民时期中,美洲也不过是被殖民者定义的新世界,她沉默无语,更不被允许发出自己的声音。《癞皮鹦鹉》终结的不只是美洲没有小说的历史,它拉开了真正的新世界的新序幕——美洲是美洲人的美洲,而它自身也是一个奇妙的隐喻:来自旧世界的、过时的小说类型在新世界"复活",有了新的内容、新的人物、新的风景,有了小癞子们呼唤的"新"。

袁婧:利萨尔迪借用了这种在欧洲已经过时许久的形式,在小说中讲述了一个墨西哥男孩的成长、冒险和流浪历程(故事场景不限于墨西哥,主人公曾远赴马尼拉),同时展现出当时社会各个阶层的生活图景；其中对印第安人和混血人种悲惨处境的刻画又表达出对种族歧视的不满和反抗。虽然《癞皮鹦鹉》不能说是反类型的，但是正如许老师所说，这部小说"复活"了一种外来的文学形式并化为己用，体现了拉美人物独特的处世态度和语言风格。

范晔： 有朋友问，能否说拉美文学的后现代化进程比较快和完整？因为对类型元素的吸纳，好像是后现代主义文学的一个特征……还有种说法认为，过于严肃地借鉴类型元素，没有反讽和戏谑的话，就会被认为过于老实，流于通俗。不知你们对上面的说法作何评价？

袁婧： 后现代主义文学我不是很了解，但我想每个民族的文学应该多少有一些自身的气质。拉美文学的特质之一可能是融合，虽然文化融合的过程在很多地区都有发生，但从新大陆"发现"以来，这里在有限的空间和时间内持续、大量地汇集了来自欧洲、非洲、亚洲等来源多样的移民者，这种高强度的混杂过程使得共时性成为拉美历史和文化的特点。从这样的现实出发，文学作品也自然汇聚了众多异质元素，从主题到风格都更加多元。古巴诗人和革命家何塞·马蒂在《我们的美洲》中描述美洲的形象是"身穿美国短裤、巴黎背心和美国外衣，头戴西班牙礼帽，一副不伦不类的装扮"。这种形象在过去某些时期被视作奇怪、"不伦不类"，甚至是美洲想要摆脱的，但现在又被描述成自由、有创造力的，拥有混杂类型的文学作品现今也受到许多读者欢迎。或者可以说拉美文学天然拥有一种面向未来的气质？

另一个特质是戏仿，尤其在民族主义思潮的引领下，拉美作家开始有意识地追求本土特色和原创性，从最初的模仿发展到自觉的戏仿，在已有的模式中打破刻板印象，在戏谑和讽刺之中，原有的类型就被巧妙地拆解了，文学上的独立甚至成为政治独立的先声。有时候这种化用或反讽也不止于对外来类型，还是动态、恒久的"反"，包括对拉美文学内部的颠覆，比如卡夫雷拉·因凡特（Guillermo Cabrera Infante，1929—2005）在《三只忧伤的老虎》（*Tres Tristes Tigres*，1967）中就不乏对西语美洲经典作家作品的不敬或是"致敬"。

古巴人类学家费尔南多·奥尔蒂斯将古巴比作"辣味杂烩"(ajíaco)，这个形象也能用来表现拉美文化的气质：产自不同地区的食材被不加区分地丢进水中炖煮，在锅中不断翻腾、融合，将各自的味道汇入浓厚的汤底；同时肉和菜也慢慢变形，彻底沾上美洲辣椒的颜色和口味。这个象征也可以是万花筒，我们旋转镜片看到颜色不断被打碎并融合在一起。

范晔： 一说万花筒，倒让我想起一个老哏：博尔赫斯的写轮眼！谈论今天的话题，以及其他任何与西语文学相关的话题，都绕不开博尔赫斯——正所谓条条道路通乔治[博尔赫斯的西文名字豪尔赫（Jorge）就是英文中的乔治（George），也是某些友人对他的昵称-戏称]。据说博尔赫斯曾亲自承认，他本来只是想写文章表达自己的哲思观点（脑洞），怕没有人读才"伪装"成侦探小说的模样。其中的代表作就是《小径分岔的花园》。这一篇完全可以叫"论时间"或"我的时间观"，却"伪装"成一篇侦探悬疑谍战小说的模样：一个叫雨村（对，就是贾雨村的雨村）的中国人为何要为德国情报机关工作，为何要杀死一位无辜的英国汉学家？到最后谜底揭晓，但最重要的谜却不是这个……

袁婧： 我觉得许多拉美作品中都有强烈的游戏性，类似博尔赫斯的"伪装"，还有科塔萨尔《指南手册》里的小短篇或微小说，给哭泣、上楼梯、为手表上发条等日常行为一本正经地制作操作指南，利用说明书的文体将日常行为陌生化，让读者脱离惯性理解，重新感知生活中的诸多细节。我在另一位阿根廷作家马塞多尼奥·费尔南德斯的作品中也读到类似的写法，比如他描写自己摔了一跤时说："我追上了刚刚吐出的词：我听到自己的声音，还有机会改正了其中的一句蠢话。"通过对这一现实场景进行文学化加工，他改变了时间流逝的方向和速度，读起来让人感觉新颖有趣。

　　我最近读到一些拉美作家写的ensayo（或许可以译为杂文、文学随笔），虽然题目在讨论某个文学命题或理论，但是行文中经常看不到明确的观点和严谨的论述，反而有丰富的修辞和抒情，和英文中的essay（论文）的规范风格迥异。

这种文体是不是也属于西语文学/学术界比较特别的存在，体现出一种"自由"的精神？

范晔： 你说的这个方面非常重要。我偶尔有种感觉，不一定对：当读者盛赞拉美文学的繁荣和精彩时，会有意无意透露出来某种预设，暗示拉美在思想方面反而是弱势，不像德国人写东西虽然"很闷"，但人家是"有思想的"。像乌拉圭思想家罗多的《爱丽儿》，刚才提到的《寻找我们的表达》，墨西哥诗人帕斯的《孤独的迷宫》《淤泥之子》，以及博尔赫斯、科塔萨尔很多难以分类的文本，作为文学、文化评论，本身也是非常精彩的文学文本。关注这些文本及其在西语美洲语境中的传统，就有可能尝试改变成见，让我们去思考何为思想，思想是不是只有一种所谓严谨的学院派的格式，有逻辑推理的那种，是不是也可以有其他的思想方式？

谈及20世纪60年代著名的拉美"文学爆炸"现象，我们会报菜名似的提到那一批精彩纷呈的作家作品，也会讲到背后的出版家和文学代理人推手，但有时会忽略一代文学批评家的工作，其中不少人同时身兼评论家和作家：乌拉圭的贝内德蒂、莫内加尔和安赫尔·拉玛，墨西哥的卡洛斯·蒙希瓦伊斯，智利的路易斯·哈斯和费尔南多·阿莱格里亚，古巴的萨杜伊，秘鲁的胡里奥·奥尔特加……他们的批评文本往往也有很高的文学质素，构成了"文学爆炸"这场绚烂花火的侧面。

范晔： 一不小心，小径又分岔了。我们回到侦探小说，博尔赫斯与好友阿道夫·比奥伊·卡萨雷斯（Adolfo Bioy Casares，1914—1999）曾四手联弹创作侦探小说"布斯托斯·多梅克"系列和《伊西德罗·帕罗迪的六个谜题》等——帕罗迪这一姓氏的原文Parodi明显源自parody（戏仿）。有学者把博尔赫斯的这类创作归为戏仿，而将另一位阿根廷作家里卡多·普伊格（Manuel Puig，1932—1990）的《红唇》《蜘蛛女之吻》归为另一类，可称为无等级的融合。阿根廷作家里卡多·皮格利亚（Ricardo Piglia，1941—2017）也是博尔赫斯的权威研究者，他的《烈焰焚币》《缺席的城市》等作品融合了侦探小说和科幻小说。许老师对西语侦探小说研究有素，不妨跟我们展开聊聊。

许彤： 侦探小说是一种高度类型化的小说样式。一般认为，爱伦·坡的《莫格街凶杀案》是侦探小说的开山之作，他创造了侦探小说的古典模式：一个谜题、一个答案和一个推导出答案的解谜过程。就此而言，坡的侦探小说是彻头彻尾的逻辑产物。真正重要的并非真相是什么，而是采取何种逻辑构筑推理过程。博尔赫斯所谓"没有什么是不可解释的过程"支撑了侦探小说确定的开头与结尾。坡也重新定义了读者和小说的关系。在此之前，读者会沉迷小说，被情节感染，随角色悲喜，但他们只处于欣赏者的位置，不会介入文本空间。侦探小说的读者——由坡的作品"训练"出的读者，是侦探/解谜人的竞争者，他们分析文本信息，建构独立于文本的推理逻辑，提出自己的谜底答案，并以自身的解谜体验评判作品的优劣。因此，博尔赫斯认为爱伦·坡制定了侦探小说的根本规则，同时创造了侦探小说和侦探小说的读者。

爱伦·坡对西班牙语美洲短篇小说产生了深

刻影响，但侦探小说"抵达"西班牙语美洲的时间较晚，20世纪三四十年代才被广泛译介和传播。1942年，博尔赫斯和友人比奥伊·卡萨雷斯合作的《伊西德罗·帕罗迪的六个谜题》问世，墨西哥哲学家阿尔丰索·雷耶斯称其代表"侦探文学终于在西班牙语美洲生根立足"了。这本有趣的小书充满了对于经典侦探小说的致敬和戏仿，似乎预示着西语美洲侦探小说注定会走向一条融会贯通的"反传统"道路，成为学者孙海清所说的书写拉美世界的一种方式。

中国读者似乎很难列举出西语美洲侦探小说大家或代表作品，但正如阿根廷记者、作家贾迪内伊所言，几乎每一位拉美当代作家在青年时代都或多或少地推崇过侦探文学（尤其是黑色小说），或受到这种文学的影响，并将侦探小说因素应用到自己的作品里。在他看来，科塔萨尔、巴尔加斯·略萨等"文学爆炸"主将都可以被视为西语美洲侦探小说（黑色小说）代表人物，他们共同塑造了三种特有模式："一、写大自然；二、写独裁者；三、写受剥削的劳苦大众。"在《利图马在安第斯山》中，略萨设计了精巧工整的文本结构。小说分为十章,每章划分为三个小节,第一、二小节主要讲哨所班长利图马带领手下在安第斯山深处调查连续发生的失踪案,穿插失踪人士的支线故事;第三小节讲宪兵托马斯与妓女梅塞德丝的爱情故事,颇有言情小说的神韵,与第一、二小节的粗犷形成对照。利图马四处奔波走访,但问到谁谁都"总是摇着头,说话没有一个完整的句子,回避对方的目光,闭着嘴巴,紧缩眉头",似乎漠不关心失踪者的下落。随着调查的展开,利图马窥见了谜案的轮廓:恐怖主义活动、民间血祭恶俗、外国资本压榨,盘根错节,人命轻贱。他抽丝剥茧,知晓了命案真相,但凶手无人惩处,真相无人在意。利图马酩酊大醉,不禁后悔"那样固执地想知道那几个人发生的事,还不如把疑团装在脑海里"。小说在真相大白中结束了,但缺失了惩恶扬善、将罪犯绳之以法的必要桥段。读者也毫无解决谜案的乐趣,因为命案的真相远远不是事件的真相,更不是社会矛盾、国家困境的真相。由此,《利图马在安第斯山》脱离了侦探小说的智力游戏架构,疑案和谜题被更加严肃地对待,它们构成认识、理解、书写西班牙语美洲的途径，也蕴含着探索变革的可能。

范晔： 按富恩特斯在《勇敢的新世界》里的讲法，小说是"文艺复兴独有的一种批判活动——世俗化、相对化，甚至是对立化自己的批评根据——的结果"，听起来小说好像是中世纪动物寓言里的毒蛇，一出生就吞噬自己的母亲。现代小说吞掉的是中世纪骑士史诗、宫廷传奇罗曼司。而像博尔赫斯、巴尔加斯·略萨他们的"伪侦探小说""反侦探小说""超侦探小说"吞吃的就是经典的侦探小说？

许彤： 可以这么说。当代西语美洲侦探小说的奇妙之处在于总有意料之外又逻辑自洽的"分岔"。姑且称之为"类型漂移"吧。比如，我们出门本来是要去颐和园的，结果却来到了动物园，泛舟昆明湖也变成了大熊猫"萌兰"追星半日游。博尔赫斯的《小径分岔的花园》用严谨的经典侦探小说结构解构了侦探小说逻辑，追逐谜底变成了形而上学游戏，疯狂、诱人而冷酷。而在《烈焰焚币》的尾声，银行抢劫犯带着账款被警方围困在公寓楼里,毫无突围可能。突然,有什么被点燃了从窗口扔出来,一片片、一朵朵、一团团,银白色的,亮银色的,像花瓣飘落,像蝴蝶飞舞……他们烧了抢来的钱!"后爆炸"代表人物、阿根廷作家皮格利亚的情节设计令人联想起《白痴》。陀思妥耶夫斯基让自己的女主角把打包整齐的十万卢布投入了壁炉,你似乎可以透过书页感觉到火苗的灼热,听到噼啪噼啪的爆裂声,闻到一股股焦煳的气味……与《白痴》浓烈的高密度描写不同,皮格利亚笔下的钱竟然烧出了几分唯美的感觉,仿佛漫画中夸张的定格特写,冷冽而华丽。小说风格也为之一变,原本粗粝、浮夸、暴力的黑色小说气氛消失了,无力、幻灭从字里行间扑面而来。抢来的钱被抢劫犯烧掉了,警方被嘲笑,司法制度被无视,正义失去了伸张的着力点。在皮格利亚的笔下,侦探小说成了超越自身的工具。这或许是对类型文学最温柔的致意吧。

范晔: 好个"类型漂移"……类型文学的特质是可辨认的套路。翁贝托·埃科有个说法,大概意思就是类型文学永远在讲同一个故事。从博尔赫斯到皮格利亚，他们有能力完成"漂移"，讲出了不同的故事，甚至是关于故事自身的故事。《缺席的城市》里那令人难忘的女身故事机器就是类型文学元文学化的完美喻体。又想起波拉尼奥的《科幻精神》里，17岁的主人公不断给自己心仪的科幻作家们写信，把这些信件当作独属于自己的宇宙飞船。无论是博尔赫斯的疑似侦探小说，还是皮格利亚、波拉尼奥的科幻小说，都像是文学为体，类型为用。

最近在看一部"恶托邦"类型的科幻小说，阿根廷作家奥古斯蒂娜·巴斯特里卡（Agustina Bazterrica）的《食人挽歌》（*Cadáver exquisito*，2017）。作者1974年生，凭这部小说斩获了阿根廷著名的号角文学奖。原书标题对应的是法文中的 Cadavre exquis，即"华美尸骸"，是超现实主义者当年爱玩的一种语言-图画游戏，包含了自动写作、集体创作的元素，西班牙艺术家达利、墨西哥画家弗里达·卡罗也曾尝试。但这部阿根廷科幻小说说的却不是文字的"尸骸"，而是人的血肉。在近未来，某种神秘的病毒肆虐，各国政府不得不杀死所有的家畜，于是肉食的来源成了问题。大家知道现实中的阿根廷是肉食大国，炭烤牛肉全球闻名，据说肉牛存栏量远多于四千多万的人口。小说中为了继续满足民众难以抑制的肉食渴望，竟然将食人合法化，饲养食用人——当然，对这些肉食严禁再冠以"人"的名号："任何人都不可以称它们为人类，因为这么做等于是赋予它们身份。大家都称它们为产品、肉，或是粮食。"——我们又回到了袁婧提到的"命名"问题。

有意思的是，文学史上一般认为阿根廷第一部现代小说是阿根廷作家和政治活动家埃斯特万·埃切维里亚（Esteban Echeverría，1805—1851）的《屠宰场》。小说写于1839年，1871年即作者去世20年后才出版，有人认为是作者流亡国外造成的审查阻挠，也有人认为是埃切维里亚对自己这部作品的价值不太有把握。毕竟这是一个杂糅了风俗纪事、浪漫传奇、国族寓言、政治檄文，在当时难以归类的文本。董燕生老师的译文也非常生动传神："这个故事发生在基督诞生后的一千八百三十年。正是四旬斋期间，布宜诺斯艾利斯的肉食供应异常匮乏……"从布宜诺斯艾利斯市郊屠宰场的群氓图到食人社会的暗黑寓言，《食人挽歌》是披着科幻小说伪装的《屠宰场》-修罗场的"复活"版……

范晔： 还有一个类型大坑没来得及打开——言情小说，比如巴尔加斯·略萨《胡利娅姨妈与作家》里嵌套的广播剧情节和创作。加西亚·马尔克斯的《霍乱时期的爱情》也是在致敬和戏仿以小报连载为载体的言情小说。我们不妨就借《霍乱时期的爱情》著名的豹尾金句来结束今天的漫谈："Toda la vida."（"一生一世。"）这句话里包含了微妙暧昧的态度：既有对类型文学（言情套路）悠久魅力的赞赏，也有对陈腔滥调的反讽和自省——这不是爱情的颂歌，这是文学的颂歌。

问卷讨论:严肃和通俗的边界

1. 哪一类别的类型文学或者类型文学作家对你产生过较大的影响?

糖匦: 一般情况下,我们在回答以上问题之前,需要明确什么是类型文学,什么是严肃文学。但也不妨反过来,通过思考以上问题,反推出这个时代里的人们对它们是如何界定的,以此进入社会文化研究场域。

我很难给出信心满满的判定,接下来谈及的作品属于哪一类型。也许恰恰是它们的多元含混、充满异质性的特征,一种文学上的赛博格体质多年来始终强烈地吸引着我。

假设童话属于类型文学,那么《意大利童话》《格林童话》里超出人类意志的带着欢快基调的野蛮深深触动到了我。

假设《酉阳杂俎》《聊斋》《镜花缘》《红楼梦》属于玄幻小说,那么古典小说里对未知力量的平常心以及世俗化描写给了我跳出现有认知的空间。

菲利普·迪克、克拉克、J. G. 巴拉德、莱姆是我科幻创作上的领路人。这个名单其实会很长,我甚至想把麦卡锡和石黑一雄放进来。

在情节上出现卡顿的时候,我可能会重读约翰·勒卡雷和雷蒙德·钱德勒,还有爱伦·坡的作品。没有直接的因果关系,但通常那么做之后,问题就解决了。

慕明:科幻/奇幻,或推想小说对我的影响较大。我的小说常围绕着某种广义的"技术"展开思辨,试图处理思想和技术变革所引发的可能性和挑战,以及由其塑造的个人境遇和时代图景,这与我个人在前沿科技行业工作的经历有关。我们今天的个人生活和社会形态早已被"技术"渗透、改变,但无论是在华语文学还是世界文学的范围内,深入的书写仍很少见,这使得我很难在纯文学作品中找到学习的例子。另一方面,许多科幻文学虽然可能在人物塑造、情节推进、语言表述等方面较为"类型化",但其对技术和抽象概念进行深入思辨的方法非常值得学习、借鉴,所以,我选择了"推想"作为切入的方法,试图将一些表面上看起来较新的,也因此尚未以小说处理的问题,不那么生硬地纳入文学书写的国度中来。

我从科幻/奇幻/推想小说中学到的两个最重要的创作方法是概念突破(conceptual breakthrough)和合流(confluence)。

概念突破是通过情节推动概念演进的写作方式,也就是科幻作品中比较看重的"推演"。我看重这个方法的原因有二。第一,具有理性精神和较为深入的思辨过程的文本在当代中文虚构作品,乃至世界虚构文学作品中的匮乏,在一定程度上导致了"两种文化"的分野,乃至"小说的危机"等问题。另一方面,也是因为我们在面对许多现实问题时,最急需的正是对抽象复杂概念的深入推演能力。举个最简单的例子,对于某种新技术,如果我们没有能力去推演其可能带来的种种或好或坏的后果(consequences),可能就会做出许多错误的决策。在这里,"推演"其实是一种严谨、理性、基于给定条件的想象力。在现实生活中,用不了二维码的老人,种种一刀切的政策,都是因为决策者出于各种主观或者客观的原因,认知能力不足,缺乏这种对复杂问题所产生的后果的想象力。而阅读,乃至创作概念突破的过程,锻炼的就是这种具有结构性的想象力,我们常说最好的科幻小说是"推"出来的,而非写出来的,也是这个意思。无论是特德·姜的科幻小说还是《黑镜》系列的剧集,都熟练运用了这一方法,非常简单的新技术或者超现实设定被置于日常生活场景中,通过合理的情节,充分演绎其可能性,体现思维的力量,达到意料之外而又在情理之中的效果。

合流则更好理解,所谓合流,就是通过寻找两种或者两种以上看似截然不同的话语体系的交叉点或者相似点,拼接产生新的故事,这个方法在许多非科幻类型作品中也有应用。在科幻作品中，因为核心的概念和语言体系往往基于科学概念或者工程技术问题，抽象难解，所以，选取具有交叉点的历史文化背景或者具有同构性的个人体验故事进行"合流"是让故事更易读、更有新意的重要方式。刘宇昆的作品就是很好的例子。另一方面，合流让我们发现不同语言体系之间的相似性，可以帮助作者在庞杂的信息时代整合不同维度的信息，并以小说的形式构建具有复杂层次的文本森林，这也是米兰·昆德拉等作家一直以来的理念："在现代这个被哲学离弃的世界里，在这个被数以百计的科学分析领域弄得支离破碎的世界里，小说成为我们最后一个观察孔，从这里我们还可以将人类生命当作一个完整的全体来看待。"

比起模糊不清又附加了太多刻板印象标签的"类型"，我觉得，这才是"类型"文学真正教给我们的，可以转化、运用在所有创作中的东西。这两个方法虽然是我自己通过阅读总结的，也不太为人所知，但其实可以看作当代推想小说乃至剧本创作的基本功，概念非常清晰，且可以通过练习熟练掌握，容易被读者接受，并且在当下的写作中还很稀缺，我也是通过学习实践这两个方法，较快树立了写作的信心。

钱佳楠： 其实少年时期价值观的塑造很多时候依靠的是类型文学，虽然没有读过金庸或古龙的文字，但是由他们作品改编的武侠作品深深影响了我的性情，当长大后知晓人与人很多时候就是相忘于江湖时，也不会为此过多伤感。

蒋方舟： 我很喜欢"推想小说"。就是设想一种社会模型：如果发生XX，会怎么样？比如罗伯特·哈里斯写过一本《祖国》，设想的是如果"二战"纳粹德国获得胜利会怎样？菲利普·迪克经典的《高堡奇人》，讲的也是德国和日本打赢了"二战"。还有一本我很喜欢的，是山田宗树的《百年法》，他讲的是战后的日本获得了长生不老的技术，随之带来的一系列社会问题。

　　这类小说属于我的"爽文文学"。我很喜欢在阅读过程中从一开始不相信到后面慢慢被说服的感觉。

那多： 我看的第一本小说是《笑傲江湖》，这使我整个青少年时期的小说阅读完全偏向类型小说，更准确说是武侠小说和科幻小说。看了总得有几千本。到了自己创作小说的时候，因为阅读光谱，毫无疑问也就只有类型小说这一条路了。一开始创作时的所思所想，几乎都是故事，即故事情节、讲述方式、故事创意等等。

金庸、古龙、梁羽生、倪匡是开启我创作之路的人，到了有意识锤炼小说的时候，以哈兰·科本、杰夫里·迪弗、丹·布朗为代表的当代欧美悬疑小说作家给了我最初的影响。那个阶段我觉得娱乐化是最重要的，喜欢快节奏，不埋包袱，不停推进情节，时刻抓住读者。

30岁左右我读了《白夜行》。在那之前我不喜欢看日本推理小说，因为节奏缓慢甚至静止，但《白夜行》不同，虽然没有像丹·布朗那样风驰电掣，但也是动态的，是裹挟万吨泥浆的徐徐前进，读完很久之后，其行进轨迹仍在心中盘桓不去。我希望自己也能写出在读者心中留下痕迹的类型小说。这个阶段，我读了大量日本的社会派推理，喜欢的作家有东野圭吾、宫部美雪、吉田修一等。我自己的《19年间谋杀小叙》就是这个阶段的第一部作品。

前些年读到《金色梦乡》，伊坂幸太郎的作品，震动很大，没想到犯罪小说还能写出梦幻感。这打破了我对犯罪小说的一些理解，新的世界正在形成，我接下来的小说也会有相应变化吧。

吉井忍： 我看书的时候没分别很清楚，但后来想想，我对文学的理解来自宫本辉、北杜夫、井上靖、安部公房、野坂昭如、夏目漱石等日本作家。也很喜欢美国作家，如菲茨杰拉德、杜鲁门·卡波特、斯蒂文·米尔豪瑟、雷·布拉德伯里或斯蒂芬·金等。在小学、初中时代大量阅读的轻小说和漫画（楳图一雄等），对我的影响也挺大的。

大头马： 武侠小说、推理小说和科幻小说。小时候是推理小说迷，看了大量的推理，甚至想以后当一个侦探。后来问家人才知道中国没有侦探，遂打消此念。后来互联网进入中国，我属于比较早接触网络的小孩，记得在网上看完了第一部金庸小说

《神雕侠侣》，一发不可收。听说母亲同事有全套的金庸（还是三联版的），于是小心翼翼地找那个姐姐借来看，小学五年级暑假看完了全套金庸，从此成为武侠小说迷。至今都还会不断地重读金庸的小说。每一次重读都会有新的发现和认识。科幻小说则是大学才接触到的，当时看的第一部就是《三体》，感觉到深深的震撼。三部曲一部比一部震撼。就此陷入科幻小说的世界。因为看科幻，又对科普书籍产生了极大的兴趣，看了大量理论物理、天体物理、数学、神经科学等方面的书。很后悔选专业的时候没有去学物理。不过科幻作家里我最喜欢的还是特德·姜，他的每篇小说我都读过很多遍，深受启发。

李静睿：言情，武侠，悬疑。这些都不能以过来人的姿态说是对我"产生过较大影响"，因为至今还在读，时不时还是会去晋江翻言情小说看，坐飞机还是习惯性地打开阿加莎。三月去三亚待了一周，躺在泳池边上重读了《神雕侠侣》，看到"其时明月在天，清风吹叶，树巅乌鸦乱叫"还是心潮澎湃。类型文学对我在文学上有多少滋养说不清楚，但对我的情绪生活有极大的滋养，几十年来都是如此。

路内： 我十二三岁时候读的武侠小说、言情小说大概都产生过影响。近现代武侠小说的特点是人物很多，写长篇的时候往往脑子里冒出来一堆人。言情小说有时会产生反向的影响，对浪漫言辞的不信任，有时会故意去消解它，顺带消解一些别的。我每次想到自己小学四年级跟着大人读琼瑶就觉得好笑。类型文学中也有一些很不错的作品，但是举那些例子感到没什么意思，不如回想一下自己读过的地摊书算了。

谈波： 喜欢就会受影响，类型文学中我喜欢老派的历史小说、间谍小说和西部小说，代表作品有大仲马的《三个火枪手》，福赛斯的《豺狼的日子》和杰克·谢弗的《原野奇侠》。柯南·道尔的《福尔摩斯探案集》，中学时看过，当时也很喜欢。

俞冰夏： 我喜欢看BBC、ITV三到六集一季，一拍十几年的那种格式化的侦探电视剧，《探长薇拉》《摩斯探长》一类。另外,十年前有段时间我出差比较频繁,会经常在机场、火车站买本官场小说看到下飞机、下车,那些小说虽然我现在名字一本都记不得了,但对我影响也挺大的。

林棹:童话,奇幻。

2. 你认为哪部严肃文学作品,在吸纳和借鉴类型文学元素方面,最为成功,具有启示性意义?

钱佳楠:我不清楚卡尔维诺是否有意吸纳或借鉴类型文学,但是他的《宇宙奇趣全集》是我的至爱,可以看到科幻和童话交织在一起,时而温暖人心,时而发人深省。

蒋方舟:我觉得是《使女的故事》。严格意义上,它也算是一部推想小说,设想的是在废土世界里,女人被剥夺了财产、工作和阅读的权利,唯一的功能就是生孩子。

我觉得阿特伍德是典型用了推想小说"如果社会发生某种极端情况，那么会怎么样？"的思路。

她写这本书是在1985年，但后来发现它的生命力在将近40年后的今天依然茁壮，每当女性遭遇结构性的不公时，大家就会想到这本书。

另外就是冯内古特的《五号屠场》，它用了科幻文学的设定，一个"时间旅行者"在战争中穿梭。战争是冯内古特生命最重要的母题之一，他说自己用了23年才找到讲述方式，我觉得最后让叙述成立的就是他越过了严肃文学和类型文学之间的藩篱。

吉井忍：夏目漱石的《心》（恋爱元素）、宫泽贤治《银河铁道之夜》（科幻元素）以及永井荷风的许多作品（娱乐元素）。其他暂时没能想出特别合适在这里回答出来的作品。我认为凡是文学作品都需要类型文学的元素，反过来说，把文学必有的元素刻意或在无意间放大的是类型文学。

大头马：《失明症漫记》。用影视类型来说，它就是一个高概念的故事。情节的发展也非常套路化。我是大学时候读到的这本小说，当时就非常吃惊，这么"好看"的小说竟然也能拿诺奖。那时就意识到好看和严肃并不是相斥的。后来看萨拉马戈的不少小说，都是用一种高概念的设定，然后对整个社会衍变进行推演。在我看来，萨拉马戈就是一位空想社会学家。

李静睿：一时间能想到很多，《魔戒》《基督山伯爵》《双城记》《玫瑰的名字》，甚至《金瓶梅》。不太确定这里的类型文学元素具体是什么，寻找真相，打败恶魔，复仇，爱情，欲望，感觉这是所有文学的元素。

谈波：我能想起来的就是《暗店街》了，借助侦探小说的壳，表达现代人寻找自我之艰难，其他我想不起来还有什么。我武断认为，严肃文学里基本不会去主动吸纳借鉴类型文学，除非想去讥讽它，像《堂吉诃德》。因为类型文学里有的，严肃文学里都有，类型文学只不过是抓住严肃文学中的某一个元素肆无忌惮地放大到极致而已。

俞冰夏：有一个倒过来的例子，翁贝托·埃科的《傅科摆》和丹·布朗的《达·芬奇密码》。严肃文学借鉴类型文学的例子当然更多，比如说法国某个年代大量的实验小说都套了侦探小说、科幻小说的壳子，数不胜数，写东西的人都很喜欢玩这种技巧，心照不宣，不足为奇，反而丹·布朗吸纳借鉴知识分子小说，是可以说成功并具有启示意义的。

3. 你认为决定一部作品严肃与否的根本因素是什么？

钱佳楠：我会觉得是作者是否满足读者的白日梦。类型文学很多时候设法不让读者失望，侦探一定会破案，英雄一定会拯救世界，大侠一定会名闻天下。严肃作品似乎就不一定了。

蒋方舟：我认为这个边界非常模糊，如果一定要论断的话，我认为标准是主观的，是作者是否在乎读者的阅读感受，是否为读者提供某种娱乐性。

吉井忍：是否能够超越自我表达。向田邦子是我最喜欢的日本作家之一，但我不认为她是严肃文学作家，因为字里行间不时地透露出她本人的存在。但这又并不妨碍让她的作品构造出一个独立的世界。

大头马：我觉得严肃作品应当是竞技型的作品，是与职业竞技者之间的比拼，衡量它的标准就如同任何一项竞技运动门类所要求的那些标准。无论是纵向比较还是横向比较，都要有突破和创新。起码是奔着这个目标去的。所以作品的语言、风格、质地、结构、形式等各个方面都要达到一定的标准，且内部自洽。不同的类型小说有不同的独属于它自己的框架标准，但总的来说，可读性是它始终要考虑的一点。而严肃小说，可读性固然也要考量，但并不是首要的，甚至不一定是必须要考虑的标准。

贾行家：当然是作品提出问题的严肃性。我们默认一些问题是严肃的，比如存在，比如我们可以相信什么、可以认识什么，比如真理的本性，比如什么是真实，比如我是谁和生活的含义；我们还怀疑这些问题并没有通行的、明确的答案，或者，只有层层叠叠的答案，需要通过某种叙事加以隐喻暗示的答案——如果那不叫答案，那就叫文学。

李静睿：语言。作家是不是严肃对待自己的语言，是一个作品是否值得被严肃对待的最大标准。从这个意义上，我一直觉得吉田修一、阿加莎·克里斯蒂、J. K. 罗琳甚至李碧华都是非常严肃的作家。

路内：现实感。

谈波：主要看它跟作者及读者的生命体验是否紧密相关。

俞冰夏：目标读者数量，比如首印册数。

4. 如果说类型文学和严肃文学之间有一条边界，你认为站在那条边界上的人是谁？

糖匪：我只能感受理解每一类型的基本推动力和特有的

美学，但我看不到所谓清晰的界线。就好像地壳最活跃的地区多集中于交界地带，文学上也是如此。太多伟大的作品出现在这个区域。尤瑟纳尔的《哈德良回忆录》《东方故事集》，黑塞的《玻璃球游戏》，波拉尼奥和皮格利亚所有的作品。

慕明： 厄休拉·勒古恩、玛格丽特·阿特伍德等女性作家都站在纯文学和幻想文学的边界上，她们也是我近来重读、学习较多的作家。更准确地讲，最好的跨类型作家都是在重新定义这条边界。这几位作家都以具有幻想元素的作品博得大名，但无论是《地海传奇》《黑暗的左手》，还是《使女的故事》，在出版时，相应的"类型"都还没有被命名，在20世纪60年代她们和其他作者一起掀起科幻"新浪潮"之前，"科幻"只是属于白人男性的探险的代称，即使在今天，刻板印象依然广泛存在。但她们留下的遗产影响广泛。在这里我想特别提一下勒古恩的"地海系列"。勒古恩在"地海系列"中构筑了两个世界，一个世界是字面意义上的，通过庞大而精细的构建，一个充满想象力的奇幻世界的历史地理、风土人情、运作机制和变化趋势反映在人物的欲望、行动、冲突之中，以传奇故事的形式徐徐展开。另一个世界则是比喻与象征意义上的，奇幻世界中的种种元素都不是信口开河的无源之水，而是对心理学或者是东方哲学中经典思想的深入思考、化用、超越。地海世界可以说是勒古恩内心世界的真正体现，通过解构与建构式的写作进行心理分析的对象不是别人，正是作者本人。

"地海系列"构建了两个世界，留下的也是两种遗产。字面意义上的遗产更多地被当代欧美奇幻创作者继承与发扬，其中最著名的例子就是《哈利·波特》。地海世界第一次提出了"魔法学院"的概念，但是《哈利·波特》让这个概念真正跨越了文化的隔阂，成为了世界性的青少年文学主题。奇幻世界中，少年法师成长的故事也从地海世界中的粗犷写意演变成了《哈利·波特》中坚实、具象、细致的构建，罗琳更多地是从少年的日常生活中取材，填充这个最初由心理分析发展而成的概念框架。欧美奇幻作品继承的，是地海世界庞大精细的异世界构建功力，以及以人物成长之旅为核心的情节架构，我们在《哈利·波特》中看到的，是成长本身的种种真实困境在一个精心构建的幻想世界里的展现。

而隐喻层面以及心理分析式的创作方法则更加触动东方的创作者。许多看似飘逸却又蕴含深意的设定，对人类内心世界的深入挖掘，以超现实的元素具象展开心理原型的创作手法，都出现在宫崎骏等日本幻想作者的作品里。在《千与千寻》中，主人公千寻在迷失自我之后又找回自我，所追求的正是自己的"真名"，白龙也正是因为找回了自己作为龙的名字，才能重新翱翔于天际；在《幽灵公主》中，山兽神森林作为古老力量的源泉，在工业世界的侵蚀下不断消退，而在地海世界中，位于法师之岛中心，蕴含着太古力的心成林，指向内心最深处的力量；门、影子、梦境、均衡等意象也在这些最优秀的东方奇幻作品中一再出现，在庵野秀明或汤浅政明等人的经典作品中，以大胆跳脱的具象化表现心理状态或者是意识流往往是最令人印象深刻的华彩段落。如果说西方奇幻作品进一步发扬了幻想叙事构建外部世界的恢宏传统，那么以日本为代表的东方奇幻则捕捉到了幻想叙事的古老精魂——以充满犹疑的目光,凝视世界在内心投下的摇曳之影。

村上春树也承认深受勒古恩影响。虽然文本大多基于现实背景,但超自然的元素以及象征意味浓厚的意象往往是村上作品中最引人注目的存在。《挪威的森林》中,指向"那边的世界"的井,可以看作地海系列中隔开生者与死者的"墙"的变形;人的心性的迷失和重寻自我,也是村上作品中极其普遍而深刻的表现主题。在村上构建的意象世界中,这些超现实的隐喻是反映现实的镜子,也是分析文本的手段,以社会现状问题为基础,将现实与超现实结合,扩大了幻想叙事的外延。

另外,奥尔加·托卡尔丘克也深入利用了心理学进行创作,无论是小说还是创作谈,都可以看出,有心理学背景的托卡尔丘克也意识到了神话、隐喻和故事本身处理复杂信息的强大能力。因此,在2019年的诺奖演说中,她敏锐地指出了当代文学正在丧失应有的维度和能力。她说:"我们不仅没有准备好讲述未来,甚至讲述具体的当下、讲述当今世界的超高速转变也没准备好。我们缺乏语言、缺乏视角、缺乏隐喻、缺乏神话和新的寓言。……人们试图将文学虚构与真实世界割裂看待，而忘记了文学不仅仅有关信息和事件，还直接涉及我们的经验。"梦境、幻想和超现实体验在人们的心里，可能与任何一种"真实"的感受都同样真切，却在文学的语言里，被划分为泾渭分明的幻想类型文学和现实主义文学，而两者都远远不能满足这个时代对文学的真正需要。幻想文学的起源、主题、表现方式远比常见的类型认知中的更为广泛，我们需要从中汲取经验，以庞大精细的世界构建和灿烂的想象力讲述并预测这个超高速变化的世界，以丰富的隐喻摹写在巨变外界中的内在心灵。毕竟，以神话和寓言为代表的幻想是人类文学最原初的形式，是人对不可知的世界和自我最古老的理解方式。正如莎士比亚所说，构筑我们梦境的材料也构筑了我们的心灵本身。

班宇： 看到这个问题，如下几个名字在眼前依序浮现：格雷厄姆·格林、约翰·勒卡雷、毛姆。这三位作者似乎有些共同点：第一，都是英国人；第二，都在情报部门上过班；第三，都写过间谍小说，比如格雷厄姆·格林的《哈瓦那特派员》，毛姆也有一本《间谍故事》，约翰·勒卡雷更不必说了。抛开叙述层面的诸多差异，某种程度上，似乎"间谍"这一主题天然地诞生于类型文学与严肃文学的边界之上，左突右闪，无法被明确定义。原因也许在于，其一，这些谍战小说多与冷战、革命、运动、20世纪的全球秩序紧密相关，或为深入第三世界的黑暗之旅，或在柏林墙的废墟之间游走，背后往往有一个异常复杂、濒于崩坏的政治环境，在这样的框架里进行讲述，势必触及更大的命题。其二，"间谍小说"本身也在吁求着一种强力的故事性，悬疑、惊悚、冒险等类型元素均被纳入其中，人们阅读间谍小说时，如在观看一位技艺高超的杂技演员如何一步一步化解险境。其三，"间谍小说"的主人公，一方面往往具备着不同寻常的头脑与能力，冷静分析事态，判断果决，总比他人领先一步；另一方面也踟蹰于善与恶、爱情和使命、真实与谎言、迷惘的个体与亟待拯救的集体之间。作者使其出没于解体的两极，来回摆荡，如同中世纪的逍遥骑士，也像一些日本电影里的武士，需在

"超人"与"凡人"之间做出抉择，吞咽自身的痛苦与虚无，不管为了什么，结局不重要，过程本身即是严肃的游戏。

钱佳楠：这个我真的不知道，我觉得我们不一定需要这条边界。

蒋方舟：我觉得是尼尔·盖曼吧，在我心目中他的文学光谱比斯蒂芬·金的《肖申克的救赎》更靠近严肃文学一点点，比石黑一雄的《克拉拉与太阳》更靠近类型文学一点点。虽然他得的奖大多是科幻文学奖，但我觉得《美国众神》是一部以严肃文学的标准看也绝对合格的作品。

吉井忍：村上春树、又吉直树。

大头马：雷蒙德·钱德勒、特德·姜、金庸。

路内：我找不到一个明确的边界，也许存在两个边界，即完全通俗的类型文学和极其严肃的严肃文学，中间有一个挺宽的模糊地带。甚至类型文学也可以写得很费解、很严肃，而我们的争论都是在这个模糊地带上进行的。一篇完全遵照卡夫卡的"旨意"完成的小说，也可以说是通俗的，因为其美学阐释基于卡夫卡，剩下的就只能讲一些情节梗概了，很无趣，是吧。我认为在模糊地带中，大家讨论的核心问题是美学倾向，通过美学做价值判定，而不是很直接地判定。如果说边界只有一条线的话（并且价值判定很高，值得一提），我推举狄更斯和王小波。

俞冰夏： 我不知道，但我做梦都希望是我。我觉得我不是一个人。

5. 你认为村上春树是严肃文学作家吗？

糖匪： 他是"村上春树"这一类型文学里的严肃文学作家。我个人最喜欢他的非虚构作品。

钱佳楠： 是的。

蒋方舟： 我认为村上春树算是严肃文学作家，他只是过于自律以及不幸非常畅销。

我尤其喜欢他早期的短篇小说，《烧仓房》《跳舞的小人》《盲柳与睡女》《托尼瀑谷》《袭击面包店》这些，小时候读这些短篇的震撼很让我怀念，现在再看我依然觉得这些小说有种难以言喻的澄澈。

吉井忍： 当我阅读《海边的卡夫卡》《寻羊冒险记》《挪威的森林》，以及《遇到百分之百的女孩》《神的孩子全跳舞》《再袭面包店》那些短篇时，确实认为他是严肃文学作家。到《1Q84》就不那么确定，从《没有色彩的多崎作和他的巡礼之年》开始有点怀疑。但我还是很喜欢村上春树，他对社会潮流和所谓体制的反抗精神（毕竟是在日本左翼学生运动中尝过苦头的）、对个人灵魂的尊重，还有某种概念方式的普遍化技巧（"用最简单的语言来表现最难的道理"），都是我蛮欣赏的。

说一句题外话，我个人认为我们阅读海外文学时，译者有决定性的作用。比如塞林格的《九故事》，我是习惯看野崎孝先生的翻译（除了塞林格外,他还翻译过斯坦贝克、菲茨杰拉德、马克·吐温等作家),后来翻了一下其他的新译本(包括由村上春树翻译的),发现自己始终摆脱不了野崎孝译本,他的用词、修饰或变序,怎么看都比其他译本更加恰当,但这纯属个人印象,与雏鸭的印随行为相差无几。

我提到这件事,只是因为忽然想到:我所看过的石黑一雄、菲茨杰拉德、斯蒂芬·金和宫本辉,是不是和大家所认识的一模一样?但又觉得,我和中国朋友们讨论这些作家的作品时,"翻译"这件事仿佛没有成为太大的障碍。那么,所谓的好作品,是不是带有一种能够超越语言环境的东西?若是,那到底是什么?

大头马:我觉得是。

贾行家:他的诚恳、勤奋和才能都在证明他是。

李静睿:当然,村上春树甚至是严肃作家中的严肃作家。

路内:放在日本的语境里可能是大众化的,有点为读者市场服务的感觉。放在中国的语境里算是严肃文学作家，大部分作品都还是经得起检验的。

谈波：是严肃文学作家。一个作家除了看他的作品是否严肃，还要看他的创作态度是否严肃，这两条村上都占，我们不能因为人家写出了一本超级畅销书就忽视、否定他其他作品的严肃性，更何况没有人比村上春树更向往当一个严肃作家了，《挪威的森林》的巨大成功，不但没有让他迷失于享乐，反而使他走向了大量纯文学性质的短篇小说创作。他崇敬和效仿的作家也多是严肃文学大家，菲茨杰拉德、海明威、卡佛，等等，他创作的主题也包括了社会问题、心灵问题，这些都是严肃文学所关心的。在创作手法上，他也做了许多创新尝试，村上春树绝对是个严肃文学作家。

俞冰夏：有的人本意想当严肃作家，结果阴差阳错却卖得很好。这说明他的性格非常温良，是个世俗意义上的好人，大部分人能感到亲近的人。

6. 用几个词来描述你所认为的"严肃文学"。

糖匪: 只有这位作者能写出并且必须以此种小说形式呈现的作品。

钱佳楠: 哲思、艺术性、倔强、不妥协。

蒋方舟: 自我、宏大命题、有文学传承、让读者痛苦。

吉井忍: 面向自己,从里面挖出来的故事,但并非"私小说"。大众文学是向外寻找的故事。

谈波: 真,包括真实、真诚、真切。

俞冰夏: 讲老实话,认为自己在搞严肃文学的人脑子里能看得到的目标读者应该不超过五到十名自己最亲爱的朋友。往往这样的人其实不可能有超过五个真正的朋友。其中会看他或她书的一个也没有。这事情古往今来都是如此。如果自认为搞严肃文学的人最后能卖出去几本书,那只是运气好,没有其他原因。

林棹：我曾在另一个场合讲过一嘴"姑且暂时延用'严肃文学'这个说法"。那种讲法很仓促，不严谨。事后反思，"严肃文学"这样的圈限大约是不应该存在的。好作品是创造性的，突破分类和限制的。

　　在这个意义上，"类型文学"小于"文学"。类型文学作者自觉、自愿地在特定类型的规则之内行动。

7. 很多拉美作家对于类型元素信手拈来，比如波拉尼奥、里卡多·皮格利亚、本哈明·拉巴图特等，你认为原因是什么？

糖匪：也可以反过来说，以博尔赫斯为首的南美作家将侦探等类型小说作为试验田，吸收利用大量后现代文学元素，进行创作。主要有两个类型对南美文学产生了深远影响。一个是幻想类型，生发于本土，南美人相信鬼魂和超自然力量的存在，他们创造的幻想类型迥异于其他文化土壤培育出的幻想类型。而侦探小说这样的舶来品出现，恰逢南美政府腐败、社会矛盾突出的时代，无论是侦探小说——包括黑色小说——还是智性科幻这样的反侦探小说，都能满足作者反映社会黑暗面的诉求。

对了，还有科幻小说，皮格利亚的《缺席的城市》就是兼具科幻、侦探两大类型文学的特征。可以看出他对控制论的理解相当深刻，不逊于任何专业科幻作者。相反，后者的队伍里不少人写的是低俗科学故事，只需要用夸张俗套的想象去满足读者的猎奇心态。

班宇： 以里卡多·皮格利亚《缺席的城市》为例，它有一点侦探小说的影子，讲述了一位记者对一架神秘机器的追寻之旅；也有科幻的成分，这架机器集合了记忆与历史，重组再造，以陌生的语言展开叙述，源源不断地生产副本，散播至城市的每一个角落。类型元素在里面起到了一定的转译效果，整部小说近似于一件装置艺术、一次科学实验，日常之物被放在新的空间、新的位置上，产生不同的功用和效果。摘录小说里的一段描述，或更为确切："科学家相信小说家，科学家是出色的小说读者，19世纪大众的最后代表，只有他们才会严肃看待现实的不确定性，以及故事的叙述形式。"在这个层面上，类型元素似乎也可以认定为是一种知识，一次实践，一则关于观看的方法论。至于为何诸多拉美作家热衷于此，我想可能与意识形态相关，类型元素的展示形式——游走与流动、举国的阴谋和狂热的想象、对于行为动机的不懈探寻及探寻这一动作本身的成因，无一不可看作某段非常时期的精神结晶。

钱佳楠：跟土壤有关，我觉得。可能这些类型元素在拉美文学传统里就是主流，乃至是严肃的。很多意大利作家的作品都带有童话和民间故事的特征（我第一次看卡尔维诺的时候，就想到了童年时读的贾尼·罗大里）。相比之下，中国和美国的作家似乎比较看重"严肃"，总想写出"伟大的中国/美国小说"。

蒋方舟：我觉得是因为他们并没有很严格的文学边界的意识，他们把文学视为其最单纯和本源的存在：讲故事（或者不讲故事）的文字。所以他们写作就像玩一场没有规则的游戏那么自由。

我最早看胡里奥·科塔萨尔的《跳房子》的时候简直惊呆了，没想到小说还能这么写，但是又完全不明白在写什么，"我看不懂但我大为震撼"。

本哈明·拉巴图特的《当我们不再理解世界》我倒没读出类型文学的元素，读的时候倒时不时想起当年新新闻主义的一些写法。

吉井忍：我对拉美地区的了解不够深。那里的社会结构复杂性以及与西方文化的深度交融和冲突，是否在他们的作品中呈现为幻想和现实的相互侵犯？

贾行家：我猜，首先因为这几十年来，拉美作家留下了一个与世界切近的、开放的文学传统，他们很近的前辈、那些"文学爆炸"中的老一辈作家某种意义上也是一批欧洲作家，建立了"不隔"的写作理念和世界性的关注，让拉美文学成为欧洲和美国之后的焦点。那时候的作家反复谈论"孤独"，恰恰是因为离得近。

这又有两层含义：以推想、悬疑等所谓类型写作形式来探讨严肃命题早已是现当代文学趋势，在拉美老一辈作家手里发展到弓马娴熟，传到了后来者手里；而且拉美作家的创作也更容易进入国际阅读视野。

其次，西班牙语和葡萄牙语当然是拉美世界和西方世界最强有力的纽带，语言是介质，其中运行着很多东西，语言大致同一，这些东西流转得也就通畅。

再次，拉美复杂、多元、充满"同在性"的文化天然就是用来讲这类故事的。

俞冰夏： 并不只是拉美作家如此。比如钱玄同，还能写鸳鸯蝴蝶派小说。鲁迅，还能写《故事新编》。王小波，又能写科幻又能写武侠。我很喜欢的一个不知名美国作家叫达拉斯·韦伯，写了一本可能史上最无人问津的"侦探小说"叫《大众街故事集》(*The Vox Populi Street Stories*)，一眼就能看出这书的名字多么反讽反讽，多么扭曲扭曲。我觉得码洋不行的"严肃作家"，尤其是在一些市场环境比较恶劣的地方讨饭吃的"严肃作家",时不时想靠沾沾码洋好的类型小说的喜气多卖两本书,换点吃饭钱,好去写更不可能有人看的小说,结果往往适得其反,甚至有把命搭进去的危险。

8. 在中国,一提到"类型文学",很多人就会想到网络文学,似乎只有网络文学才存在细致的类型分类。你认为网络文学可以承担"类型文学"的职能吗,二者的区别是什么?

糖匪:网络文学是技术产物,具有强烈的时代性。网络文学的黄金时期开始于移动网络刚刚发展,网速慢,流量价格高,移动终端的储存也有限,这些都限制了视频和图像娱乐大众的可能,也就给小说的传播提供了最佳条件。情节紧张起伏,遵从特有故事模式的网络文学同样也不需要调用读者太多"内存",轻松阅读,快速获得快感,可以在通勤之类的移动过程阅读。

网络文学,只是以媒介来对文学进行区分,

其中包括各种类型文学，主要特征为体量大、更新快、表达更通俗。而这三个特征并不是类型文学必须具备的。

钱佳楠：网络文学是一种传播媒介，类型文学是一种文学体裁，两个概念不在同一个纬度上。金宇澄老师的《繁花》最早在网络论坛连载，也可以说是网络文学，但多数人不会认为这是类型文学。

　　网络文学的细分也是商业生存的需要，就像流媒体平台必须细分影视剧类型，以便用数据为观众更精准地推荐下一部作品，但流媒体平台也有所谓"严肃"电影，同样地，很多网络文学平台上也可以找到经典的文学作品（尤其是公版书）。

　　所以我不觉得网络文学可以承担"类型文学"的职能，但是给类型文学作家提供了一个很重要的直面读者的平台。

蒋方舟：我看的网络文学比较少，所以不敢说结论性的断言。但我觉得"网络文学"现在越来越接近一个媒介描述，单纯指的是最早发表在网络上的小说，而不是文学类型的描述。我在网上看过很好的反乌托邦小说,《繁花》最早也是在本地文化论坛上连载。网络文学因为和读者有更亲密和广泛的互动,所以对于孕育类型文学有天然的优势。

那多: 网络文学目前来看都是类型的,但类型文学不一定能上网络。类似我这样首先出版实体小说的类型小说作家,网络销售的成绩几乎都不好。这是阅读载体的不同造成的。网络小说这个概念其实有点模糊,是在网页上看,还是在手机页面上看,还是听书,都不一样。网页上看的速度是最快的,手机上看也挺快,这让小说的篇幅变得越来越长,加上其他机制的影响,使得在此载体上的小说可以近乎无休止地继续下去。如果说实体的类型小说是截取人生中精彩的一段,那么网络小说往往是写人完整的一生,仙侠小说长生不老,完整的一生也就可以天荒地老。由此一个完整情节的长度和强度,网上和网下也就有了很大不同。也因为网络小说往往太长,也就更容易形成套路,阅读者众,一个套路可以让许多作者用上许多遍。所谓的网络小说分类更细致,我觉得有时候是把一个套路分成了一类。类型小说供人消遣，消遣分不同场景，分不同强度，网络小说可以覆盖很大一部分消遣，但承载在纸页上的这部分消遣，从功能上说不会被网络小说覆盖。

吉井忍：我认为网络文学是"类型文学"中的一个类型。但类型分类这件事，相当于在某种程度上替你把眼前复杂的现实归类处理，容易把握、解除焦虑。网络文学能有那么细致的类型分类，看似是它的多样性，但实际上是它的界限。

俞冰夏：中国的网络小说确实就是类型小说，类型还分得特别仔细，和西方受欢迎的类型不太一样，但本质其实差别不是太大，只是我们的市场可能下沉得比较深。

目前全球普遍的现象，认为文学（故事）是为了影视改编存在的，以影视改编数量来衡量文学的所谓价值。那么每个市场效益最高的影视改编一般都来自比较所谓"下沉"的市场，欧美流行超级英雄、奇幻、吸血鬼之类，在中国就是宫斗、仙侠、耽美、玄幻等网络类型小说。这是市场决定的，不以人的意志为转移。而市场认为自己应该"下沉"到什么程度,是市面上可能数量过剩的"数据分析师"决定的,跟文本几乎没有关系。

我国市面上过去流行过的类型文学(言情小说、武侠小说、青春小说)现在看起来不太流行了,我认为跟大部分其他市场的情况一样,是消费群体扩张的缘故,类型发生了变化。过去欧美流行过的类型,比如传统的侦探小说、间谍小说、律政小说、罗曼蒂克小说,现在也不太流行了,或者说被重新分到了新的类型里,比方说现在的间谍一个个都身手矫健,现在的刺客一个个都精通电脑,不像刺客像黑客,诸如此类。

9. 你认为为什么中国没有出现像斯蒂芬·金、厄休拉·勒古恩、J.K.罗琳这样的类型作家?

糖匪:如果把历史小说算作类型文学的一种,那么中国倒的确是出现了一位像他们一样成功、具有社会影响力并且在一定程度上具备知识分子属性的类型作家——马伯庸。

班宇:这几位作者我读得不算多,国内的类型小说看得也少,不好妄加分析。不过这个问题让我想到另一件事情,几年前的一次演出现场,有人发言:现在已经不是30年前了,中国摇滚不吃这一套。我特别想问,那我们现在吃的是哪一套?那一套我们真的吃过了吗?你还记得你的吃相吗?你吃饱了吗?你想再来一口吗?你不想再来一口了吗?不吃那一套,我们就要吃你的这一套吗?我们是喜欢吃你的这一套,还是不得不吃呢?我想不明白,在室内走了好几圈,推开窗户,映入眼帘的是——那美丽的天,总是一望无边。

钱佳楠:我们有其他作家啊。中国的科幻最近几年风头十足。我们也有《明朝那些事儿》《鬼吹灯》等作品。

我们可能忽视了,英美类型作家的全球流行很多时候得益于潜在的文化霸权——英语作品售出海外版权要比非英语作品售出英语版权容易多了。

蒋方舟：大概还是现代意义上的"小说"本身的历史存在时间就短，更不要说类型文学了。

之前有一个说法，说西方小说大众化一个重要的角色就是贵族家的女佣，她们在一天的帮佣结束之后在厨房里点着小油灯开始读小说，尤其是浪漫小说。所以大量价格便宜、情节曲折动人的浪漫小说应运而生。而这距今已经数个世纪。

而中国现代意义上的小说还是以知识分子读者为主，不过或许金庸算是一个打破了所谓阅读"阶级"的类型作家。

吉井忍：是否与社会土壤有点关系？据我理解，写作班在海外非常常见，写作爱好者定期参加writing retreats，互相鼓励、切磋琢磨。不是说斯蒂芬·金或J. K. 罗琳就是这些写作班的"毕业生"，但总觉得他们是因为有这么一个巨大的出版产业链才会出来的大作家。斯蒂芬·金我很喜欢，小学、初中时类似的美国文学非常流行，出了不少日译版。现在这方面的翻译作品并不多。

俞冰夏：我认为有。但我就不点名了。

10. 中国未来有可能迎来类型文学的快速发展吗？

钱佳楠：有可能，这取决于读者以及传播媒介。

蒋方舟：悲观地讲，未必。我觉得很多类型文学的功能可能会被影视所取代。我的意思是说人们最初阅读类型文学的那种乐趣——无论是恐惧、震撼还是悬疑感，比起如今影视所能带来的冲击，实在是太小了。

　　以后或许会有大量为了影视改编而存在的类型文学吧。

吉井忍：中国有自己的类型文学，比如过去的武侠小说、言情小说。考虑到这些丰富的积累，还有目前网络文学用户的快速增长，在AI（人工智能）的帮助下中国的类型文学可能会迎来更大的、全球性的发展。

　　至于中国文学作品的未来，感觉在日本的接受度在不久的将来会快速提升，或应该说已经提升了不少。《北京折叠》《三体》等作品的日译本出版已有几年，书店还会把它们陈列在最醒目的位置。还有，集英社上个月公布信息，该社的月刊文学杂志《昴》2023年6月号即将加印，这是该杂志自1979年月刊化以来的第一次加印，6月号首印5000、加印10000，共15000册。它之所以这么受欢迎是因为刊登了中国玄幻类型小说《魔道祖师》的作者墨香铜臭和旅居北京的日本作家绵矢莉莎（还有担任该作品广播剧项目监修的括号先生）的对谈。

这些作品的人气引发了日本"华流"热潮，许多日本读者自发学习中文，我身边的几位日本编辑也在认真学习中文，他们已经会看原版，自己上豆瓣找新书。我相信这股热潮很快会波及中国严肃文学领域。

李静睿：中国类型文学一直在快速发展，30年前有金庸、古龙、琼瑶、亦舒，如今有晋江、七猫、马伯庸，《三体》放在国际层面仍是一流作品。事实上，类型文学可能是中国文学目前最自由、最有活力的一个领域，艺术就是这样，有自由就会有发展，必然如此。

路内：实际上，在科幻、悬疑这些类型文学上中国已经经历了快速发展，再快不太可能了。中国还有一些挺独特的门类，比如玄幻和武侠，在互联网上也出现20年了。中国的小说作者（包括网络文学在内）人数真的很多，那么多人一起做一件事，如果它是产业行为的话，预测它的速率如何并不是很难。大体就是匀速的。

但是严肃文学可能会出现题材分类的快速发展。这和热点有关，有时严肃文学也能自我孕育出一些题材。我把这个称为"严肃文学类型化"不知道是否合适。比如底层文学、女性文学的崛起，包括非虚构、诗歌、社科。不同体裁的出版物同步关注一个焦点，这看起来很壮观，那显然是文化现象。如果一个小说作者不太知道自己该写什么，那么向热点靠一靠，好像也无可厚非。现在的出版界反应也很快，从产业角度来看，实质上就是类型化了。

谈波：有可能。

俞冰夏：我认为不太可能。搞网络文学的老板们都天天在发愁，他们基本知道自己已经被短视频软件搞死了。

11. 近20年来，随着互联网的兴起，人类对文学的观念是否产生了变化？如果作品难以传播，作家难以借此谋生，那么严肃文学的前路在哪里？

慕明：在变革的时代，严肃文学面临的问题其实和传统的雪糕、方便面等快消品在国内市场面临的问题类似。和20年前不同，雪糕商家现在面对的竞争不只来源于其他品牌的雪糕，还有层出不穷的奶茶、咖啡、甜品。这就是所谓的跨品类竞争的格局，而解暑甜食的消费总量的增长并没有那么快。在这种情况下，如果只是提高传统单品的成本，对已经习惯了一块钱一根廉价雪糕的消费者来说是很难接受的，一般品牌又很难拥有像可口可乐那样的品牌忠诚度和强大的供应链，能通过规模效应、价格壁垒实现垄断。所以，快消品厂家不约而同地选择了产业升级这一条路，也因此有了层出不穷的新口味和新概念，动辄数十、上百块的高端雪糕，并通过有效的营销让消费者接受新的产品定位。方便面商家面对外卖和新型自热食品时的困境和应对举措也类似。而对（严肃）小说而言，与快消品的"价格"相对的，可能是"注意力"或者"认知资源"的投入。这就要求创作者和从业者仔细思考小说的本质和它在新时代的可能性，努力实践，做出至少在某种意义上更具有"价值"的产品，并且把这一定位传递给可能的读者。

那么什么是严肃文学的新"产品定位"呢？我认为是其对信息的整合能力，以及对复杂问题进行深度探索和思辨的能力，这也是其他媒介和体裁较难具备的能力。首先，文字同时是思维的工具和表现形式，按照行为神经科学家特伦斯·W.迪肯（Terrance W. Deacon）的观点，人类大脑和语言是协同演化的。在现阶段，虽然新媒介可能在情绪传递、沉浸式体验等方面比文字更强大，但我们的思考模式在很大程度上仍然是基于文字的，在面对复杂的、难以定义的、需要同时调用理性认知与情绪感知的问题时尤为如此。文字的力量之一在于抽象能力，以及与之相关的推理、类比等思维工具，而这些都经过了长久的文化构建，深深扎根在每个人的基本认知模式里（我在后续的创作中会深入探讨相关问题）。这使得文字表达方式可以让接受者以较低的认知资源处理复杂度较高的信息。如果想以新媒介抵达同样的复杂性和层次感，创作者面临的可能是需要"转译问题"或者"发明轮子"的难题，而观者面临的可能是较高的视听语言门槛，乃至最终成为某种小圈子化的审美体系。

另一方面，文字以极低廉的成本给予实验性极大的自由度，对于尚未定型的问题和求解非常友好。借用软件工程的概念，在各种虚构或者叙事手段中，小说是一种快速探索和实现复杂原型（rapid prototyping）的方法，可以为大多数新媒介叙事提供"母本"。当然，不同新媒介自有其体系和表达手段，就像物理学、化学和信息科学问题并不全然等同于数学问题，也不能全凭数学方法解决，但是对其数学本质的深刻理解和对数学工具的熟练运用在很多时候可以穿透问题的表面，直抵本质。所以，在我看来，未来的"文学"会成为一种叙事的复杂聚合体（complex），而小说就是其中"数学"式的存在，古老、迷人，只需一纸一笔即可抵达人类精神的巅峰。但因为问题的困难程度，抽象性要求的较高的心智能力，和由此导致的低下的直接转化效率，如今少有人投身其中，可是它仍然极其强大，因为它提供了无数尚未被其他叙事媒介利用到的超前的规则、工具、思维方式。对比数学和自然科学以及理工学科的概念，我将这种新的"文学"称为"信息理学"（基础理论学科）与"叙事工程学"（相对的工程应用学科），它在我的小说里集中作为背景出现，我还会在长篇中进一步搭建这个整体性的理论架构。

钱佳楠： 互联网影响了文化界把关人（gatekeeper）的地位。

简单来说，互联网之前，作品如果要连通读者，必须经过如报刊或出版社等把关人（在英美，把关人还包括文学经纪人）。把关人可以把很多作品拒之门外，使得这些作品永远不见天日。

互联网之后，把关人还在，比方说，《纽约

客》就是美国短篇小说、漫画乃至非虚构作品的终极把关人（但这些刊物也有他们的市场定位和需求，所以我们无须把他们的口味看成客观的好坏标准）。另一方面，网络给写作者提供了绕过把关人，直接面对读者的机会，我觉得这是一个好事情，因为给更多写作者提供了平台。

然而，严肃文学还是把关人说了算，虽然这些把关人持守的平台很多时候在流失读者。我不知道出路在哪里，但是公平来看，严肃文学作家虽然难以谋生，但是获得尊重；而类型文学作家很多时候仍然没有得到大多数人的尊重。

蒋方舟：我身边越来越多的人以"我好多年不读小说了"为荣。因为过去文学所能提供的情感现在已经被别的媒介取代了，或者说越来越多的人心灵里已经没有缝隙让文学容身了。

关于严肃文学出路的问题，我想困境也许不是最近几年才出现的。我原来听过一个很好的比喻，说读者分三种：一种是最外圈的看热闹的，他们随时准备被其他的热闹所吸引，拔腿就走；另一种是中间的，他们被文学吸引，但缺乏和文学之间某个联结的契机；最里面的核心读者，不管时代怎么变化，他们这一小群人始终在那里。我们应该争取的是中间的读者，建立起他们和文学之间的联结。比如我最近在听一系列关于《百年孤独》的讲座视频，十个学者来讲，每讲都有三个小时甚至四个小时，我看视频点击多的也有十几万，说明很多人确实好奇这本书到底讲了什么，但是之前的阅读体验一直是被拒绝，他们需要有人带路，说"请进"。

至于最外面那一圈看热闹的读者，虽然人数众多，但是你始终无法获得他们的心。

吉井忍：对文学的观念我个人认为比较难以改变，就像古典音乐在音乐界里顽固地占有特殊的位置，在社会上会有一部分人继续需要严肃文学。但出版方可能会不停地面临发表模式的商业化和系统化。至于作家的生存问题，过去的作家也难以借此谋生，我觉得以后不会变好，也不会变太坏。

贾行家：网络时代人对文学的观念变化之一可能是形态变化，即：文学化作一种体验，不一定只有文字形式，不一定只能是图书形式。游戏可不可以产出文学体验，流媒体平台的影视剧可不可以？如果它们能实现严肃文学探讨命题的深度，有同样的审美价值，回答就很明显了。

当摄影家说"摄影的终极追求是文学性"时，作家不能沾沾自喜。这里说的"文学性"并不是天然就被文学形态独占的，那只是靠之前那些伟大作家的成就形成的认知惯性，现在的文学需要重新争取。

好像严肃文学作家从来也不能（是不是"不应该"就是价值观问题了）靠着写作谋生。写出来一部能养活自己的严肃文学作品倒是偶然的社会现象。难以传播或者难以谋生从来不会遏制作家的写作，就像那些恶习的后果不会遏制成瘾者，或者自虐点说，那本就是严肃文学王冠上的荆条。

李静睿：人类对文学的观念一直在变，但文学本身的变化很小，前段时间重读《包法利夫人》，福楼拜写爱玛："她想死，又巴不得能住在巴黎。"这种欲望和痛苦几百年来并没有什么变化，承载它们的文字也是。

　　作家一直都难以借此谋生吧，不管在哪个时代，虽然这十年我好像勉强做到了，但我一直觉得只是运气，这种运气也随时可能失去。但我从来没有担心过什么严肃文学的前路，我对文学的信心可比对我自己的信心大多了。

路内： 我不太清楚全人类的观念，中国读者的文学观肯定是发生变化了，但不是单向的变化，而是多向的，一部分更保守，一部分更商业。保守的那部分基本上都在读经典，当然，所谓经典未必都靠得住；商业的那部分基本上把文学作品当一个"产品"来对待。这两者也可以合并，经典作品可以是产品，产品文学也可以被涂抹成经典，直到人们忘记它。这不是偶发的，而是必然之路，过去年代也是这样做的，只是互联网强化了这种性质。

　　这个框架之下，有些作者谋生更容易了，他们并不是很需要经受人为的文学检验。说实话，这种检验过去是在文学界手里，这其中也有作弊行为。现在把不太成熟的作品投放到出版市场，一定概率也会获得好评。作者会经营自己，搞一搞社交媒体，变成网红和影视咖，也就有了谋生的可能。有些作者不知道怎么运作，谋生会变得困难。

所谓前路，我想已经不再是一个共同的远方，而是每一个人的下一步。这个看法有点悲观。远方在每一本书的腰封上，现实只隔着一张纸，书的定价和印量。

俞冰夏：没有大路有小路，没有小路还有小径，没有小径还有荆棘道，连荆棘道也没有了，那只能就地躺平，再好不过。

12. 现在你重读最多的类型文学作家和严肃文学作家分别是谁？有哪些人的地位在你的心中发生了巨大的变化吗？

钱佳楠：我不太读类型文学，但很喜欢看类型文学改编的电影或电视剧。最近，因为朋友的妹妹刚到洛杉矶，为了帮她适应，我每周六下午都和她一起看她选择的动漫，我们一起看了改编自耽美作家墨香铜臭的动漫《天官赐福》，我很喜欢。

可能因为念博士久了，我反而不太看过于严肃的作家，我很钦佩门罗、威廉·特雷弗等大师的小说，但是并不喜欢，也不能常看，最近给我很多乐趣的是厄休拉·勒古恩的《变化的位面》。

蒋方舟：我重读最多的类型文学作家可能是特德·姜吧。他是我心目中最"新"的科幻小说家。我是指他的意识和思考的问题，更像是一个生活在当下的"先知"。

我重读最多的严肃文学作家是托尔斯泰，但说实话，《战争与和平》其实越看越像是一个多角恋的故事（只是被放置在大时代的背景下）。

某种程度上，我觉得《战争与和平》比《安娜·卡列宁娜》更不严肃，"安娜"里列文的整条故事线，他对道德的坚持，在"为了上帝而活着"的生活方式中获得的崇高快乐，以及小说最后他自杀的冲动，这些都和托尔斯泰自身的纠结紧密相关，托尔斯泰在得不到答案的时候猝然停笔。但《战争与和平》里，托尔斯泰有一套非常坚实的历史观，主要情节其实都在为了一个观念服务，在这一点上，我觉得有些接近类型文学的设定。

吉井忍：类型文学作品我看得不多。最近又读了《挪威的森林》，之前的注意力放到爱情和人际关系上，这次重读后才发觉与时代性的密切关联。同样的发现在重读石黑一雄和塞林格时也有，第一次读的时候就欣赏他们的文笔和故事，现在比较关注的是作家对战争的态度，以及他们从"败者"的角度重构世界的尝试。同样的一部小说，完全不同的阅读体验。

大头马：类型文学重读最多的就是金庸了。前一阵还重读了阿加莎·克里斯蒂的一些经典作品。还有《龙文身的女孩》，还有一些漫画，比如《守望者》以及浦泽直树的几部经典。

路内：我已经不再读类型文学了，它们统统让我感到无趣。但我还是很爱看优秀的类型电影，可能因为我面对电影能做一个纯粹的观众。

我最近在重读三岛由纪夫,大概十几年前读过,翻了翻也就忘记了,现在读着觉得很好。三岛由纪夫有一种让我成为纯粹读者的能力,而不是反复去检验他。读小说变成检验狂真的很恐怖。

谈波: 严肃文学重读的有韩东诗集《奇迹》、郑在欢《驻马店伤心故事集》和意大利作家兰佩杜萨的《豹》。

如果全世界的作家,在世不在世的都包括在内,他们在跑马拉松,那么眨眼之间,我看见天才郑在欢已经跑进了第一方阵里。

PART 2 小说

大手大脚

徐皓峰 / 文

一

没米下锅。

床下还有一盒崭新皮鞋,工艺瓷实,当铺能押出十二元。高今粥家开皮鞋店,离家出走时麻袋装走二十盒。

离家为比武,1952年香港下来大批北方拳师开馆,有的打。吃过饭,逛大街碰上位女中学生,确定他是高今粥后,递上张武馆招生告示,问敢不敢踢这家。

告示背面粘着块白灰墙皮,正面排版按大门对联模式,横批是武馆名字,中央写拳师资历、拳种历史、课程与学费,左右对联为"医难治假病,酒不解真愁"。

颇有人生况味。

高今粥让女生给讲解讲解,女生说没的可讲,北方花哨，拳师在自吹自擂，说他教的是真东西。女生鼻眼像北方人，口音上听不出，香港中学生不说粤语，模仿上海、长春电影里的官话，她仿的是女星周璇。

她懒得理他，笑笑就走了。

高今粥感叹，踢馆踢出了名，成了小女生的消遣。

拳馆在一栋四层老楼，原本住富裕阶层，一层对门两户、一户四间房的设置，现今拆了户门，成条贯通楼梯口的大走廊，廊里摆满杂物，一间房一家人。拳馆在楼顶天台，天黑了，师傅才来。

天台地面尚好，几个会漏雨的破损处，没请工人正经修，找水泥抹上，疙疙瘩瘩，达不到绊脚的程度。高今粥怀揣一烧饼、一馒头，蹲在天台角落，等天黑。

七点多钟，最先上来的是递告示的女生，背小桌、小凳，拎暖水壶、茶具。她卸东西时，高今粥现身帮忙，问："你家的拳馆呀？"

女生白一眼，没搭话。上来了三四位学员，帮她撑起"葛大士拳术训练班"横幅。北方人讲究，横幅一般是绸面，她这是布面，初次清洗时疏忽，忘了放盐，有些掉色。

后续上来十五六位学员，都是白日干力气活儿的劳工，大概是今晚全数。拳师葛大士到来，四十余岁，毫无师傅威严，一张老脸仍像个养尊处优的大少爷。

女生拿课本转到天台边沿，要就着灯光学习的姿态，站定后白一眼，提示高今粥该挑战了。没等高今粥张口，天台跑上位挑战者，先一步向葛师傅鞠躬。不报师门，说打输了，给师父丢脸；打赢了，给师父结仇。

葛师傅赞许，说北方也这样，是对的。转头问高今粥，你也是挑战的吧？

高今粥承认。

葛师傅介绍，北方拳馆逢到挑战，师父不打，由镇馆大弟子应战。我来港仓促，镇馆的人没带下来。眼前的这些学员，没一人会出手，还盼着我打，要看看交的学费值不值。

逗得学员一阵笑。

葛师傅建议，你们两个挑战者先打一场，胜出者跟我打。指着高今粥，向匿名挑战者说，镇馆大弟子是必要环节，少不得，他就相当我镇馆大弟子了，你得先过他这关。

有点蒙，匿名者觉得逻辑不对，但也想不出反驳话，答应了，向高今粥行礼："报我名字，会查到我师父。兄弟，我不报名了，咱俩开打吧。"

高今粥还礼："在下高今粥，请赐教。"

学员们爆出惊叹，匿名者："你呀——那我打不过。

再见!"

高今粥边追边劝,希望借着他打一场,显出自己水平,令葛师傅应战。匿名者憋出一个文雅的词:"我就不——'自取其辱'了。"

从没听过这词,但一听就懂其意思,暗赞词有力,直指人心。高今粥侧身,放其下楼。

回到葛师傅喝茶小桌前,问怎么办。

葛师傅起身,要学员们离场,解释北方规矩,师父动手,徒弟们需回避,如果你们非要看,坏规矩得付代价,下月开始,一人增加三元学费。学员们表态可以,葛师傅说看是看,退到楼道里扒门缝。

天台清场后,葛师傅作揖,说自己闹钱,做法丢人,让你笑话了。高今粥说香港生活不易,没事没事。葛师傅正色:"万一你伤了,不用我掏医药费,可不可以?"

声音洪亮,明显是喊给楼道里的学员听的,彰显气势。

高今粥也飙高音,回答可以。

以为立刻动手,不料葛师傅近一步,低声说:"打人不打脸。"师父赢了,但脸上挂伤,被打败的挑战者谎说自己赢,外人看师父脸上有伤,容易信。为防止混淆事实,北方比武不打脸,一方倒地判为输。

高今粥低声夸，论办事还得是北方人，考虑问题足够细。

比武开始。高今粥一脚踹中葛师傅大腿，踹得他一个踉跄，急后退。高今粥追击，寻思会很快结束，这般防御水平，保护不了膝盖窝，受一脚，人就瘫了。

足下收力，控制在十五斤击力，向葛师傅踢去——却鼻头一酸，耳根震撼，倒地晕厥。

六七分钟后，高今粥清醒，被两个学员架着胳膊稳在一把椅子上，女中学生拿毛巾给他擦鼻血。说好不打脸，放松头部防备，耳根连腮的一带神经敏感，是葛师傅下手处。

起初一脚，是故意挨的，好把高今粥引到学员视野里。

本要骂使诈，却见女生拿毛巾的两手在作揖，讨饶的眼神。高今粥忍住，甩开左右学员，闷声下楼。

二

走过两条街，等了等，女生追来，送十元钱，说受累了，当请您吃顿饭。高今粥："你傻呀，拿我抬你家名声，不怕我明天打回来？"

女生说不怕，等的就是你打回来。

她爹是他那代人里为数不多的大学生。政府宣扬全民习武，改变民族性格，大学受影响，体育课聘武术名人教拳，她爹一下迷上，二年级追不上课程，索性肄业，玩起行走江湖、访师比武，一玩多年，婚后仍玩兴不减。

她出生后，记忆里，清清静静一家三口的日子，一天也没有。永远有客人，少则四五位，多则二十人，在她家吃午饭晚餐，是她爹的江湖朋友，多数面相差，瞅着像坏人。

十一岁，娘病死；十五岁，家业破产，爹带她来香港，投奔一位堂侄。侄子岁数大她爹二十几岁，有公司，可安排就职。叔叔给侄子打工——她爹不愿意，张口借钱，说自己这辈子最好的时光都用在武术上了，要开拳馆自立。

没想到香港中学学费贵，给她交了学费，交不起开拳馆的房租，她爹不愿再向侄子张口，便在天台教，天台也交钱，少很多。

女生寄望于高今粥打败父亲，令他没脸，断了教拳，去侄子公司就职，从此父女俩过上正常生活。

高今粥："哎呀，你爹年轻时不单是学拳，还学了江湖诈术。我怕是斗不过。"女生同意："挑战他的人，我从小看太多，确实没人能讨便宜。唉，原以为来了南方，会不一样。"

高今粥往脸上比画，说等消了肿，便去天台，南方有高招，你会看到。女生走了，硬留下十元钱。

一周后，高今粥脸恢复，找上天台，交葛师傅十元钱，说请学员们当场看，别扒门缝了。葛师傅没费话，抬手取下钱。

天台边沿收着住户白日晾衣的竹竿，葛师傅叫学员抬七根到场中，三步摆一根，邀高今粥挪步里面打，碰倒一根，比武结束，谁碰的谁输。

在北方，学拳后的营生不是押货走镖，便是给富户守宅院，拿竹竿模拟树林、窄巷等险恶空间，做训练。葛师傅一脸仁义，说上次打伤你，心里不落忍，用这法子可以不碰你，让你碰倒竹竿，认输走人。

高今粥抗议，说自己没做过这种练习，不公平。葛师傅变脸，批自己徒弟般："只会打眼前，还是个练拳的，不算习武人。能应付偷袭，背后长眼睛，才是习武人。"

高今粥一阵臊，站到竹竿中，起步已知中计。果然，比武刚开始，即碰倒三根竹竿，还被葛师傅教训："你交十元不冤，学走个真本事。"

走过两条街，等来女生，高今粥抱歉没办成，女生叹气："不怪你，怪我爹，他请人吃饭十余年，看来是没白请。"

高今粥认输走后，葛师傅向学员们表示，你们来学的这一个月，学费是创业优惠，低得像没收钱，你们看了我两场比武，得正常收费了。

高今粥："学员们不干？"

女生："说应该。"

高今粥："你以后就有钱了？"

女生："所以呢，谢谢你。"递上条链子，穿着轿车、麒麟、金鱼、手枪四个银饰，说她爹年轻时有钱混江湖，因为家底厚，爷爷开台灯工厂。除了大众货，还产奢侈品，一年出五六件，玳瑁壳做罩、和田玉为座，银链是开关拉绳，最不值钱的部件。

战争期间，工厂被查抄，只留下这条链。她改了下，两端装扣，当手链。来港入学，掖袖口里，怕同学笑话样式土。

高今粥表示不能要，你家的念想。女生表示，不想留这念想了，看着不愉快，也不想拿它换钱，所以还是送人吧，你不要，我就送别人啦。

高今粥："你还是没真受过穷，仍是小姐样，等你真穷过，就不会这么大手大脚的了。"女生："大手大脚，才不受穷，送人东西，自己会转运。"

三

败了名声，却一点不想打回来。江湖诈术，比拳好玩。葛师傅是请了几千顿饭会的，看来自己也得有钱。

高今粥回了家，先去大哥大嫂屋，递上银链，说离家时跟老爹翻了脸，踢馆生涯是苦日子，意外得了这东西，大哥您给爹送去，说是我孝敬他的礼物吧。

大哥快步去了，一去很久。面对大嫂，谈尽了话，想起第一天上葛师傅天台的情景，高今粥叫大嫂取大哥的字典，想查个词。

还没翻到"自取其辱"的那页，大哥带爹进门。爹唠唠着"有辱家门"和"祖宗恩泽"两个含义相反的词，气哼哼坐下，不看高今粥，让大哥代说。

大哥腼腆，说得不明不白。几十句话后，终于搞懂，老爹以为他未经婚配，在外有了孩子，虽然家门蒙羞，毕竟延续祖宗血脉，表态认这孩子，快点接进家。

难道是把台灯拉绳，认作婴儿满月时系腿上的保命锁？传说系上后，鬼抓不走。轿车、金鱼、麒麟、手枪的饰件童趣，确实像——高今粥承认，说女方家苛刻，要送孩子，得先见钱。

拿了五百元，高今粥再次离家，这次玩混江湖。

歌队

班宇 / 文

进场

我在麻辣烫店里等小娜,从七点一刻待到九点,热水喝了两壶半,发了点汗,挺透。我拎起铝壶,晃了两下,又丢在桌上,反复几次,老板故意不往我这边看。壶底发黑,凹凸不平,氧化得厉害。从里面倒出来的水,入口时温度适宜,含上一会儿,总觉得发烫,刺着舌根,不知什么原理。十月底,没给暖气,地面往上返潮,水汽扑面,室内犹如一截干燥的木筏,正在吸吞海水,窗外是黑暗的大西洋,壮阔漫溢,一个绿头发的男孩骑着海豚飞驰而过,头戴王冠,身姿奋勇,像是要去复仇。

店里只剩我和老板俩人,电视机也闭了,百鬼夜行,万籁俱寂,我俩对着相面。过了好一会儿,他跟我说,兄弟,选菜吧,算你十二元一斤,万圣节大酬宾。我说,再等等。他说,等不了,我得去接孩子,刚下学,高三,关键时刻,出点啥事儿犯不上。我问,准备考哪儿?他说,考哪儿算哪儿。我说,心态好。他说,成绩在那摆着,不敢多想,有个学上就不错,兄弟,你说什么专业比较热门?我思考片刻,说道,飞行器动力工程,我就是学这个的,全班三十二人,二十六个男的,六个女的,就业率百分百。他说,没看出来,兄弟,有点文凭,我以为你是卖炒货的呢。我说,什么?他说,没别的意思,可能是因为总戴着套袖。我说,你挺爱观察。他说,开饭店么,眼观六路。我把套袖褪了下来,卷成一团,揣进裤兜,说道,老忘记摘,办公桌上都是木刺儿,怕把衣服划坏。他说,怪不得,那得戴着,知道心疼衣服,你是个立整人儿,我一眼就看出来了。我说,也一般。他说,你们这个专业,毕业都能干啥?我说,五花八门,有卖保险的、做中介的、倒弄耗材的,还有干酒托的。他说,酒托?我说,对,骗男的去酒吧,两个果盘卖你四千二,每单提三成。他说,我遇过一次,在练歌房。我说,到处是陷阱,需提高警惕。他说,一个果盘,一袋坚果,六瓶啤酒,要我二百六十八,临走前,又让我掏三百,说是台费,我问什么台,她也答不上来,后来想了想,可能是擂台,老他妈跟我抢麦克风。

我说，这个不算，属于有偿陪伴，价格合理。他说，不合理，我就是想去唱个歌，你不知道，我就爱唱歌，自幼热爱音乐。我说，我也是。他说，你喜欢什么风格，兄弟，《铁血丹心》听过没有，我自己能唱两个声部，双手各持一个话筒，左右开弓，不用别人帮忙。我说，知道，弯弓射大雕，郭靖傻逼，我喜欢华筝公主，温柔，高贵，悲情，错付一生，想想心里都难受。他说，那我还是得意穆念慈，心软，爱哭，爱哭的女人好，我前妻就从来不哭，老他妈笑，离婚那天也是，一直笑，我问她笑啥，她跟我说，不知道，就是想笑，控制不住，感觉这事儿有意思，一辈子过得都挺有意思，操你妈的，来气不，一点情分不讲，过日子过的不就是这个，兄弟，你记住了，还是歌里唱得对，身经百劫也在心间，恩义两难断。我说，所以你是因为爱唱歌离的？他说，不是，我以前愿意找小姐，被抓过两回。我说，不至于离。他说，主要是我跟人家动情了，她跟我说，遇过这么多人，高矮胖瘦，粗细宽窄，有钱的没钱的，南来的，北往的，佳木斯还有鹤岗的，还就相中我了，命里注定，难舍难分，其实我对她感觉一般，没到那份儿上。我问，后来呢。他说，在一起挺愉快，但也不是个事儿，各有牵绊吧，互相折磨，后期挺不住了，她跑了，我就有点受不了，你不跟我，行，跟别人，那不允许。我说，你挺霸道，毫无必要。他说，当时心有不甘，我就去找她，问问到底怎么想的，她一直躲着我，回了内蒙老家，我坐火车过去找她，两天一夜。我说，堵着了？他说，刚一下车，没走两步，大风一吹，好像醒过来了，心里不那么计较了，那边的景儿好，逐草四方，沙漠苍茫，能让人忘了心里的事儿，我哪儿也没去，在蒙古包里喝了三天的酒，跟他们学唱歌，浓浓烈烈的奶酒啊，蜷在瓶里的小绵羊，兄弟朋友们痛饮吧，灌进肚里的大老虎，大老虎，你明白不？我说，我不明白。他说，人心似虎，养肥了也不能放，你得关好了，守住了，难过也得挺着。我喝够了酒，买了张返程车票，候车室里，我又见到了她，她知道我来了，不敢去找，就在这里一直等，特别狼狈，头发冒油，眼睛肿得只剩一道缝儿，哭的，不知是难过还是害怕，我就喜欢爱哭的。我说，你心软了。他说，我在她身边坐了下来，一句话也没说，说什么也不恰当，就这么坐着，火车打铃，我笑了笑，捏捏她的耳朵，拍屁股起身，检票进站，上去就走了。我说，哥，心挺狠，你还能办大事儿。他说，回来后，我就把婚离了，不爱过了，没意思，自己待了一段时间，也开过出租，老出事故，心思不定，后来我想起来，她爱吃麻辣烫，正好，我姑娘也爱吃，就开了这么个店，一直干到现在，哪惧雪霜扑面。我说，真侠义，我对象也愿意吃。他说，是不是，有情有义的，都离不了这口儿，我姑娘随我，认准了的，一脑袋就扎进去，不管不顾，我挺怕她以后吃亏的。我说，我感觉我对象一般啊，不怎么投入，老想跟我黄。他说，你品一品，现在觉不出来，到时候再看，放心吧，恩义两难断。

绿头发的男孩伏在海豚的背鳍上，闭着眼睛，面庞安静，像是睡着了。海豚有点调皮，摆了摆尾巴，以极小的角度跃出夜晚的水面，又将男孩稳稳托住，激起一层光的浅浪。旁边是花圈店、药房、水果铺和打印店，灯箱闪烁，无人出入，亚特兰蒂斯在下沉，阿卡迪亚在下沉，群岛在下沉，沈阳在下沉。我坐在门口的台阶上，感到一种轻微的震颤，地底有热流不时涌动，如同烧沸的水灌入大地的腹部，奔走于器官与血管之间。我抬起头，小娜从更黑的地方走了过来。

小娜说，库里今天盘货，过来晚了。我说，给你打包好了，多加麻酱多放醋。小娜说，不想吃了，没胃口，你留着吧，傻逼领导给我一顿训。我说，我也不饿。小娜说，跟你说一声，我得回家了，玮玮升了学前班，不太适应。我说，升一个来月了，刚不适应？小娜说，没话找话是吧。我说，我主要是关注孩子。小娜说，用你关注？我说，我一片好意。小娜说，打车回去了，有空联系。我说，我送你，车停对面了。小娜说，我用你送？我说，这么晚了，你坐别人的车我不放心。小娜说，我用你放心？我沉默了一会儿，问她，刘武有动静了？小娜没说话。我说，行，那我知道了，走了，你多保重。小娜说，你知道个屁啊。我说，行，我不知道。

我把车倒了出来，狠给了脚油，冲出小路，余光瞥去一眼，小娜没看我，低头鼓捣手机，我越想越来气，等了一个晚上，就这么个结局，挺伤感情。我俩处了这么久，好的时候是真好，柔情蜜意，但凡有点刘武的消息，对我就换了个态度，秋风扫落叶，带点儿阶级身份。我心里想，也就是我，小娜，也就是我，还能这么对你。不信换个人试试，有的是办法治你，家破人亡谈不上，鸡飞狗跳不可幸免，招儿多了去了，但我不使用，保留一份应有的尊重，甚至来说，我平时连电话都不怎么打。我挺能忍的，心里的大老虎一次都没放出来过，可就这样，还是不得个好态度。路遇红灯，我翻出手机，点开她的头像，想骂几句，也不知怎么开口。绿灯亮起时，我还在盯着她的签名：把自己活成一束光，自信坦荡，光芒万丈。后面不断按着喇叭，我没松刹车，又看了眼自己的签名：万物皆有裂痕，那是光照进来的地方。我将之逐字删去，引擎轰鸣，车辆纷纷加速，逐一绕行，排在最后的是那只海豚,转着棕红色的眼珠,上下起伏,游得不紧不慢,绿头发的小男孩还在睡着。黄灯闪烁,转瞬即逝的黑暗里,我看见他手里握着一柄发光的三叉戟。

二十年前,我跟小娜住同一栋楼里,我在三单元,二楼,双阳房,格局好,四季温暖如春;她在四单元,五楼,把着大角,常年湿冷。楼洞口有人圈出来一块地,五米见方,布上木架,种黄瓜、茄子和豆角,层次错落。四周扎着一趟带孔的铁栅栏,留了扇小门,门上挂锁,不得随意出入,偶尔望去,植物始终发蔫,似营养不良。小娜她家是后搬过来的,这套房原来住的是一对夫妻,女的没工作,成天在家玩麻将,男的晚上加入战斗,白天在厂里开电瓶车,看着老是没什么精神。有天下午,我蹲在井盖旁边扇扑克,两副牌,打六家,好容易凑够人手,听见他在楼上伸着脖子叫道:靠边儿。我们抬头一看,不明所以,没换地方。那几年里,谁也不把谁说的话当回事儿,都是一听一过。接着,他又喊了一句:离远点儿。我们还是没动弹。扑克玩到第三把,我第一个出光,同伙没打好,憋在里面,之后重新洗牌,我的运气不错,按照规则,需与同伙倒换一张。我问,要单还是双?他说,单双不惧。我把小王背扣在井盖上,压着递了过去,动作谨慎,像是地下党接头。

他拿到牌，略作思考，又退了回来，跟我说，换一张，还是保你。我说，不是不惧？他说，没牌，啥都一样。这时，我们听见楼上传来一声：我跳了嗷。我把方片七扣好送去，他看了牌又跟我说，也不行，换个带人儿的，搏一搏。我不情愿地破了一张，可惜这把打得很糟，处处受限制，输掉后，我斥责同伙，不能拆打，应该直接跳俩尖儿。他说，这一手破牌，换谁都不行，跳哪儿也没用，出不去啊。这时，楼上又传来了更大的一声：我跳了嗷。

第二天，我爸下了夜班回家，跟我妈说，小李没了，可惜，好人啊。我妈说，还欠你钱不？我爸说，差点儿不多，算了，送他一程。我妈说，人不错，就是爱玩。我爸说，玩得不大，不是因为这个。我妈说，因为啥，你又知道了？我爸说，略有耳闻。我妈撂下碗筷，起身说道，你愿意说就说，不说没人求你。我爸抿了一口白酒，敲了敲桌面，说道，小李不是开电瓶车的么。我妈说，对。我爸说，那车白天从你们车间往我们车间这边开。我妈说，是，前几年还拉过我，给你送饭盒。我爸说，晚上呢。我妈说，晚上能变宇宙飞船。我爸喷了一声，说，晚上停在库里。我妈说，你到底说是不说。我爸又问，库在哪儿呢？我妈没搭理。我爸继续说，三食堂一拐弯，挨着厂办，有个棚子，你再想想，前几天出了个啥事儿？我妈说，董小燕在棚子里被老刘媳妇挠了？当着孩子面儿别说这个。我爸说，不是，有天半夜，小李开车把厂长给叉了，钩上之后，底座前伸，再往上举，电瓶车开不快，晃晃悠悠，从厂办往外走，到了门口才被扣下来，等于说是架起厂长环游地球，厂长当天穿着一身灰西服，保卫科也没看清，以为是谁偷了食堂的大米，二话不说，当场拿下，立了一大功。我妈说，胡说八道，我咋没听说。我爸说，你都停薪留职了，谁还特意来告诉你一声，不信问你爸去。我姥爷当年是工会主席，马上要退，说话还是好使，知道不少小道消息，甚至有的消息就是他放出去的，有点手段，政治觉悟不低。我妈将信将疑，问道，他这么干，图点啥呢。我爸说，就是说，与其等你下套，不如我先把你装在里面。我妈问，什么意思？我爸说，传闻厂里的大账有问题，平不过来，有人给厂长支了个招儿，在电瓶车底下放火药，定时定点引爆，最好是在生产车间里，造一场事故，损坏设备，延误生产，索取扶持和赔偿政策，一举三得。总而言之，舍掉一个人，保全一个厂，以小博大，牺牲在所难免。有一定的可信度，不然，大半夜的，他往车底下钻啥呢。事儿没往上报，家丑不可外扬，内部彻查阶段。目前有个说法，火药要往小李身上推，说他居心叵测，想要搞破坏，厂长明察秋毫，无悔追踪，适时挺身而出，从而避免了一场天灾人祸。

在一些想来确凿的事情上,我与小娜的记忆并不完全一致。比如,小娜说我俩从一年级开始就是同班同学,可我一直记得她是后转来的,因为在整个小学阶段,我们没有过任何接触。唯一一次对话发生在考试后的假期,学校组织一场大扫除,作为欢送,不去不给毕业证。我拎着抹布往学校走,半路上见到她,不得不打了个招呼,她问我数学试卷最后一道大题的解法,我懒得讲,当时想的是,考都考完了,分数不可更改,未来已经确定,告诉你又有什么用呢。其次,小娜说,在她搬来时,楼下的菜园还在,作物茂盛,节节生长,她为此还写过一篇作文,歌颂根茎的无私、叶子的婀娜,可我明明记得,那次事件后,菜园就被拆了。因为小李不如他所想,能飞到井盖这边,而是直直地栽入铁栏,一声不吭,像是一块丢失许久的积木,终于安插在合适的位置上。

诸如此类,不一一列举,我们彼此无法说服。在一张三年级春游时的合影里,我没找到小娜,她的说法是,本来都化好妆了,买了不少零食,忽然病了,高烧四十度,没去上,为此还哭了很久,心肌炎就是那时落下来的。她也找出了小时候的作文,拍给我看,字迹滚圆,像在画画,写的的确是楼下的菜园，描述密致，细节生动，与我的印象无异。最为致命的一处偏差在于，她说，大概在四五年级时，有那么一两个月，我俩每天放学一起回家，踏着金黄的落叶，有说有笑，聊得很愉快，甚至产生了一些隐约的情愫。我听后顿觉荒谬，那时我正在刻苦备战华罗庚金杯少年数学邀请赛，天天满脑袋都是追击、相遇、蓄水池、时钟、方阵和种树问题，团结紧张，严肃活泼，由不得半点分神。况且，我也没好意思进一步说明，我当时对她几无印象，更谈不上什么好感了。我喜欢的是隔壁班的一个爱穿体型裤的女孩，尖鼻阔眼，扎马尾辫，与俄罗斯体操名将霍尔金娜有几分神似。每天放学后，她都会在操场上练习跳马，身姿轻盈，体态优雅，从加速助跑，至撑起手臂、分开双腿，再到腾空凌跃、下马展示，动作一气呵成。我看得入了迷，反应剧烈，许久不能忘怀。数年后，我在一家洗浴中心的大堂里又见到了她，样貌变化不大，穿着一件白色束腰衬衫，肋骨尽显，时间好像只是把她抻长了一点，如一架舒展开来的手风琴，簧片亮丽，美妙依旧，其身手也不减当年，见我入门，她微微一笑，轻快地跑出一道弧线，悄然而至，对我说道：先生您好，这是手牌，请在这里换鞋吧。

烟雾袅袅，水汽蒸腾，我在四十二度的池里泡了一个小时,精神奔流,看着电视里退役后依然挑食、瘦弱、倔强、美艳的霍尔金娜,完成了一次记忆的马凯洛夫腾越,向前大回环后摆上转体半周再向后分腿,于往事的河流里长久劈叉。我想起了亚里士多德的话:记忆与想象属于灵魂的同一部分,所有可以记忆的对象在本质上都是想象的对象。显然,我与小娜的想象不属于一个时区,在交往过程中,我们不断地挖掘往事,核验彼此身份,希望取得共振,却无法达成一致,愈发困惑、迷茫,难以为继。这样的情形终结于一次晚餐,当天我们吃的是酸菜火锅,点了手切羊肉、熟五花肉、血肠、粉丝和冻豆腐,还喝了一瓶白酒,气氛热烈,我的内心近乎澎湃,有很多无比温柔的情话想要倾诉。小娜吃得发愣,没怎么搭茬,凝望浑浊的锅底,忽然吸了一口气,用筷子敲着桌沿,问我记不记得二年级时的冬天,差不多十二月份,可能中下旬,联欢会还没开,因她正在准备节目。我说,你演了什么节目?我肯定又是相声,小学六年,我从《逗你玩》讲到《大保镖》,就差一出《托妻献子》,一直没找到合适机会,有点遗憾。小娜说,你说过相声?我说,现在来一段儿都行。小娜说,你稍等,我想说的不是这个,就那年冬天,有一天早上,室内一氧化碳超标,我们班集体中了毒,全校的老师都来了,吓坏了,连拖带拽,把我们拉到操场上换气儿，那天我正写作业呢，老觉得困，不知怎么睡着了，还做了梦，梦里花落知多少，怎么也数不明白，醒过来时，横着趴在雪地上，手里攥着块橡皮，一个人也不认识了，谁跟我说话我都哭，过了好半天才缓过来。她刚一说完，我打了个激灵，酒也醒了，浑身冒冷汗。我也想起来了，确有此事，那时教室没通暖气，冬天得生炉子，不然冷得掏不出手来。每天安排个值日生专门维护，先掏空炉膛，用柴引火，再往里放碎煤块，中间还得添上两回，低年级一般由高年级的来协助。当天轮到我值日，我去得很早，等了半天，没人过来帮忙，自己瞎捅一通，我看火势也不错，烈烈燃烧，还挺得意。晨间，班主任过来巡视一圈，拎着小筐洗澡去了，不知为何，她每日都得先去澡堂报到，雷打不动，给我们上课时，卷卷的发梢老是往下滴着水，讲台潮湿一片，十分妩媚。我想了半天，跟小娜说，有点印象。小娜说，那就对了。我说，什么？小娜说，从那时起，咱们的记忆就出现问题了，大脑受损，我说我学习怎么越来越差了。我说，我的成绩还可以啊。小娜说，你海拔低，坐在第一排，吸得少，我腿长，个儿高，坐倒数第二排，挨着炉子，一口都没浪费，当天谁值日来着，我得找他算账去。我叹了口气，握着她的手，语重心长地说道，不谈这些了，时代在进步，类似的情况也不会发生了。你现在过得很好，生活富足，衣食无忧，电视剧看了这集就知道下一集演啥，智力水平中等偏上，感情方面从不吃亏，得理不饶人，坐怀不乱，宠辱不惊，每临大事也有静气，这些都是智力的展现，你要知足，要学会感恩。此外，我还得提醒你一句，你又记错了，我坐第二排。

到处都在修路，指示牌忽左忽右，不知绕去何处，掘开的灰土堆在路侧，拢成尖立的锥形，像是一枚枚跳棋，头顶拉起一道彩灯，彻夜闪烁，把整个城市连成一座六角星形的迷宫。你可以选择精心布设一条通路，也可以踩着弹簧似的跳跃而行，可总会有一枚棋子孤独地落在后面，一步步吃力地挪动着，先是左脚，然后右脚，抑或相反，也许就是因为不知道该怎么迈，犹豫不定，所以停在此处，也是个不错的选择。这可以是任何一种情境的譬喻：比如候车室里的女人，她究竟在等待什么呢，也许至今仍在原地，从未出走半步；再比如我和小娜的感情，泊在岸上，无法起航，打着死结的铁锚沉在河畔的淤泥与碎石之间，没有一只有力的大手能从容不迫地将之解下来；或是那只温柔的海豚，此刻在上空遨游，夜风吹来，树木陡然战栗，如海底的一丛丛珊瑚，挡住全部的去路。绿头发的男孩醒了过来，双手空空，神情怨愤，抓紧了海豚的鳍，转头望向我，动了动嘴唇，闪着银光的三叉戟向我飞速驶来。

刘武领着一个女孩在我的对面坐下来时，我才觉出心脏略微不适，像在发炎，每说一句话出来时，如被发潮的火柴狠狠划过，闪出几颗焦灼的火星。我饮下半杯啤酒，企图浇灭，可也无济于事，只朝着他们摆了摆手，权作问候。女孩二十岁出头，睡眼惺忪，瘦得不像话，披着一件翻领毛呢大衣，下身是黑色牛仔裤和皮靴，浅粉色的头发扎在后面，左边的耳唇上挂了一只小小的海豚耳坠，团着身体，憨态可掬。我看了半天，打了个哆嗦。她也像是被冻到了，拉紧衣襟，始终在发抖。

刘武红光满面，喷着酒气，介绍道，这位是赵明明，刚毕业，在我们组实习，住得不远，平时睡得也晚，我回来一趟不容易，喊着一起喝两杯。我问，她几点睡觉你知道？刘武说，这话问的，没水平了。赵明明说，我平时不怎么睡觉。我说，你神经不好？赵明明说，比你好，就是不爱睡觉。我说，不睡觉都干点啥呢？赵明明说，能干的事儿多了去了。我说，比如呢？赵明明说，刻苦钻研业务。我说，你们组每年就负责一个春晚，还是录播，固定机位，摄像机往那儿一架，人在不在无所谓，去年录时，刘武找我出去用优惠券唱了三个小时的歌，一瓶水没买，果盘都没点，最后拉我合唱一曲《热情的沙漠》，身临其境，一把爱情的火，把我彻底烧透。赵明明说，刘主任让我勤奋学习，熟读国内外理论，多看素材，体察人心，寻求一种真正属于我们这个时代的表达。我说，那没毛病，他用歌声表达，男愁唱，女愁浪，他对时代有点情绪。刘武板着脸说，别废话了，喝吧，来都来了，也没外人，你说说，找我到底啥事儿，大半夜的。我说，本来有，现在没了，也不怎么想说话，我一说话心脏疼。刘武跟赵明明说，他总疼，这是他的时代表达，不用担心。赵明明说，我没担心。我说，实在不好意思。刘武提了一杯，说道，不好意思的事儿以后尽量少干。

半夜一点十五分，赵明明站在路边，上气不接下气，叉着腰问我，你真的不认识他家吗？我说，不是不认识，是不知道该往哪里送，房子给前妻了，前妻又找了一个，据说长相英俊，爱好写作和健美，能文能武，不合适去；他妈没了，他爸也找了个年轻的，这么晚了，也不合适，而且他们关系不好；他自己没家，老住棚里，就两个行李箱，一大一小，大的装锅，小的装碗，他要是爱上了谁，拎着箱子去对方家里做饭，然后就这么住了下来，直至爱将他们再次撕裂。赵明明说，好浪漫啊。我问，皮箱没在你家？赵明明说，没。我问，你俩没处？赵明明说，他在追我，我还没答应呢。我说，别跟我装。赵明明说，好吧，睡过一次，不过我也不知道算什么关系。我说，一次还是几次，现在这种情况，你可不能再骗我了。赵明明说，好吧，有那么几次，有点数不过来，哎，等一下，什么意思，我们现在是什么情况？我说，等不了了，送你家去，离得近。赵明明说，你那里不行吗？我说，不行，我也没家，我睡车里。

车停在路的对面。我抬起上半身，赵明明扛着刘武的一条腿，另一条腿拖在地上，像是一只讨好的尾巴，忽左忽右。我的心脏越来越疼，没走两步，便蹲在地上，捂住胸口，示意赵明明也稍作休息。她把刘武的腿撇去一旁，像是丢掉房间里的一袋垃圾，接着也蹲了下来，浅棕色的眼睛闪来闪去，待我发号施令。刘武睡得很沉，面容祥和，我伸手去试探他的鼻息，轻得仿佛不存在。我问赵明明，你会开车吗？赵明明说，有证儿，没怎么开过。我说，代驾叫不到，我喝了酒，等下你开。赵明明有点兴奋，问道，天啊，不会吧，我能行吗？我说，刹车油门分得清吗？赵明明说，有印象，左脚刹车，右脚油门。我想了想，问道，那你分得清左和右吗？赵明明说，左在右的左边，右在左的右边。我说，确凿无疑，我的真理使者。赵明明说，你这人说话挺有意思，不愧是给晚会写台本的。我说，抄的，我都不怎么认字儿。赵明明说，不可能，刘主任说你今年打算写个很独特的，前无古人，后无来者，挣脱了枷锁，突破了局限，超越了自我。我说，这是刘主任的打算，我没这么想过。赵明明说，那你能给我写几句吗？我想参加春晚主持人的内部竞选。我说，你不是摄像组的吗？天天钻研业务，寻求表达。赵明明说，不是，我刚进台里，在电台那边播报交通新闻呢。朋友们晚上好，今日20时25分，因养护施工，京哈高速G1山海关服务区附近K295处北京方向车辆缓慢通行约5公里，请少安毋躁，维护交通安全，关爱生命久远，你听我的声音熟悉吗？我说，熟悉，那正好，你也熟悉路况，慢点开，咱们到家细谈。

我坐在后座上，把刘武往车里硬拽，很像是杀手把尸体拖入事先挖好的墓穴。放好刘武后，我钻入前座，帮赵明明点火启动，音响自动放起歌来。赵明明捋了捋头发，把车窗打开，风吹进来，她的那只海豚耳环在我眼前打转。汽车开动，我感到一阵眩晕，索性闭上了眼睛。开了半天，还是没到，我望向窗外，仍是漆黑一片，就问她还有多远。她说好像开错了方向，以为记得，结果迷了路。我说，别急，打开导航，安心驾驶。赵明明说，我困了。我说，什么？她说，我困了啊。我说，你不是不睡觉吗？她说，平时是，今天特别困。我说，那怎么办？她说，我能睡一会儿吗，就一会儿，你借我件衣服，我冷。我脱下外套，赵明明披在身上，把车熄了火，踢掉高跟鞋，蜷起双腿，嘴里不停地低声念着，我就睡一会儿，太困了，你等等我，别走啊，我害怕，我就睡一小会儿，就一小会儿。说完，便向我的怀里倒了过来。

　　四周没有路灯，无法辨清身在何处。我重新拧开车灯，又再熄灭，每次出现的都是不同的景象。第一次是在光秃的岸边，没有植物，只有砂砾和树枝，黑夜的潮水无声袭来；第二次是一面白墙，上面写着密密麻麻的罗马字母，我一个都认不出来；第三次是一座破旧的舞台，不难看出曾经的恢宏，镀金的穹顶已变得黯淡，地上满是尘埃，长桌上的食物早已腐败，几把椅子倒在一旁，一只空空的王冠从上方垂了下来。舞台中央是一面布满水痕的镜子，反射着车灯，映出我们三人，刘武在我身后，若隐若现，铠甲套至胫部，一双巨大的翅膀罩在身后，他拼了命地想要挣脱，幻翅却始终牢牢束住；赵明明伏于我的胸口，像是一位被刺死去的皇后，衣装华丽，金光闪烁，面容鲜艳而痛苦，一只小小的海豚在她的裙摆之间游来荡去；最后是我自己，上身赤裸，筋疲力尽，仿佛刚历经一场厮杀，依在坚固的雉堞上喘息，分辨不清自己是勇士还是魔鬼。我低下头来，看见自己的胸上有三个流血的孔洞。

退场

我们从地下车库里进了电梯。赵明明在包里翻了半天，没找到电梯卡，蹲在地上，把包里的全部东西倒了出来，口红、粉饼、卡夹、饼干、牙线、耳环、卫生巾、录音笔、塑料手套、游戏机，从大到小，排兵布阵，向左向右看齐，最后也没找到。电梯默默启动，我们像是位于一只醉酒鲸鱼的胃里，颠倒摇晃，不时在往上反。到十六层时，电梯停了下来，赵明明抬头看了一眼，问我，你按电梯了？我没说话。她问，你怎么有我家的卡？我晃了晃手里的那串钥匙，跟她说，刚从刘武腰上拽下来的，他捂得挺严实，也有过挣扎，我没惯毛病。

赵明明把手按在门把上，向前倾去，用指纹开了锁，单手摆了一个优美的弧度，做出邀请的姿势。我看见门口放着两双拖鞋，一双深蓝，一双浅粉，我换上那双蓝色的，有点大，不太合脚，走路跐着地板。赵明明进屋后，把门掩上一半，跟我说，咱俩就这么把刘武放在车里，不会出事吧？我说，想多了。赵明明说，老能看见新闻，有人在车里开着空调睡一宿，可能是缺氧，第二天就没了，死得无声无息。我解释道，第一，车里没开空调；第二，窗户也没关严，我留了两道缝儿；第三，刘武跟我说，他算过命，八十九岁时有个坎儿，此前一切涉及不到生命安危；第四，缺氧脱水得是在高温环境，脑细胞与肌体细胞的代谢加速，耗氧量骤增，现在快入冬了，顶多也就是个发烧感冒；第五，即使有事儿，现在无论你还是我，都没有力气，也没心思再把他抬到楼上来了，我们各有各的想法，所以，还是回到第三条，听天由命吧。赵明明说，很有道理，那你再说一说，你来我家，究竟有什么想法？我说，不要误会，我对你没有任何非分之想，我步过一次刘武的后尘了，有机会我给你讲讲，苦头吃尽，不可能再来一次。赵明明说，那要是我想呢？我说，倒是也可以考虑一下。赵明明说，我开玩笑呢，你这个人，真的没什么原则，其实刘武早就知道了。我问，知道什么？她说，知道你总跟在他前妻的屁股后头转，他前脚一走，你后脚就追上去了，就是没说出来，保持沉默，静观其变。我说，我怕他知道？赵明明想了想，说道，你怕。我说，是，确实不大好意思，我也不想这样，控制不住，我很小的时候就认识他前妻了，那时候特别喜欢，上初中分开了，基本把这个人给忘了，后来有过几次感情不顺，伤得挺重，一宿一宿睡不着，吃了安眠药也睡不踏实，老在做梦，还总能梦见她，醒了我就流眼泪，不是别的，主要是觉得时间太快了，不可承受，怎么就活了那么久，好日子越来越少了。来电视台上班后,发现她嫁给了刘武,接着又离了,我就动了念头,轮番想象,不管白天黑夜,无法甘于在哀苦之中消磨我的残年了。她好像一直没什么变化,能作能闹,自由而纯净,永远可以在我的生命里留下崭新的伤痕。迄今为止,我活了三十来年,自己核算过,前前后后,大概爱了她五年半,不瞒你说,我想我再也不会拥有这样的时光了,非常快活,也非常悲哀。赵明明说,要么你还是瞒着我点儿吧,我根本不想知道。

我还想说,这一年以来,她几乎将全部的心神投入到对于前夫刘武的追踪上,看过星盘,算过塔罗,查过车票和银行卡的流水信息,还让我代买过窃听器,并将种种迹象写在一张巨大的表格上,分为优势、劣势、机会、威胁等几个部分,辅以详尽备注。她始终认为,刘武的逃离绝不是因为不爱她,她没有任何问题,几近完美,无论在激情或是智慧方面。他的行为基于一次思想上的滑轨、灵魂上的迷失,如同遭受诅咒一般,此种迷失倘若不得指引,必将万劫不复,向着冥府的宫门绝尘而去。或者说,也没那么严重,她就是想知道为什么在她的生命里,人们总是在离开,接续不断,毫无眷恋。我引经据典,为其说明,每个人都是自己命运之戏的主角,其他人如同身后的歌队,有时与你对话,有时在阐述背景,有时也在沉默。歌队也有善恶之分，踏上征途的往往为善，没离开过家的则为恶，后者的声音虽然和谐，却不悦耳，因为唱的是不祥之歌。留在此处的，往往由复仇之神组成，吃的是你的骨头，喝的是你的鲜血，之后更具胆识，为所欲为，绕着屋子歌颂污浊与罪恶，你必如一位沉着的箭手，拨过云雾，跃去枝叶浓密的松林，射死这些沿门乞食的假先知，真神才有可能返回你的心灵住所，那将是一场漫长的苦役。比如我，即是如此，历尽劫难，兜兜又转转，此刻仍在你的身边。小娜说，好的，那你保持住，我先接孩子去了。

复述这些时，我又拉起了赵明明的手。这是第二回了，车上醒来后，她说想要透口气，我陪着她走去外面，夜晚潮湿，光线泛黄，赵明明的眼眸发亮，边走边跳，神情雀跃，我一把拉住她的手，她也没有抗拒，我们一起向着野草深处行去。蜂群在我们头上栖息，一座破损的十字架倒在脚边，她站了过去，斜斜地展开双臂，力图维持平衡，直至大风把她的粉色发髻吹散。她走了下来，回到我的身前，摊开一只手，里面是她的海豚耳坠，我看着它在手心里跳了几下，昂着脑袋，如出水呼吸。她跟我说，送给你，我的朋友，你的悲哀到此为止。

这次，正当我想进一步靠近时，赵明明将我的手打掉，问我她在路上开了多久。我说，不记得了，与你散步之后，我一直在思考问题。赵明明问，谁跟你散步了，我睡得很不错，梦见自己当上主持人了。我说，好，我记得就行。她说，你在思考什么？我严肃说道，工作事宜。赵明明说，放屁，你想的是怎么能跟我回家。我说，不至于，请不要把自己太当回事儿。赵明明说，那你谈谈，想的是什么工作事宜。我说，那好，不妨跟你透露一下，今年的春节联欢晚会，与以往不同，我给出了一个十分庄严的设定，类似于一个古老的冒险传奇，同时也暗示着永恒的回乡之旅。这里面有一个主角，比如就叫刘武，希腊人，生于爱琴海上，他的母亲在一艘燃烧的战船上诞下了他——如你所知，那是一个傍晚，火焰为可恶的宙斯所降，至今那一片海域仍在冒着滚滚浓烟，如在海底竖起一座隐蔽的风道，天神的火种坠入，大地之核日夜焚烧。在雅典卫城的废墟上，刘武度过了自己难忘的童年，那里遍布哲学与几何学的遗迹，每一块石头都有着不同的形状、温度与质地，看起来尤为庄严，像是一行行诗句，归属于一件雕塑的不同部位。灰褐的三角碎石，那是死神穿起了睡袍，持着一柄短剑杀将过来；饱经风浪的鹅卵石，则是被驱赶后发狂的姐妹，神色慌张，准备逃出这高丘上的都城；随着船尾缆索收束而至的细沙，那即是他，早已再次起航，逐风而居，伏于礁石上,又沉入地底,再变成矿,在钻击之下化作尘埃,此时正位于从阜新开往沈阳的一列火车上,在这新春佳节即将到来之际。赵明明说,我操。我说,是不是,开场比较震撼,很具创造性,接下来,也许是刘武的一系列自白,他披着一件长长的金色斗篷,仿佛自英雄时代凯旋而归,登至顶端,舞台缓缓升起,他向着党政机关、企事业单位的领导干部,各行各界的诸位同仁,以及现场和电视机前的观众朋友们说道:我离开了佛罗伦萨和盛产白银的塔斯科以后,行过斯洛文尼亚的高山牧场,圣火流转的波斯平原,山海之间的巨大城关,富庶的溪谷与盆地,从乌拉尔山-乌拉尔河再经里海、高加索山脉、黑海,到博斯普鲁斯海峡和达达尼尔海峡,一路颠沛流离,眼前的希腊人越来越少,外邦人越来越多。我在这些陌异之地开垦、建造、布道,重塑我的威仪,向人们彰显,我本属天神之一,受万民昼夜敬仰,如今被派苦役,不辞辛劳,降下来拯救凡人与诗歌。现在,我来到了辽宁沈阳,这座常住人口超过九百万的巨型城邦,天空湛蓝,草木茂盛,疾风吹动着灰暗的浑河之水,一艘空空的大船向我驶来之际,我彻彻底底地迷失了,头脑昏沉,手里的常春藤杖器不再灵验,我将之舍弃,一并丢掉的还有母亲缝制的金丝盛装和我那些久远的记忆,不错,我和我的情人在青年大街上失去方向，跌跌撞撞，就这样加入了狂欢的队列，那是一片赤红色的大陆，太阳也驾着飞驰的马车奔赴而来，带着这一年中最为丰美的产物——春天、日光和爱情的海洋。下面就请欣赏，我们共同演绎的进场之歌：《寅虎迎春中国年》。赵明明听后，思虑良久，说道，刘武说得没错，哥，你确实与众不同。我后悔把你带回来了，现在还能走吗，或者你看看家里，有什么喜欢的，直接拿走就行，钱我确实没有多少，哥，我也就是个打工的，不小心犯了点感情错误，现在也很懊悔。哥，我不怎么爱学习，从不钻研业务，刚才在刘武面前吹牛逼呢，其实天天想的就是怎么搞对象，大学期间处了六个，给他们整得都挺受伤，以后保证不了，我在观念上约束自己。哥，我妈身体不好，我要是出点啥事儿，以后没人照顾她。哥，求你，千万别这么摧残我了，我脑袋疼。

我站在窗前，瞭望夜空，继续想象着庆典、春日与奔马，听见赵明明在身后问我，刘武为何一直躲着对方。我对她说，对方的寻觅是在抵抗将被遗忘的现实，他的逃离则是一次次地确认自己的存在和位置，确认必有破绽，必会留下蛛丝马迹，必得时间的创痕，必被注视和俘获，这是一种普遍困境。人如缓行的大船，不知航至哪一座灯塔，才能望见痛苦的终点。赵明明说，听不懂，不过也不重要，对了,跟你说一声,我准备辞职了,没意思,今天晚上本来我得加班,录个爱情广播剧,结果也没去,你知道要我演什么吗,我先扮成一个男的,再扮成一个女的,最后是一只海豚,我得对着所有人叫。

小娜给我打了三遍电话,手机振动不断,都让我给挂了,然后她发来一条消息:刘武跟你在一起吗?我没回。之后又发过来一条:他要是有事,我跟你没完。我发去了一个位置。她回道,等着我。我放下手机,跟赵明明说,我觉得你不应放弃扮演海豚的机会,事情已经败露了,他的前妻现在要过来找你算账。赵明明顿时有点慌张,问我怎么办好。我说,他前妻那脾气我知道,睚眦必报,但也有个缺点,就是记忆力不行,她到你家门口时,也许就会忘了为什么而来,不如虔敬祈祷。赵明明说,好的哥,你这么说,那我就放心了,哥,你在家里好好休息,我的床很舒服,淋浴喷头出水量也大,可以先洗个热水澡,冰箱里有高级牛奶,你随便喝,有助于睡眠,我现在下楼就跑,有缘在电波里相见。说完,她从柜子里拿了两件衣服,又来到梳妆台前,把大堆的化妆品一次性拢进包里,三步两步冲了出去,关灯锁门,就此消失不见。我躺在沙发上,想到小娜正在赶来,感到疲惫万分,好像我们每一次见面,她都是风尘仆仆,而我不过是恰巧遇上,相互打个招呼,匆匆告别即可。只有一次,刘武请我去家里吃饭,那时他和小娜刚有了玮玮,刘武和玮玮坐在一侧,我和小娜在他们对面,场面相当诡异。小娜举着筷子,看了大半天,才把我认出来,我跟她回忆往事,讲起在她搬来之前,本有一户人家,女的爱打牌,男的是厂里开电瓶车的,后来跳了楼,那天我正好在楼下,跳下来的人像一袋面粉,咚的一声拍在地上,同时掀起无数尘烟,在空气里浮着,好几年不散。我吓坏了,迷了眼睛,什么都看不清楚,眼泪流个不停,怎么回的家都不知道,到处是叫声和哭声。后来菜园拆了,你们家搬过来了,你也不怎么爱下楼,但我总能看见你,穿着裙子,闷着个脑袋,走路很快,谁也不搭理,每次看见就觉得有意思,像被什么东西追着似的,紧赶慢赶,连跑带颠,那段日子就是这么过来的,像是我们一起过来的。小娜说,你记错了,跳的是我爸。

门锁发出一圈轻巧的转动声响,灯没开,有人一步一步朝我走来,我闻到一股海水的甜美气息,仿佛那个绿头发的男孩追踪至此,我避之不及,胸口再次剧痛。半晌,有人轻轻摸着我的脸,那只手既湿又凉,如同一片鳍。我把眼睛睁开,只是一道荡漾的轮廓,像是一个人走入黑暗的水中。我说,小娜。她说,你睡着了。我问,怎么找过来的。小娜说，这本来就是我跟刘武的房子，借给别人住，我很久没来了。我说，刘武在我车里。小娜说，我找了好几遍，从上到下，车不在，所有人都不见了。我问，玮玮自己在家？小娜没说话。我说，我送你回去，孩子醒了见你不在，肯定要找。小娜说，我走不动了，今天就想睡在这里，就一个晚上。没人找我，我也没有孩子，被他爸带走了，只我自己在想，他长大了，或许该换牙了，迷了路，认不出我了，哭得那么伤心，该休息了，夜晚过去后，他们就要回来了。可一次也没再见过。我实在太累了，太累了。我走了那么远，一个人也找不到。

我们挤在沙发上，小娜躺在里面，我抱着她，很快就睡着了。小娜的睫毛很长，鼻子翘着，嘴唇一直在动，像是对一切发表着自己的见解，她总在说话，白天向别人述说，夜晚与自己交谈，从不停止。无数的言辞，如雪花一般，悄悄落满了整间屋子。我想到了另外一个故事，准备等她醒来时讲给她听，发生在即将到来的冬日。一个孤零零的女人想要复仇，独自来到海滨，在坚冰上燃起一团大火，日夜祈祷召唤，终得与海神会面。海神不如传说中的那般狰狞、邪恶，不过是一个长着绿头发的小男孩，很威风，持着三叉戟，骑在海豚身上。她对海神说，想要给那些伤害过她的人们一个痛苦的归途。海神不解，问她为何恨得如此汹涌、爱得又如此无常。她告诉海神，因遭受一次次的侵犯，她的家园尽失，神殿亦被拆毁，以一粒粒细沙砌成的远古塑像，被狂烈的大风全部卷走，片甲不留。那些进犯与背弃之人，如今已然逃离，扬帆归去，只她自己，终日面对着无尽的断壁残垣。风暴和雷电必在他们的旅途上降临，她希望海神所做的，是在海上激起暴怒的波涛与回转的流水，令其尸首填满全部的峡湾。海神不置可否，因他知道，但凡种下荒凉，日后收获的必是毁灭。女人见海神不应，便不再祈求，只是脱掉了衣裳，拾起一块锋利的石片，在洁白的脖颈上划出一道细长的口子，之后步入大海。血就这么涌入其中，流过正午，流过水，流过暗礁与鲸群，流至无穷的远处，流至那些出征之人的战舰四周。在一次失败的战役过后，将之围住，像一丛古铜色的落羽杉林，生长缠绕不休。彼时无风无浪，雾气散尽，帆篷缩卷，水面趋于宁静。夕阳照射过来，那些失意的勇士，抑或慌乱的魔鬼，统统向下望去，光如鲜血一般，锁住了所有人的影子。

淑女的选择

双雪涛 / 文

我从学校东门走进来的时候,看见一个女孩蹲在地上喘气,她把包夹在上身和腿之间,脸朝着地面,大口喘气。我想走近一点问她的情况,一个瘦高的男孩已经走过去问,同学,你没事吧。女孩说,没事,就是跑快了。男孩说,哦。女孩说,刚才有人追我,现在我把他们甩掉了。男孩笑了,站起来走了,我也从女孩身边走过,从她身体起伏的幅度看,她比刚才好多了。冬天虽然就要过去了,个别树上有了零星绿色的枝条,气温还是挺低的,今天又刮起了北风,脸皮上有明显的凉意。女孩穿了一双很薄的帆布鞋,腰上的一截肉露在外面,她丝毫不以为意,她的右手拿着一张纸条,上面写着什么看不清。我把自己的棉帽往耳朵处拉了一拉,心想,年轻人是不知道冷的,也不知道暴露在外面的部分也许会受风,我还是尽快走到室内去吧。

这所学校里有一个我的朋友,他是个小说家,年纪与我相仿,40岁左右,他有两门课,一门是小说写作,一门是小说鉴赏。两门课都很受欢迎,一方面是他作为小说家有相当的名气,慕名而来者多,有的孩子是因为知道他在这所学校里教课才报考了这里的文学院。另一个方面是他有相当的口才,而且不会因为自己是个作家就慢待了教学,他的课准备充分,设计巧妙,很多一开始以猎奇态度走入教室的学生后来都成了忠实的听众。我和他的结识非常自然,他是作家,我是杂志编辑,同时他也编有一本Mook,我也业余时间写小说,可以说是双重交互。我的小说都很短,基本上以五千字为限,开始我想模仿露西亚·伯林,上手较快,之后再写长一点的东西。后来觉得这种长度非常适合我,我有一份工作和一个孩子,写这种长度的小说不会占用太多的时间,不会让我变成一个不负责任的女人。他的小说产量不高,但是每一篇都经得起推敲,要说他真是花了大把时间去推敲我也不是很相信,可能更多是因为他是一个处女座的男人,天生逻辑严密,在不是很有必要的地方着力颇多,这在生活中是个麻烦,对写小说来说却是一个很大的优点,小说中不存在没有必要的地方。我离了婚而他一直没有结婚,这样描述似乎暗示着我们可以发展出什么，或者我的离婚跟他的单身状况有些关系，实际上没有一丁点关系，作为他的编辑，我十分确定自己不是他喜欢的那种女人，他也无意在这个行业里寻找配偶，这在他的好几篇小说里都有所表示。比如他在一篇名为《规律》的小说中说：他们白天进行有关文学的工作，晚上还在家里讨论小说，这不啻一种纵欲，看看西门庆的下场就知道，纵欲的人即使再聪明、再想办法滋补也不会有好下场的。而他这个人对我来说也没有什么吸引力，一个男人到了这个年纪还维持着单身的生活且有所成就，那他就一定是一个极端自私的人，我不喜欢自私的男人，即使他绝顶聪明、才华横溢，如果是一个自私的庸才，他的破坏力还算有限，而一个自私的能人必然会使身边所有人都为他奉献，供养他的事业。我的处境需要别人来供养我，我可是一点多余的精力都不够给别人使了。

学校相当知名，面积却不大，离我的住处也不远，每次来听他的课只需坐两站地铁。他的课一堂在周二，一堂在周五，周二是下午两点，周五是晚上六点。我通常周二来，孩子去了学校，杂志社实行偶数日居家办公，上午处理完稿件，中午给自己做一点简餐，下午就坐上地铁来听他的课。有时候在地铁上会预习一下他今天要讲的内容，他通常会把下午要分析的小说提前发到群里，当然他从来不会点我的名，但是预习之后听课总是会更舒服一些，就像喝温水和喝凉水的区别。今天他要讲《在流放地》，这个小说我看过好多遍也没看出所以然，不过每一次读都津津有味，觉得新鲜。站在地铁上挤在人群里戴着耳机读《在流放地》，又是不太一样的体验。教室里已经坐下了几个人，有几个上一堂课的学生正在收拾东西离开，我拣了一个靠边靠后的位置坐下，顺手把窗子关上。之前有一次听完课，他请我在学校里喝咖啡，说起他最近正在写的东西，还有他再版的一本书的情况，他说他感觉到那本书之前写得不对，他准备从头再修改一遍，我说那就不算是再版书了。他说以他今天的视角看，过去很多的生活都成问题，他本来可以活得更恰当，这书如果不重写，不如让它绝版了。我说具体都是些什么问题呢？他抬手让服务员把他面前的空咖啡杯撤走了。比如，他说，我曾经让一个特别善良的女孩爱上了我，这就非常不恰当。我说，炫耀。他说，没有，她也使我爱上了她，但是你知道再相爱的两个人也迟早有一天会分开的。在分开的那一天我们起了一点争执，她打了我一拳，我搡了她一把。那里有个台阶，她摔了下去，撞了一下头。从此她眼睛就斜了，其他部分都没有什么影响。我说，你在写小说。他说，后来我找了一个很好的大夫帮她矫正过来了，几乎跟原来一样，没人能看出她的眼睛受过创伤，她的父母也看不出来。但是我能看出来，在两个眼球同时移动的瞬间，有一只永远会慢一点。她原谅了我，她那一拳也打断了我的鼻骨。我们后来再没见过了，她今年应该也40岁了，每当我想起她，我总会想是不是这么多年过去，两个眼球已经可以完全保持一致了呢，还是差别越来越大，当时矫正的努力全白费了呢？我说，你应该打听一下，如果你非常关心的话。他说，是啊，可惜去年我的另一个同学突然告诉我，那个女孩得急症死了，我总不能赶过去打开棺材看一下尸体的眼睛吧。何况我得到消息的时候，她已经化成灰烬了。你的咖啡也换一杯吧。我扬手示意了一下服务员，同时我感觉到自己喉咙发紧，便低头弄了弄裙摆。他说，两个人坐在一起总要讲一点往事的，我还没来得及夸赞你的裙子，效果不错？我说，什么？他说，看你的反应我觉得效果不错，这个东西可以在课堂上讲一下。是不是有一点卡佛的意思？我说，卡佛一点都不高级。你在胡诌呢？他说，也不全是，也不是全不是。矫正与死亡，这两件事物的并置是这个故事里比较有意思的部分，你觉得呢？生命是一场矫正，死亡则取消矫正的意义，这里头是不是藏着社会性的隐喻？我说，我觉得最有意思的部分是世上只有你能看得出来，这是一个很好的诅咒,因此你远离了过去的世界。他点点头,说,敏锐,我们总在讲述往事就像它们正在发生一样,过去的自己也就得到了永生。然后他讲起了上周播出的一档文学综艺节目,他和几个著名作家在一个海岛上读书,他推荐了两本新书,这周末这两本新书都登上了畅销榜。第二杯咖啡我一口都没喝,我花了一些时间观察他的鼻子,他的鼻梁中间好像确实有一个断点。

在上课铃声响起前十分钟,他走进了教室。这时教室里已经坐了很多人,有一些同学没有椅子,就到隔壁教室搬了椅子坐在桌子和桌子的缝隙间,像是在校样上修改时加出的字。有两个学生干脆坐在了讲台旁边。他穿了一件长款蓝色风衣,系着红蓝双色格子围巾,手里拿着他自己的黑色咖啡杯。他的脚上是一双略显休闲的皮鞋,走路会发出轻微的声响,又不至于使人厌烦。多年之前我刚认识他的时候,他就是穿这身衣服,当然不是同一身,但是搭配的方式,底色和配色都十分相像,脚上的鞋掌也同样会发出轻微的响声。那时他没有成名,我也没有结婚,在几次有很多人的聚会中,我们单独离开了聚会,在我的印象里好像什么也没有发生,我们只是在街角的阴影里亲吻了几次。他非常绅士,身上没有一点很多男人身上的猪一样的臭气,他的舌头是纤细的品种,像是熟练护士的针头一样,"唰"一下就进入你的嘴里,然后不怎么动了。他说他将来有一天会成为最好的作家,不但如此,还要成为最有名的作家,只有如此,才能把他的理念传播给更多的人。我问他是什么理念?他说,一方面是他关于美的认识,另一方面是关于一些准确的道理,我们的社会一直靠着几千年的糟粕在运行,美和有益的道理也许可以改变一点点。我当时和现在一样没有责任感,我笑说,对我来说,煮一壶咖啡,然后靠在枕头上吃着零食写小说是生活里最好的消遣。有时候整个夜晚过去了,我好像一点都没有意识到我做的事情有什么意义。他说,完美的状态,但是总有一天你会走出这个伊甸园,意识到你对你的读者,你对你身处的时空负有责任。一旦你意识到了这一点,你就回不去了,你只能为了更大的目标去工作,这不一定好,也绝不比别的方案高尚,只是一种个人的阶段。我说,你对面站着一个年轻女孩的时候,你通常都会给她们讲这些吗?他说,我们可以换个地方接着聊。我说,我聊不动了,不过我很佩服你,我从来没听别人这么说过,对我来说,写作只是一种介于爱与讽刺之间的游戏。他说,那说明你只遇见了一个我这样的傻瓜。我说,没有,你让我更喜欢写小说了。

"这是你的手绢,拿去吧,他说着把手绢扔给了犯人。

然后他又向旅行家解释说，女士们的赠品。尽管他在脱去军上装，随后一件件脱光身上衣服的时候明显地匆匆忙忙，但对每件衣服却非常珍惜，甚至特地用手指抚摸军装上的银色丝绦，抖了抖一条穗子，把它摆正。与这种一丝不苟的做法不大相称的是，他刚把一件衣服整好，虽然有些勉强，却是猛地一下扔进了土坑。"

他用非常动听的声音朗诵着小说，实际上他的嗓音不适合卡夫卡，在我看来卡夫卡的小说应该用最乏味的声音朗读，最好是手机上的Siri，节奏一直均匀，像读给一个不认识字的人一份说明书一样去读。谁真的读懂了卡夫卡吗？我不知道，至少我没有完全懂，懂有时候不是一种客观事实，而是一种心理状态，我还不具备这种心理状态。他在讲台上踱着步，右手一点点松开自己颈口的围巾，朗诵没有停止，他的手伸进围巾的结节处把一头从里头掏出来，此时他已经走到了讲台一侧的尽头。他折返，这时围巾已经被他从脖子上拿了下来，他一边走一边读，一边把围巾轻轻放在讲台上，然后伸手解开了衬衫的一枚扣子。他的西装毫无疑问是量身定做的，但是没有一丝一毫装腔作势的意思，也许穿在别人身上就像紧张的新郎，穿在他身上就是最合适的教师的工装。随着他的名声越来越大，他无法再讲易懂的小说了吧，我心想，两年前还听他讲过老舍的《断魂枪》，讲得相当不错，现在除了卡夫卡，他还讲奈保尔、李劼人、波拉尼奥和大卫·福斯特·华莱士，他也讲得不错，每个作家他都费了功夫研究，不是泛泛而谈，但是他真的喜欢他们的作品超过《断魂枪》吗？我不知道，只有他自己知道，他自己知道吗？只有他自己知道。我做笔记的本子是我儿子送给我的，他喜爱画画，也很爱送我本子，每次他都会在本子的扉页画一幅画给我，这个本子上面画的是一只小黄猫，这是我们家的家猫，去年死了，得寿十六年。儿子这一年送我的本子都画它，有时候是年幼的，有时是中年的，有时是它死时一动不动趴着的。我很惊讶他能记住那么多它的样子，它刚来到家的时候他还没有出生，他的父亲也还没在我生活中出现。他怎么能知道它是幼猫时的样子呢？可能他和猫咪在我不知情的情况下谈过，猫咪简单介绍了他出生前的世界。我在盯着扉页看的时候，他的朗诵已经停止了，现在他在介绍卡夫卡的生平，在黑板上画出卡夫卡生命的时间线。今天是一只刚出生的小猫，还不怎么像猫。

我右前方离我不远的过道里坐着一个女生，在他朗诵时她那个方向就不时地传出一些声音，现在朗诵的声音没有了，那个声音比刚才稍微清晰了一些，是她在自言自语，不过没有到十分影响其他人听讲的程度。我认出她是我在校门口遇见的那个女孩，她什么时候走进来坐在那里我没有看到。她的书桌上非常干净，没有电脑，没有纸笔，只放了一支录音笔在书桌的中间。是这样的，我听见她说，是这样的。不是这样的。哦，对的，不对，不能这样想，对的对的。坐在离她很近位置的一个男生看了她几眼，她并没有注意。我盯着她看了一会儿，坐在我旁边的女生推了推我小声说，她经常来。我说，我怎么没见过她？她说，她只上周五的课，不知道为什么今天来了。我说，你们是同学？她说，我们谁都不认识她。你知道现在大学是可以随便进的。我说，是，任何人都可以受教育。她说，她非常聪明。我说，是吗？她说，有一次老师讲《遥远的星辰》，她身边的同学说她一直跟着在背，她可以背下一部分。我说，这么厉害？她说，可是她从不发言，只是自言自语。其实我挺想坐在她身边听听她在说什么，也许比老师的课有意思。我笑了说，我刚才听到了点，也许让你失望了，她说，是这样的，是这样的，不对，对的。她说，我们换了好几次教室，她都跟着来了，还经常迟到，她总是迟到两三分钟。我说，连迟到都这么准时？她说，嗯，像火车时刻表一样，我们来上课有一半的同学是来看她的。她虽然不发言，每次都会留一张纸在书桌里。我说，笔记？她说，是写给老师的情书。我说，你们老师知道吗？

她说，当然，每次我们都会把情书交给老师，他只是收起来什么也不说。我说，情书写得如何？她说，非常优美，令人感动，她想和老师一起改变这个世界。我说，我们说话的声音大吗？她说，不大，我们老师已经沉浸在自己的课里了，他什么也听不见。他正在分析卡夫卡和父亲的关系，他的父亲是一个普通的父亲，也就是所有人的父亲，他说，卡夫卡的一生都在被迫害的恐惧里。她说，她认为互联网毁了文学也毁了这个世界。我说，很有道理。她说，这也是老师的观点，他没有微博、没有抖音、没有小红书，他也反对我们看电子书。他很反感我们发朋友圈，他说只有深思熟虑的作品才可以发表，才可以给人看见。我说，但是电子书不占地方。她说，我就看电子书，电子书更环保。我发朋友圈都屏蔽他。我说，他是真这么想，还是要表演一个古典的人？她说，我觉得四六开，表演占六。他现在好红啊。我说，但是互联网可能确实会毁灭这个世界的。她说，是啊，如果没有互联网，互联网会毁灭世界这件事情谁会知道呢？

课间休息时，教室只剩下三分之一的人，他也出去抽烟了。出去之前他示意我要不要跟他一起出去，我摇摇头，他做了一个鬼脸走了。自言自语的女孩从背包里拿出一个面包吃。我合上笔记本，走到她身边坐下，我说，你好。

她说，你好吗？我说，很好。她说，那就好。我说，你是哪个学校的？她笑笑没有回答，从包里掏出一根香蕉说，你吃吗？我说，不用，谢谢。她扒开香蕉皮吃了起来。我说，你是西方文学专业的吗？她说，不是。你是哪个专业的？我说，你看我年纪这么大，已经没有专业了。你本科是学什么的？她笑笑没有回答，又吃了两口面包。她说，我是火车司机。我说，真的吗？她说，嗯，我开复兴号，我是最年轻的复兴号司机之一。我说，所以今天你休息？她说，不是，我通常周五休息，今天我请了假。请假的原因是我想来看看你。我说，什么？她说，你不是每个周二来吗？我就想着找一天来看看你。我说，我有什么可看的？她说，你每个周二陪伴他，我每个周五陪伴他，我们就不能相遇相识一下吗？我说，我没有来陪伴他，我是来享受他的服务的，授课也是一种服务，还是免费服务。她说，不用说得那么好听，二十年前你们认识时你就被他吸引，现在你每周都来只是想在精神上亲热一下。我这还有个橘子你吃吗？我说，好，我吃个橘子。橘子有点温热，不太甜。她说，你不用害怕，我研究过他的所有合影，我认识你也很正常，我熟悉他的所有思想，你也是他的思想的一部分。你在内心深处觉得自己配不上他。我说，太可笑了。她说，你和他不一样。在过去的六七年里，从我第一次在电视上看到他到现在，大部分时间我都这么想，我去做一个火车司机就是要亲手改变这个世界，使人们从这里到那里，真实的铁路网，而不是在虚拟世界里畅想。我和他是最般配的，我们的智力相当，我从来没在现实世界里遇到过一个像他一样跟我智力相当、认识接近的人。我从小到大的大部分时间里都沉默寡言，郁郁寡欢，因为我说出来也没有什么意义，他们无法跟我交流，直到我看到他，读了他所有书，看了他所有采访，我意识到人世间终于有一个人属于我了，我也属于他，我们联手可以把世界翻个个儿。我说，把世界翻个个儿可不像炒菜那么简单。她说，治大国如烹小鲜，也许比你想象中容易。你好，周二的女人，我是周五的女人，现在我们算真正认识了。她伸出手与我握手，我握了握，她的手掌很有力量，握力也很真诚。我说，他怎么看待你的计划？她说，最开始他鼓励过我，后来他保持沉默。最近我才明白了原因。我说，什么原因？她说，他无法真正爱我，与我联手，只是因为我是个女人。我说，他无法爱你是因为你是个女人？她说，对的，当然他也不爱男人。但是他无法真正爱我是因为我是女人。你认识他这么多年，其实你只是他的一支烟。但是你不要觉得自己配不上他，我今天来就是要告诉你这点,这不是你的问题。我说,谢谢你,我从来没觉得自己配不上他。

我回到自己的座位,身边的女孩下课没有出去,此时已经趴在桌子上睡着了,她毕业之后也许可以做一个合格的公务员。过了两分钟,他回来了,走上讲台开始讲解《在流放地》的结尾。我很喜欢他的一些风格,他很少寒暄,也不会说同学们安静一下,而是直接讲课,很快教室自觉安静下来了。不能说完全安静,那个女孩还在小声地自言自语。对的对的,不对,这样不行。对的对的,不是这样的,不是,不是这样的。这么多年我安于自己的位置,我陪伴他很多年了,时间过得太快了,现在这样为什么我觉得舒适?一个人带着孩子,每周二来听他的课。我只是一个无甚成就的单身母亲,我为什么没有觉得生活不公还觉得自己过着一种体面的生活?他的绅士风格难道是一种对女人的恶意吗?如果没有他,我会活成什么样子呢?难道我的生活一直为他所控制?我好像从来没有想过这个问题。他今天的课讲得还是很精彩的,认真听讲的人占大多数,但是后来我完全听不进去了。

下课的时候很多同学围上讲台,有人问问题,有人要签书。女孩在收拾她的东西,其实也没什么东西,只是一支录音笔。她对录音笔念了日期,然后说,为使可能之事出现，必须反复尝试不可能之事，Over。我听得很清楚，因为我正在走向她，希望邀请她在附近喝一杯咖啡。她背着书包走近讲台，您好，她说。他看了看她，没有回答。她说，您好，能占用您几分钟吗？我有几句话跟您说。他说，不能。然后拿起了一本递过来的书签名。她说，一切都被网络毒化了，我们可以清理它们的。您跟我一起，可您在海岛的节目上什么也没说。他又看了看她，说，我不认识你，我们也没有共同的计划，如果你有计划，请你去践行。让我们把各自的工作做好，不要再纠缠好吗？她说，您觉得我疯了吗？他说，没有，我觉得你信里的观点有时不无道理，只是我已经不在那个阶段了，我需要生活。她说，生活需要目的。他说，不，生活就生活，生活就是此刻。她犹豫了一下，忽然说，我爱您。他身边的几个同学一齐看向她，她说，我爱您，对不起，我必须得这么说。他说，谢谢你，就到此为止吧。她说，我拒绝。他说，这不是你能决定的事。

即使在这样的时刻，他还是那么地绅士。

女孩点点头，走到他的身后，从衣服兜里掏出一把水果刀，迅速地在他的脖子上拉了一下，血喷出来，同学们惊呼着跑出教室，书掉在地上，他向前摔倒在地，血继续喷涌而出，他的身体随着血流抽搐起来，头拼命想要抬起来，很快又落回地面上。她把水果刀在身上蹭了一下放回兜里。像十九世纪的女人一样，她朝我微蹲行礼。让我们重新开始吧，她说，然后走出了教室。

2023年2月2日星期四初稿
2023年2月3日星期五改

PART 3 访谈

在谦卑中完成精准的模糊
——与刁亦男对谈电影和文学的某种类型

刁亦男 双雪涛 / 文

《龙文身的女孩》、海史密斯和史蒂文森

双：我们先来谈谈《龙文身的女孩》，我说的是瑞典作家斯蒂格·拉森写的那部小说。你认为它是一部类型小说吗？

刁：是的，完全是。我觉得它是一部推理小说，但是跟黄金时期的推理小说又不完全一样，它融合了现代社会里的很多信息，把它杂糅到里面，更加开放，同时也特别关注社会生活。它甚至还写了男女主人公的情感纠葛以及男主人公更加多面的情感生活、婚姻生活。谜底破解之后，拉森还写了一段龙文身的女孩和男主人公布隆维斯特的感情的终结，他滑翔了一段，最后落在了这个女孩的痛苦上。但不管怎么说，它还是一部类型小说。

双：那个男人又回到原来的生活里头去了，令女孩觉得伪善。

刁：这部作品非常拼贴和杂糅。比如将侦探的任务交给普通人去完成，这一点改变，一下子就打开了视角。这个人可以是一个税务员、一个医生、一个身怀六甲的母亲，也不再油盐不进，他行侦探之实，无侦探之名。

但电影改编的时候肯定会尽量把这些旁支的东西去掉（其实也没有完全去掉，这个结尾电影里也保留了），可能就保留解谜过程作为主体。但不管怎么说，看完它之后你就不想再看黄金时代的推理小说了，无论是迪克森·卡尔还是随便哪一位，他们都离我们的生活相去甚远。而且那时的侦探小说更注重解谜和推理，不屑于把视线转移到和案件、诡计无关的生活中。《龙文身的女孩》某种程度也是个传统的密室推理小说的架构，事件主体发生在一个孤岛上。但它好就好在除了有在线的写作技巧，还让我们看到了诡计之外的很多东西，有对于女性的潜叙事在里面。

关于类型小说和电影的关系，在这一方面我斗胆说一下，是不是电影影响了文学？文学当然是在前,电影发展初期,文学曾经操控电影,但当电影发展出自己的美学后,这个影响就是互相的了。你可以想像华纳兄弟三四十年代的黑帮片是怎样从哈米特、钱德勒、詹姆斯·M.凯恩那里获得灵感的。电影在借鉴和展现犯罪和奇情的类型小说、侦探文学之后,才发展出了黑色电影、黑帮片等各种类型电影,它们的传播比小说要广得多,给人带来的名利也好,欲望也好,都超过了小说所能给予的。于是电影又反哺了写小说的这些人,让他们用更多的智识、文学性来面对通俗悚动的事件,同时还要有情感的多维光谱与之糅合。从这方面看,我觉得电影反过来推动了文学。于是福克纳开始写《圣殿》这种充满类型元素的小说(不管是出于经济原因或是受电影风尚的影响),海明威的若干短篇里也出现了黑帮和蛇蝎美人的身影。电影给正统文学带来了不同的声音,更不用说它对更晚近的文学产生的近乎潮流般的深远影响。

人们看《奇遇》也好,《白日美人》也好,会发现这些电影都是根据小说改编的。《奇遇》来自侦探小说,《白日美人》来自奇情小说,只不过安东尼奥尼把侦探的那条线瘫痪掉了，两个主人公在寻找那个女孩的时候，他们的感情成了主导，所以他用电影呈现出来的是反推理、反类型，更具现代感。而布努埃尔把原小说以色情电影作者化的方式进行处理，高妙之处在于色情部分尽在画外和想象。所以说写小说的人可能从电影里面更深入或者更广泛地读解出它带来的不同的余韵。《奇遇》和《白日美人》呈现出来的是那么电影化、精英化的生活触感，那么是不是反过来对原来的小说形成了一次重构，使类似的文学创作有了新的可能性或者新的形式？我觉得从这个角度说，电影可能也反哺、回馈过文学。科塔萨尔的《魔鬼涎》、芥川龙之介的《竹林中》这两部颇具类型文学色彩的小说被安东尼奥尼和黑泽明以《放大》和《罗生门》那样的形式呈现出来，介入了彼时的社会生活，焕发出新的生命。这一刻电影和文学水乳交融，互相影响的浪潮难分彼此。

你看海史密斯写类型小说，故事的骨架是小说的主体，它让你没有时间去考虑别的生活的片段。

双：你觉得《天才雷普利》也很类型吗？我觉得还好，

它里边有好多欧洲的风物描写，好多段落移植了她旅行的见闻。

刁：可是对我来讲，它已经是很类型的了。

双：这部小说有两个版本的电影，你更喜欢哪个？

刁：我看过的就是第一个，《怒海沉尸》，雷内·克莱芒导演的。我挺喜欢的，但我不会拍这样的片子，对我来讲它还是过于华丽。

双：它跟好莱坞那版比起来已经很老实了。

刁：我印象里它的影像语言还有色彩很饱满、很华丽。说实话，这片也是很多很多年前看的，我当时还在迷恋新现实主义呢，所以受不了《怒海沉尸》这种带有商业片语汇的拍法，虽然也觉得它和普通的商业片不一样，但不会膜拜它。也许现在再看会有新的感受，应该再看一次。

至于小说，我当时读的时候并不喜欢，觉得语言干干的，新版的我没读，不知是不是翻译的问题。感觉主人公也是一副机灵可爱的样子，让人觉得小说作者也和雷普利一起不停地耍小聪明。当时不知道作者的江湖地位，也没把它当回事。

双：假设你现在看海史密斯的故事，你会有改编的愿望吗？比如《天才雷普利》，如果是你你会怎么拍？

刁：我可能会加进一些思想内容，听起来有些文以载道，但对过于轻盈的东西会产生这种欲望，所谓思想内容无非就是介入当下的生活，有些立场态度和伦理价值观的判断在里面。

双：一个人想代替另一个人这个主题对你来说是有意思的吗？

刁：这种代替在侦探小说里边并不新鲜，太早就有了，从柯南·道尔的《福尔摩斯探案集》、切斯特顿的《布朗神父探案集》，还有史蒂文森的《化身博士》应该也算，他是特别喜欢用替身这个概念的，用了不止一次。我觉得"替身"是一个永恒的主题，因为人总是和自己形成某种扮演关系，面具也好，白日梦也好，对重塑自我的渴望也好，它是我们存在的基本形式之一。我拍《制服》的时候也特别迷恋这种扮演关系，让一个裁缝给自己找了个警察的替身，就好像我们有时候需要通过谎言或虚幻的途径才能抵达事情的真相。我觉得我以后还会涉及这个议题，它太有意思了，像一场自我的放逐和冒险。我觉得戏剧、小说、电影对这种人物的扮演关系始终情有独钟，常写常新。

双：这里头可也涉及什么是真正的自我的问题，如果一个人可以被另一个人代替，那"自我"又是什么？

刁：海史密斯不一样的地方是她很轻巧地去处理邪恶，男主人公有时候让你觉得很调皮可爱，一个女性作者，她处理一个恶男，让他显得很调皮，这是一种什么心理？她写得游刃有余，得心应手，他是自己的替身吗？我觉得她是个比较开放的作者，开放在于她选择这种低眉的通俗题材，赋予它复杂性。她同时也是个封闭的作者，视野也就停留在犯罪事件上，从这个角度说，她是类型小说写手，也是严肃的犯罪小说作家。

双：你的意思是说她没有批判性地去塑造一个恶的角色？

刁：如果是我可能会想办法加进去一些批判性，加不好也许就显得很傻，但是加好了可能会有助于大家更轻松地去找到一个理解的支点。但这也许是海史密斯最为不同的地方，她让读者和罪犯在一起，侦探很晚才出现。之前很少有人这么处理，当你和罪犯融为一体时，正邪好像失控了。所以我可能还是希望世界有秩序些比较好，很难以凶手的视角来展开。

虽然我们反对阐释,但作品不能连个扶手都没有,有了这个你才能再认识它、玩味它、想象它,我觉得这也许是一个技巧问题,是你夹带进作品里去的一个基因、片段,把它注入进去就可以了。就像我们看《龙文身的女孩》一样,里面那些恶人,你看作者给他们赋予的身份都是像纳粹、瑞典的极右政党分子之类的。其实不加这些他们也是恶人,也没有任何问题,但加进去是一个技巧问题,这个技巧可能跟发行有关,也可能跟大众的认识有关。说白了,它也是创作者的策略,加到里面不妨碍整个作品的叙事,因为它好就好在没有说这些人只杀犹太人,只是说他们的纳粹背景,但是这些人就是恶人,什么样的女性都杀,特别是那些生活在边缘的女性。这样处理就稍微把它平衡了一点。如果说这些人只杀犹太人就窄了,对吧?所以他在很谨慎地做平衡处理。我们有时候写得一上头,就不想要这个背景。我为什么要写那么一个背景,阐释意味多浓呀,多政治正确啊。但其实仔细想一想,这除了是技巧,也是对生活的介入。无论在欧洲或者西方世界,极右势力已经不是抬头的问题,而是就在他们的生活里，就在他们的朋友中。各种形式的暴力每天都在发生，但我们这边的感受可能没那么迫切。所以技巧和策略也不是无机的。

双：《天才雷普利》是不是相对古典的一套方法？最近十年这种东西不太成立了。

刁：是的，现在当然也有，但是从犯罪小说的角度来讲，我没有记错的话，之前很早就有了，这是个古典形式，从戏剧中的面具表演就开始了。好像《一千零一夜》里就有，包括史蒂文森的一个商业小说叫《错箱记》，我印象里就写了一个身份替代的故事，一个人出车祸死了，有个人代替这个死了的人去领遗产，挺喜剧、挺啼笑皆非的。我觉得《化身博士》他也是当商业小说在写，但最后就进入文学史，成了一个坐标，但它也算类型小说——科幻恐怖小说。除了原创的想象力外，史蒂文森运用的文体把《化身博士》整体拔高了，它不以线性时间来讲这个故事，而是通过追忆，通过信件的转述，好像回忆里面还套着回忆，信件里面还套着信件，这一下就不一样了，有一种超越了时间性的距离感、抽象感。《金银岛》相对老实，是冒险加儿童小说，我是当儿童文学看的，那个时候翻译得也好，真优雅，文字简洁极了。冒险小说曾经非常流行，航海时代人们对未知的恐惧和好奇，全都体现在这本书里了。现在这一切转向太空了。本格推理也转向变格推理，没有那么封闭了，更多开始讲述犯罪故事、警察故事，更多展现冒险的行动而非侦探解谜时滔滔不绝的讲述。可以说，推理小说渐渐被犯罪小说取代了。

双：你跟我提过好几次《金银岛》，我一直没看，今年看的，太好看了。就像你说的，他不知不觉会把人物写得相当复杂，里边的坏人，那个瘸子，非常复杂，最后也没有死，还跟着船回去了，那个人物很有意思。

刁：对，史蒂文森是一个写通俗小说或者类型小说的顶尖高手，而且文学性很强，是以纯文学为本的，他语言太紧密了，没有让人看不下去的废话。中文版翻译得也好。他很注重情节和故事，当然人物也厉害，他还有一个写自杀俱乐部的恐怖小说，一帮人隔一段时间聚在一起讨论谁该死掉，而主人公误入其中，这个被后来的电影用过不止一次。他就用自己写小说挣来的钱四处旅行。他老婆比他大，特别照顾他。但他的小说真不需要谁照顾，毫无文艺腔，雅俗共赏，平趣。

双：他的小说稍微需要点时间进入，中译本也比较古朴一点，包括他的叙事，可一旦看进去就不能自拔了。

门罗和莫迪亚诺

双：我们来说说门罗，《好女人的爱情》。你说最早是从《世界文学》上看到这个小说，那时候你是不是经常阅读这个杂志？

刁：也不是经常阅读，只是因为订了杂志，来了就看。其实当时拍电影进入了一个瓶颈期，那时拍完《制服》了，发行的反应不太好，国内没有上映。即使在国外，发行的情况也很重要，当时我们只能在欧洲做一些小范围的放映，发行了两版DVD，在美国的一些博物馆和大学进行巡回放映。

双：《制服》当时已经得过一些影展的奖项了。

刁：但是从我个人来讲，没有进入到发行体系就等于是缺失了。关于故事的讲法，观众的反应，那时候给我的反馈是不够的。只能听到发行公司回绝的原因，比如表现力度不够这样的说法。我觉得是自己太含蓄了，因为这样拍比较安全，好把握。我自己反思觉得是过于拘泥于某种美学原则，过于去模仿某种静水深流和克制的表达手法，这些手法不是不好，但在那个时期，人们期待从中国电影里看到不同的东西，对这些有点审美疲劳了。

双：可以概括地说他们认为不够类型吗？

刁：也不是。接着刚才的反思，就是没有解放自己，没有按照你最本能的喜好去拍。每个发行公司每年都会接触很多不同的电影，如果好，都可以发行，不是类型不类型的问题。他们给我的反馈就是这样。我理解过来，把它消化以后，就是我没有放开和解放自己，只是从理论的角度去紧紧跟随自己喜欢的美学原则和理论，有时也跟随评论的潮流。但是放开拍就要承担风险，弄不好就成了洒狗血，这需要掌握更多技能，也需要更多的资金。

双：当时你自己也是这么觉得的？

刁：我自己也是这么觉得，因为我在拍摄的过程当中，包括写剧本的过程当中，脑子里往往会伴随着这种思维。后来有了这样的反馈以后，我才明白，实际上应该完全按照自己的本性去拍电影，这是一个根本原则。但是怎样把我喜欢的、小时候听到的这些鬼故事、破案故事、我们都会为它在某一个夏天夜晚不能入眠的那种故事，转移到我当下创作的电影里面，我不一定能找到那个把手和很快的进入方式，那时候就突然看到了门罗的《好女人的爱情》。

双：那时候叫《善良女子的爱》，是吧？

刁：是的，现在叫《好女人的爱情》，这个译名更好。《善良女子的爱》有点抒情了。我那时候在某一天无意中看到了这篇小说，就很认真地开始看，一下子就看完了。当时我还不知道作者是什么人，那时候门罗还没有获诺奖，在国内也还没被引进。看完了就觉得作者厉害，赶紧再看一遍。就觉得自己突然找到了某种方式，这篇小说的内容和形式给了我启发：这些非常具体精准的生活细节和感受，这些带着诗意的日常，这些普通而内心无比幽深的人物，怎样和一个悚动故事结合在一起，同时又不丢失文学的况味。它在门罗的小说里也像一块天外来石，完美得可遇不可求。很奇妙地，它也带着类型小说的元素。门罗的小说，特别是《好女人的爱情》，确实给了我巨大的启发，之后几年再找这个人的作品就找不到了。

双：她某种程度上改变了你的一些想法。

刁：是的，改变了想法。就是说你怎么去很文学、很电影地，用符合你所谓的精英趣味和美学原则，以及对生活和人的敏感，甚至包括你对通俗叙事的蔑视，以这一系列为前提，去讲一个通俗的、低眉的、取悦读者和观众的故事，把它讲得引人入胜，同时带来感动或思考，且具有自己鲜明的风格。门罗在那个小说里面就显示出了这样的笔力。

另一个给我这样启发的人就是莫迪亚诺，也是我特别早的时候读的他的一部薄薄的小说，《八月的星期天》。这部小说也给了我同样的启发。莫迪亚诺最强大的地方，是对气氛、气味的那种捕捉，对一种现实的幽深的探寻，现实的梦境感在他那里可能是记忆的废墟，然后慢慢地就进入一个特别恐怖的事件，而且是完全在日常中的事件。莫迪亚诺作品所有的悬疑就来自生活本身，这是他厉害的地方。

我甚至觉得《暗店街》里那种通过照片去探寻人的身份的段落，可能影响了《龙文身的女孩》，因为《龙文身的女孩》里就有从照片开始寻访探秘的桥段，那感觉和《暗店街》有点像。从一个人很久远的一张照片开始，慢慢地和他亲近，再慢慢地探寻过去。只不过莫迪亚诺写得更加有气味，更让你有所触痛，特别是上了年纪后，有记忆的积累了，会感同身受。我现在经过我原来的幼儿园或中学，也会有这种感觉。黄昏的时候经过幼儿园，原来那个坡对我来讲已经没有了，已经变成平的了，但小时候觉得它特别陡。在黄昏的时候，这个城市的一切都发生了改变。死亡这个凶手潜伏在每一个角落，悠闲地和你一起漫步。

双：《龙文身》里破案的关键就是那张照片，照片里有两个人的视线。

刁：对，我看《龙文身》的时候突然想起《暗店街》。《暗店街》也是在探寻很久远的记忆，寻找一个消失的人。

双：这本书我每次拿起来都看不进去，因为那种滑不刺溜的语言，我最近再试试。

刁：不知道是不是翻译的问题。他有些地方非常阴柔。我觉得李玉民译得特别好。

双：对。

刁：但是他的阴柔特别像你沉在一个梦里，不能自拔，而他又用很写实的笔法，不像法国的另一个作家格里耶，新小说。莫迪亚诺不是那种实验的笔法，而是一种特别朴素的叙述，就像门罗一样。莫迪亚诺特别个人，他的小说全是个体的苦恼，跟心灵自传一样，其他环境只是背景而已。和他相比，门罗更像一个社会主义者。

双：社会主义者，为什么？

刁：不是说她的信仰，而是她的小说有点像点状画法，社会面很广，即便是短篇小说，各种人物也会悉数登场，带来不同的社会信息，像一张网，带来一个整体。这个有时候挺考验作者的，怕把叙事耽误了。我还是很喜欢门罗的那种感觉，因为她描摹太精准、太简洁了，确实是手艺好。像《激情》里的两个人，情感那么深，影响了他们一辈子，但仅仅用一个下午就让他们相遇了，没有任何铺垫和隐蔽的酝酿，这个感觉特别布列松，就是强调不期而遇，没有任何设计，自然而然地忽然碰撞到那一点，所以最后生发出来的东西她冠以"激情"两个字。这的确是非理性的、突如其来的。这个短篇里涉及的人物众多，《好女人的爱情》也是，前三分之一主角甚至都没有登场。《激情》里有个重要的细节是这个男人教女孩开了一段车。也不能说拐走，还是有原因的，女孩荡秋千伤了脚，他带她去镇上的医院。当然女性可能更敏感，"拐"这个词说明男人主导了事情。

双：教她开车，然后把她送回去了。送回去以后，这男人继续往下开，掉到桥底下就死了。

刁：送回去以后他们俩进房间之前有一个拥抱，拥抱就是说我们不能在一起，特别有生离死别的感觉。那个男人抱着她的时候不愿意放开，这是她自己的感受。最后她还是进去了，大家回归到一个正常的礼节当中。后来，她听说镇上出车祸了，一个人喝酒开车出车祸死了。它里边没有特别多的心理跌宕，按咱们理解的那种复杂的心理，比如一个蛇蝎美女遇着一个什么中二男，或者是他们俩的婚姻有多么复杂的社会伦理导致的心理上的牵绊，全部都没有。她就写现象，而且她那些现象都是冰山一角，一种拼贴，不给你写全，所有印象都是模糊的东西，要靠读者去猜，给我们的感觉就像事后很久远的追忆。我觉得生活大多数时候都是以这样的面目示人的。

双： 是的。这个小说用了女主人公多年后的回忆视角，女主人公的那次出走，导致了她的未婚夫退婚，本来他能给她一些钱，支持她完成学业，但这些都没有了。女主人后来所过的人生，都受到那次出走的影响，是选择体验"激情"的一种结果。

刁： 我的感觉是这两个人都极其孤独。我觉得能通过激情来写孤独也挺不容易的，就是无法去发展出一种相依为命的关系，只能在一个下午，通过短短几秒钟的身体接触和互相间言语的试探去满足自己，获得慰藉，写得特别惊心动魄。这种东西特别像电影的处理手法，就是表象和简洁，不去设计和铺垫结局，而是让它自然而然地到来，自然而然地散发出气味。这个我也不知道是文学给电影，还是电影给文学带来的东西，特别像布列松的电影给我们的那种感觉。

双： 你说的铺垫结局具体是？

刁： 就像博物馆的展览一样，从入口第一个展品到出口的最后一个展品，所有的这些展品策展者都是有设计的，每个展品本身只做简单的提示，每个人去看，看完出去的时候获得感受，每个人也不会相同，策展者把在脑海中组织整个叙述的权利交给了观众。他只会引导你，但不会给你特别明确的解释：我不是叙述者，只是呈现者。我觉得这样的一个过程表明了某种态度，就是说你要对生活谦虚、谦逊一点，生活那么复杂，我们干吗要通过自己的一个简单的思维去盲目给别人输出一个判断，我甚至觉得那是不道德的。你要鼓动所有人都去恨或者爱一个人，我觉得这就是不道德。不能对世界下非黑即白的判断，甚至不能下判断，那些灰色地带更需要我们去感受。一种精准的模糊。我们最好还是对整体世界呈现出谦卑的姿态。文学也好，电影也好，通过这些方式给大家带来复杂的感受。做呈现者，即使觉得自己拥有真理也不要强加给别人。

双：你没有自己很笃信的一个东西，想要把它告诉别人？

刁：我的信仰是怀疑啊，真是这样的。很多年前你很信的一个东西，到今天可能什么都不是了，难道不是吗？特别是对中国人来讲，就更是这样了。

双：有些作品更偏于呈现，没有一个结论或判断，就是给你一个一个地呈现出来。

刁：对，就是像策展的展品，罗列到这儿，但是有很用心的设计，这种东西是要一点一点地去粗取精，或者是慢慢地摆放它。它不是说没有引导意图，只是说用了另外一种心态，小心翼翼地给你，这也是经过计算的。

双：门罗是不是多少还带有一点结论？有一点判断？

刁：比纳撒尼尔·霍桑可好多了，霍桑的小说就是前90%好极了，后5%给你下一结论，给你一个教义，永远都是这样。包括《威克菲尔德》最后，都有一个结论，这可能是他们那个时代的特点。这个小说影响了后来的一批恐怖小说。

双：《白日焰火》也受到了它的影响？

刁：是的，受到了影响。我为什么喜欢它，因为我恐惧死亡。现在经常说的"社死"其实就有个"死"字，只不过给你留了一口气，但你在社会关系中已经不存在了。而威克菲尔德比"社死"还狠，就是他不仅是社会关系，连亲情关系都斩断了，就剩一个孤独的心脏在跳动，几乎跟死亡一样了。如果你想体会的话，可以试一下。

双：他等于就是在观察一个没有自己的世界。

刁：对，观察一个没有自己的世界，观察一个自己走了以后的世界会是什么样的。

双：你以前讲过在《白日焰火》最开始的一个版本里，梁志军还跟自己的孩子玩了一会儿，是吧？

刁：对，第一稿开头是每年孩子的母亲会收到一封信，没有落款和寄信地址，信里只是表达某个人对她的思念，和一些胡言乱语，这个女人每年会收到这样的信。于是，女人就开始查这封信是谁给她写的，这个孩子也帮着查，后来发现她丈夫还活着，每年给她写一封信，就跟《龙文身的女孩》里寄一朵框在相框里的花一样。

双：所以最开始的版本他们并不是共谋。

刁：对，不是共谋，她都不知道这个男人犯了罪，只是隐隐感觉有一些巨大的隐情。

双：开始版本里也不是女的犯罪？

刁：对，后来我接触到了黑色电影，剧本就发生了改变。

双：听起来在写剧本的过程中发生了好多事。

刁：对，我不停地在改，写这个剧本前后八年，第一稿是八年前写的，中间还穿插着写了《夜车》，肯定会改变很多。

双：开始的时候，其实更多的戏是在这个消失的男人身上，对吗？慢慢地其实才移到女人这边来的。

刁：开始是在孩子和他妈妈身上，因为男人消失了，他不能太早出现。

双：是个多大的孩子？

刁：孩子就七八岁，一二年级的样子。

双：后来电影里孩子怎么没有了呢？

刁：后来我觉得拿孩子来讲故事有点太机巧了，太剥削情感了，还是想把它变成一个成人世界里的事。因为孩子一掺进去就有温情，那种情感的东西特别容易符号化，容易显得廉价。可能这是我的盲点吧，如果以少年的恶作为角度，我可能更感兴趣，就像《布赖顿硬糖》或者《蝇王》那样。

双：黑色电影里不能有孩子？

刁：有一个有，卡罗尔·里德拍的，叫《堕落的偶像》，里面好像是以孩子作主角，但不是主流的黑色电影，也不是他最好的电影。

双：就是在黑色电影里孩子出现也还是得承担犯罪的任务。

刁：包括《男人的争斗》，它里面也可以有孩子，但不是主角。但我觉得《男人的争斗》因为有孩子，稍微有点流于套路。

双：门罗的小说和一般的类型小说，像刚才谈到的海史密斯，你读的时候觉得区别是什么？你在类型文学和在门罗这里汲取的东西肯定不一样，类型文学是不是在故事上给你的启发更多？

刁：我还是更喜欢这种借助类型小说的一些元素来写纯文学的作家，因为类型小说看完就过完瘾了。像本格派，谜底揭开就结束了，没有余韵。有一些写得好的短篇（小说作家），比如柯南·道尔、切斯特顿、克里斯蒂的，这几位即便是写传统的侦探推理小说，留下的一些短篇作品到现在看也是精品中的精品。他们的短篇，因为短反而让你觉得它丰富、有余味。因为短，阅读快感还没有刹住车，从而产生余味。但是像门罗或莫迪亚诺就不一样了。莫迪亚诺我认为他是一个深深地借鉴了悬疑小说的严肃作家，他的东西看完是会击中你很久的。卡尔维诺有时候也会借鉴惊险小说的桥段，他的作品会很长久地留在你心里。不仅是解谜，他们还有别的趣味，无论是好趣味还是坏趣味都会让你觉得有意思，它甚至会影响你看待人、看待生活。

但这些人都不会给你积极的态度，我不是说不积极的态度就是好的态度，而是你可能会因为获取更丰富的感受而少犯错误。积极的时候或激进的时候更容易犯错，往往是这样。但如果你稍微谦卑一点，稍微平视一点，畏葸不前一点，可能会获得更多去欣赏或感受的机会。内心生活永远不要和外在的社会生活全部等同起来，也因此我们才拥有某种个人风格，从吃饭穿衣到头发的颜色，这是我们可以把握的，我觉得这样挺好。当然这也不是什么教诲，完全是我自己的感受。

双：消极让人冷静。

刁：我不觉得这种消极是不好的。

迪伦马特

双：现在我们来谈谈迪伦马特的《承诺》。

刁：《承诺》，它的副标题太狠了，副标题是"侦探小说的终结"。就是说作家写的时候绝对有自我意识，终结侦探小说的意思就是不要再编这些套路，什么样的世界非得给你答案，什么样的世界你一定要获得答案，他现在告诉你，没有。他在这部侦探推理小说里面颠覆了我们寻求答案的欲望，没有答案，世界是不可知的，人是疯狂的、唯心的，我们活在内心的幻象里。侦探没有获得期待的答案，但读者反而获得了真相和某种启示。那个人物，那个在加油站里的疯子，让你知道你应该怎样去面对这个世界。世界是一个建立在我们心中的梦境，这有点像贝克莱的哲学，我们怎样认识它，它就怎样呈现给我们，每个人看到的世界是不一样的。主人公最后就活在自己的世界里，我觉得这部小说就是通过那个人物打动了我们。我们的内心和偶然性本身就是谜一样的深渊，无法破解。

双：他那个谜题设计得也不错。

刁：对，设计得不错，特别生活，不是通过机关让一个玩偶突然走路了那种，因为古典推理很喜欢这种类似魔术的诡计。很多是给你直接弄一假人替身，甚至通过镜子设置不在场证明。迪伦马特的这种就更加结实，这些我觉得都是可遇而不可求的。不光是他，任何人都很难再去复制，重复这种感觉。他写过五六个侦探小说，只有一两个好的，我觉得这个排第一。

双：有很多太说教了。

刁：对，有很多野心太大。野心太大也不行。野心太大了，可能喋喋不休地讨论哲学问题、政治问题；故事和人物很随意，想入非非。

双：所以很奇怪的一点是，我觉得《承诺》是他的侦探小说里最像类型小说的一个，这个写得最老实，其他的东西在形式上有点太藐视类型，他不想掉到那个窠臼里，但恰巧是在窠臼里的这篇最好。

刁：对，最好，而且文体也非常好，是一个回忆式的，语言之老到也很厉害。我印象最深的是他们经常听到在星期天的郊区，有射击的声音，爆豆般的啪啪啪啪的声音。这让我想起70年代我小的时候，在夏天很安静的一个午后就会突然听到这种像炮声或炸山的声音，或者是个音爆，比如空军演习的声音，很空洞，类似这种感受的很多细节他也都捕捉到了。这跟案件一点关系也没有，这就显得他还是个严肃文学作家，能做出些不一样之处。比起海史密斯，他还是更厉害。把类型小说家拿出来和这些所谓严肃文学中的类型玩家比，我还是更喜欢后者，他们就像票友一样，过来客串一下。好像大家觉得类型作家,特别是侦探小说家,是文学里的理科生,特别有智识,有点不服似的。埃科也算一个,《玫瑰的名字》写得那叫一个华美。还有聚斯金德的《香水》,一个连环杀手,最后在巴黎的贫民区被乞丐吃了。这俩小说也都有电影,都还不错。

双:《承诺》确实还是给了谜底的。

刁:对,只不过是很绝望的谜底,对主人公来说没有谜底,因为他不信。

双:这个谜底其实没有传递给主人公,是吧?主人公是没有收到谜底的,因为他意识已经模糊了。

刁:还在那儿等着。努力不一定成功啊。

双:有一点病态的执着。《承诺》这个小说有很多细节很奇怪,我现在回想起来。主人公一开始要去约旦,很怪异。迪伦马特有很多异质化的东西,很奇异。他在处理细节上也很硬,到机场的时候看到一帮孩子走来。

刁:这个细节好,因为凶手也是杀了一些孩子。

双:他就没走,决定留下来。这个东西就很电影,是一个视觉引发了你的一个愧疚,啪,打到你了。

刁:如果没写这些孩子的话,往往就会处理成一个个体去解决自己心结的问题，对吧？也能说得过去，因为他的职业是这样，但孩子就精妙太多。

他前面还铺垫了一些细节，这个主人公有一个嗜好——住旅馆，也不租房子，就住廉价旅馆。所以说他这个人有一些疯狂的东西，你想想谁没事一直住旅馆，就算租个房子也正常点。

双：对，前面描述这个人并不是一个容易许下承诺的人。

刁：他是有疯狂的理性的人。

双：是的，他的形象是一种疯狂的理性。包括迪伦马特写的《物理学家》或者《老妇还乡》，他其实对理性有一种嘲讽。你看这个人物这么理性，最后掉到了一个非常偏执的状态，理性走到了一个终点，走到一个非常极端的时候，他变得非常不理性，最后成了一个最感性的人。

刁：对。世界是难以用理性把握的，有上帝存在。我记得科恩兄弟的《巴顿·芬克》有一年横扫戛纳，得了很多奖，那年的评委会主席是波兰斯基。记者采访他，说你为什么这么任性给一部电影这么多奖，他说因为他是一个不可知论者，就像那部电影表达的那样，他太喜欢了。我觉得很多怪诞文学也是以此为出发点的。

帕慕克与《我的名字叫红》

刁：还有一个借鉴侦探小说的严肃作家，帕慕克，他的《我的名字叫红》，很类型。包括它的结构，鹳鸟、橄榄、蝴蝶这三个徒弟，不同的声音，还有颜色，都可以成为叙事者。我觉得形式上很实验。徒弟的师父奥斯曼，还有主人公黑一起查这三个徒弟，谁是凶手，杀害了那个细密画家。杀人的动机是什么？动机是他们的绘画颠覆了真主安拉的画法，安拉的画法就是没有透视法，他们学了威尼斯画派有透视、有阴影的画法，这是不可以的，这是西方的东西，我们要用安拉的眼光看待这个世界，没有阴影，没有透视。就是因为这个争端，所以起了杀机。这个立意很厉害，因为土耳其就在欧亚大陆之间，永远纠结在这个问题上、在这地方拧巴，这是我觉得他厉害的地方。

这个作品的谜是画里的一匹马。被害的细密画师身上搜出来一张粗纸，上面画着一匹蒙古马，这匹马是个裂鼻马，他们就在苏丹的宝库里查遍了所有的画，看看哪一匹马是裂鼻的。因为蒙古马要把马的鼻子剪开，方便它奔跑的时候顺利呼吸。他全部心思就在怎么找到这匹裂鼻马，看它影响了哪个徒弟。完全是在进行一种内容和风格上的探索，而这个小说也完全是在讲风格的问题。说发自内心的错误就是你的风格，如果你不是因为能力和表现力而出现错误，是某种习惯带来的瑕疵，它就是你自己的风格。

双： 而这一些风格就露出了破绽。

刁： 对，他们从头就是在找，是谁运用风格而露出了破绽，就是通过这匹裂鼻马找到了。找到了以后他还翻了一番，是某一个徒弟画了裂鼻马，但是凶手是另外一个徒弟，我记不太清了，但有这个插曲。

双： 这个小说我还是在人大念书时候看的，看得一头雾水，里边的信息很多。

刁： 对，得看两遍，我第一遍也是看得晕晕乎乎的。它这个谜只是给你一个虚虚乎乎的解决框架和路径，没有像本格那么严丝合缝，其实到最后你看到更多的是关于风格的阐释，包括那些绘画美学层面的东西，他的野心就是讲东西方文明的对峙，这是帕慕克想表达的。

双： 包括时代的进步。

刁：对，他这里边也有身份的问题，黑喜欢的女孩的丈夫去打仗，很多年没回来，都认为他死了。黑从小就喜欢这女孩，就说你丈夫已经死了，你就跟我在一起吧。但是女孩说我丈夫死了，那需要找阿訇、找法庭来判定我丈夫死了，等于事实上解除婚姻了，我才能嫁给你。后来好像她丈夫回来了，还是说在回来、在路上，有这么一个桥段。反正这个小说所有的东西，我读的时候觉得完全不像类型小说那么严丝合缝，你如果要过这一方面的瘾，绝对会大失所望。但是你如果要看更丰富的东西，那可太多了，他甚至可以让一个红颜色说话，让一棵树说话，让一个尸体也说话。我当时就觉得让尸体说话太厉害了。

双：让尸体说话什么时候可以用一下。

刁：不好用，拍《白日焰火》的时候我曾经想用但没成功。

双：你想怎么用？

刁：我就想卡车上的手，那个断肢，我想拍它的视点看到的东西，我拍了很多天空，手看到了烟囱和天空，手从车上翻下来好像我也拍了，也是它的视点，还有好多其他的。但后期剪的时候就不敢用了,你在这儿没事盘桓了半天,盘桓这么久,你想要干吗?叙事也不往前推进。文学可以慢慢地、一点点地娓娓道来,但电影里边最多把马牵到楼道里就可以了,不敢节外生枝太多。电影永远让你得贴着故事这个东西走,你要那么玩不是不可以,但你就是另外的实验的东西了。

双: 那马牵到楼道里当时是怎么回事?

刁: 没什么,就是来了一下。所以说文学对导演或者对电影的帮助确实是非常大,会刺激你,用作家的视点刺激你。比如帕慕克争论的透视和阴影的问题,我觉得好的东西确实不应该有透视和阴影,说白了就是不能太写实。你看梵高的画哪有透视。

双: 你不喜欢透视?

刁: 太写实了呀,都真真的,远的东西就画小点,近的东西画大点,拿尺子量。

双: 那电影一拍就会产生某种透视呀。

刁: 电影也有很多平面的东西,像德莱叶就是平面的、装饰画式的。王家卫和布列松也很二维,就是大量舍弃景深。即便是有景深,也是把它框在第二画框里。像安东尼奥尼,他会在纵深开一个门缝，然后那个女人就站在那个门缝里，它有一些巧思的，不会漫无目的地把纵深全都给你，纵深不是说不可以有，就看你怎么去调用。《我的名字叫红》里所反对的威尼斯画派，就是太写实了。所以说梵高为什么画出来了，他深受东方画的影响，你看他的《向日葵》或《杜比尼花园》，哪有阴影哪有大小对比，他的透视全是很奇怪的，像装饰画一样，都挤在一个平面里；或者说像喝醉了的人眼里的世界，没有光，没有阴影。我觉得阴影就象征着时间，他把这些东西都拿掉了，就给你永恒的东西，心灵的东西，这就是他厉害的地方。梵高确实在改变画风之前临摹了一批东方绘画。

博尔赫斯

双：博尔赫斯是不是也算借鉴类型文学的大作家？

刁：博尔赫斯最逗的就是侦探小说史没把他写进去，他去跟人家理论，后来人家二版的时候把他写进去了，排到一个很边缘的位置。你说博尔赫斯争这名分干吗？边缘位置给他排了两个小说，一个是《小径分岔的花园》，一个是《死亡与指南针》。《死亡与指南针》是很厉害的推理小说，写的是一个连环杀人案，一个接一个地杀，抛尸的地点最后画成了一个等边三角形，破案的警察就靠自己的推理和想象力判断，下一次案发地点一定又是一个等边三角形，最后形成一个正方形，警察就直接找到了下一个地点。匪徒还真的就在那儿等着他，说我们算到你会来这儿。博尔赫斯的叙述确实好，侦探进入到偏僻荒原的那个过程写得真好，他最后进入废墟被打死的那一瞬间也写得很好。

双：最后警察被打死了，被诱击了。

刁：被诱击了，而且匪徒也利用了这一点，我就给你设计这个推理，料定你也会推到这儿。这就是博尔赫斯闹了半天，最后入围的两篇。他看了很多类型小说，最喜欢切斯特顿，喜欢斯威夫特的《格列佛游记》，主人公跑到了大人国小人国，那个也挺厉害，最后到了一个慧骃国，慧骃国里全是马统治人，马聊天马说话，那个想象力也挺厉害。

双：小说比较容易实现超现实的东西，包括我们所说的魔幻现实主义。但是电影呈现起来，是不是有更大的难度？就像刚刚说的手的例子，一旦做的话会漫溢出去很多？

刁：电影其实你把慧骃国拍出来也很棒，这个可以拍，因为影像可以实现。马的交流，马的眼神，当然还有一个人。只是它和我们的日常经验相去太远，这是一个问题，他只是满足了文学家或导演精神上和思想上的浪漫诉求，但是容易疏离，无法和今天共情。因为现在的电影也好，文学也好，越来越强调通俗、好看。《龙文身的女孩》就很强调这些，书中的女孩能让很多现在的"00后"产生共情，是因为这个人物设置得就很日常、草根，同时又边缘又个性，酷酷的，包括它涉及多维的议题。所以这一点我觉得以前的人不会这么去想，可能因为他们没有今天这么发达的商业环境，没有形成这种商业性，现在的世界不仅仅是商业社会，也是所谓的后现代社会，现代主义主导的精英文化式微，阶级和意识形态的对立已经被性别、身份、种族以及性取向、公共福利政策、地缘政治斗争等议题取代或复杂化，不像以前那么敌我分明了。一个资本家可能为性别或性问题困扰和斗争，一个种族主义者可能是受剥削的劳工。这个我也说不好,感觉电影以它的工业属性来讲,普通群众特别需要它展现流行文化、通俗艺术的魅力,对任何一个消费电影工业产品的观众来说,需要获得个体的白日梦和精神的提升。但是当电影仅仅作为艺术的时候,个人表达就排在了首位,可是,如今也很难找到将两者完全划分开来的导演了。那些纯粹的、充满个人化的艺术电影,就像你说的小说中的超现实的、魔幻的东西,在这种艺术电影中仍旧可以百分之百地获得移植,因为这种艺术电影可以让观念成为叙事动力,也可以让抒情成为叙事动力,而不一定非得是故事或人物。它的价值更多的是在专业的艺术理论领域,可能潜移默化地影响工业电影的形式和语汇。

电影越来越需要类型了吗?

双:你觉得现在的中国电影是不是变得越来越类型了,越来越需要类型的元素了?

刁:最近一段时间是有这样的潮流,就是大家在类型里玩,在一个通俗的类型框架里做一些自我表达。也不是说最近吧,其实也有很多年了。有人说这也是一种美学原则或策略，包括新好莱坞都是在既定的类型里去玩一些变奏，这个"玩"的意思就是表达某种美学的观点，像我们刚才聊的《我的名字叫红》也好，或者是迪伦马特的《承诺》也好，他们其实也都是在类型小说里玩。他们先找到了一个类型，你不是有这种套路吗，很流行、很商业，我就跟你玩一把，合作一下，重构你，或者揍你一拳，还颠覆你，形成某种反类型的作品。很多严肃作家都有这种侦探情结。我觉得很有可能就是侦探的形象太像一个孤独的知识分子了，大部分侦探都愤世嫉俗，有些怪趣味。但这些作家不会持续玩类型，这在他们的整个作品序列里占很小的比例。

严肃作家为何借鉴类型，如何借鉴类型

双：这么看这几个严肃作家选择的类型大多是侦探小说。

刁：侦探或者犯罪冒险吧。

双：有没有借鉴其他类型小说的例子？

刁：麦克尤恩也从类型小说里借鉴了很多东西，像他的《只爱陌生人》就是一个恐怖小说类型，把那个男人最后诱拐了。他这一支又能追溯到莫迪亚

诺的《八月的星期天》，也是这个路子，但是结构和写法有区别。

双：你觉得《狼厅》算类型小说吗？

刁：算，我觉得是个历史小说，历史小说也属于类型吧，之前有司各特，非常好看。《狼厅》我开始看时总想把它往黑帮小说上归类，但它没往那条路走。因为黑帮小说和黑帮电影的鼻祖应该算是莎士比亚，以及他前后的一批英国剧作家，他们都在写宫廷帮派斗争，那时候甚至诞生了一种戏剧类型，叫复仇剧，《哈姆雷特》就是其中之一。我觉得莎士比亚带有黑色韵味的犯罪戏剧，影响了一批帮派小说和黑帮电影，确实是这样。你想想英国戏剧最辉煌的时候流行的就是这种特别通俗，但是又文采飞扬的作品，像莎士比亚，他的文思和诗情确实是那批剧作家里最厉害的，讲故事的能力也是超群，黑泽明对他的搬用最成功。后来狄更斯特别想把他的小说写成这种又类型又严肃的雅俗共赏的文学，他是在往这方向走的，但成了多少不好评说，谁接棒我也不是很清楚。（但是狄更斯绝对是往这个方向走。）

双：是的,就像你前面说的,现在的严肃作家要用一种"玩"的方式来借鉴类型文学,邀请类型与自己跳一支舞,而不是严肃地去借鉴,真的把它们当成学习的对象,尽管它们可能非常出色。

刁：对,我觉得像帕慕克就是这样,他的诉求太明显了,内心的争斗可以在小说里看出来,表现出来的就是挣扎,但挣扎留下的痕迹很可能就是一种风格、断裂、对光滑叙事的反叛或依顺。《红》里能看到这种挣扎,类型和严肃对打,今天你赢明天他赢,而且使的都是语不惊人死不休的大招,互相制约平衡。真的很辛苦啊。所以我觉得创作中的挣扎一点也不是坏事,当然笃信也不是坏事。但是每一个人的时代不一样,玩法也不一样,类型和艺术的占比也不一样。帕慕克获诺奖是快二十多年前的事了,小说成书更早。现在你不能拿那个时候比,现在我觉得是更加通俗,故事、类型比例会更多一些。

双：《局外人》里类型的比例如何?

刁：它有犯罪小说的东西,但犯罪这部分在里边最多只占5%,就算加上替邻居打抱不平的那段。它这个类型占比低了一些,几乎没有,也没在这方面玩一把的想法。放到现在这个时代，我觉得至少得一半一半才行。找到类型其实就是找到约束，这样反而好写了。没给你约束，你真的不知道自由是什么。我理解的找类型的人的心理，或者从我自身的创作来讲，其实是获得了某种资源，因为有约束你才能找到自由，没有约束什么都能写，生活中这也可以写那也可以写，反而不好统合了。我觉得包括陀思妥耶夫斯基都是犯罪小说的先驱，你看他哪一个作品不是犯罪的篇幅占很大的比重？而陀思妥耶夫斯基自认为对他影响最大的一个作家是德国的霍夫曼，霍夫曼在德国的地位仅次于歌德和席勒，是写怪诞小说的。文学史上第一部全须全尾的侦探小说是出自他手的《斯居戴里小姐》。他还有一部《魔鬼的迷魂汤》，我记得也是写连环杀手的，那里的替身运用写得眼花缭乱，一不小心读的人就迷失了。

某一类型的衰落

双：是不是类型小说写着写着在某个时代、某个时期就会进入一个高峰和终结？比如说武侠小说在中国似乎就写尽了、终结了，这可能也是和严肃文学的一个区别，就是类型小说在某个时期的发展会从高峰走向一个结束。

刁：武侠小说比较特殊，它在文学里边终结了，但不一定会在电影里终结。我觉得在文学里终结是因为它从文字上不能给读者更多的想象空间了，因为人们看到了电脑，看到了手机，ChatGPT都出来了，那些天马行空的东西都可以被其他的想象力替代了，所以武侠的东西就不再能激发幻想了。但电影从影像上呈现出来以后，可能还会形成奇观，当然武侠电影我觉得也是随着这个势衰了，随着小说对大家影响的减弱，武侠电影也在衰落。即便这样，我还是在《南方车站的聚会》里向武侠致敬了，还是觉得它有一种属于人的身体的美，一种人的动作的形式，就像京剧里的那些动作，有一种形式的美感。

武侠片整体式微我觉得也是合理的，因为社会生活发生了改变。就像女性力量现在为什么在变强？女性为什么也要主张自己？因为劳动关系改变了。她们不用天天在工厂里上班。现在都是电脑，劳动分工变化了，在劳动技能上，女人可能比男人掌握得更好，我们不需要你们养活了，甚至反过来。所以女性当然也要有发言权了，对不对？因为这些东西改变，其他自然也就变了，我是这么理解的，当然事情从来都是复杂的，但是直接切入，你也可以这么想，这是女性获得经济独立的宣言。

双：但是我觉得好像后来新媒体新科技的崛起还是晚于武侠小说的衰落，武侠小说的衰亡更像是一个自然过程。

刀：当然不是一刀切，突然就全没有了，比起六七十年代，还是慢慢在下坠，是个叠化的过程。似乎都是开始于工具的改变，因此我们的处境和思想也改变了。人们对武侠的需求没有了，对它的想象没有那么旺盛了。之后替代的可能就是科幻了，一个小舱室已经带着人们要往月球上飞了，你还非得飞檐走壁，就不好使了。我们现在要到月球、太空、宇宙去，所以科幻片成了潮流。你看菲利普·迪克的那些科幻小说对柯南伯格的影响，这后面似乎也有医药化学进步的影子以及对它的焦虑。

双：其实武侠小说最后的辉煌，就是从20世纪初的还珠楼主到70年代的金庸，也就这六七十年的时间。这六七十年正是中国社会从一个蒙昧的状态开始转变的时期。

刁：而且你看武侠都是父权。女性当个摆设，供男性凝视，之前的武侠大部分都是这样。

双：因为武侠有一个固定的设定，必须得发生在冷兵器时期，冷兵器时期就是宗法社会，女性就是这样，她没有办法。但是我觉得你刚才提醒了一点，就是武侠小说还必须得发生在一个科技要发达但还没发达的时期。技术如果特别不发达，武侠小说也不存在，比如在18世纪，中国也没有武侠小说，大家也不看这些东西，志怪小说可能有，但是你印刷水平不够，这种市民阶级喜欢的东西可能无法变得特别流行。但科技发展之后，这种东西又没有那么好看了。

那你觉得黑色电影走向衰弱，跟女性主义的崛起，性别的权力关系发生变化，有重要关系吗？

刁：这是其中一个原因，但是很多导演包括希区柯克，他会在电影里面打破这种父权的关系，他会让女性出来去主张很多东西。像《艳贼》这样的作品，他就写这个女人被父亲强暴了，后面简直是对父权社会的控诉。还有波兰斯基的《唐人街》，这种导演会反思电影里对女性的认识，我觉得这也是其中的变奏，其实很多好的黑色电影都是变奏，早期的当然是没有。有时候男性看待女性，觉得她的魅力就在于她的神秘，就像有人形容丽塔·海华斯表演出来的那种冷静的淫荡，男性甚至痴迷于女性可以不动声色地背叛他。有时候真是这样子，冒险心理驱动他去探寻女性身上的阴暗面，这简直成了男性角色的原罪。

推荐的类型作家

双：这些类型小说里，你最喜欢哪个作家或者作品？

刁：没有"最"，没评判过。其实前面提到的都算喜欢吧。比如柯南·道尔早期的几个短篇，福尔摩斯复活以后的短篇就一般了。可能因为到了20世纪作者还让侦探生活在19世纪，太老旧了。还有切斯特顿，太多的商业电影都在用切斯特顿的东西，翻来覆去地用。

双：是《布朗神父》吗？

刁：《布朗神父探案集》里边有一系列短篇，有些特别好。我印象特别深的是有一个谋杀案，主人公把他的同事杀了，他们是军队的，荒郊野岭没法藏尸体，他就下令发动了一次冲锋，两军发生了一场战斗，把这具尸体就当成在这场战斗里战死的，用数百人的死来掩盖他的罪行。不能说太多了，剧透是大忌。

双：这个象征意义非常好。

刁：像一个黑泽明的电影。

双：可能比黑泽明的电影更精巧，因为黑泽明用的不是智商，切斯特顿这个里面有很狡猾的东西。你是不是没有那么喜欢钱德勒？还是你觉得也不错？

刁：钱德勒、哈米特都不错，都是那段时期类型小说的好手。把他们放在当时看，我觉得他们还是有开山之功，虽然情节设置上不如今天这么凶狠，但底蕴和情怀还是挺迷人的，根子很正。保罗·奥斯特也不错，奥斯特是一个怪咖。

新小说

双：你曾在一个讲座里提到，存在主义的文学对你影响很大，包括你刚才提到的格里耶，还有其他法国新小说，在一段时间里都影响过你。但是它们可能很难给今天的电影提供故事了，你现在阅读那些小说吗？

刁：也没有那么清晰地说我现在就不看现代主义的东西了，其实现代主义也慢慢地把它的遗产留到后边的文学里了，好的东西也都被吸收借鉴了，所以不存在跟现代主义的东西告别了这种说法，我觉得。

电影的虚实、风格及其他

双：你觉得现在艺术电影的生存状况是怎样的？

刁：艺术电影的生存当然不容易，戛纳现在都是找工业和艺术结合的片子，你要纯玩艺术电影可能会进"一种关注"。当然有例外，被它认证的嫡系导演还是会有机会。

双：伯格曼再生也不好使了。

刁：时代变了，这个确实是不行，没办法。

双：只能是跟着大势走吗？

刁：也不全是，这个你想跟也不一定能跟上，你想弄个通俗的作品，哪那么容易，工业加艺术，也不是那么容易的。我觉得好的商业片绝对要门槛，《七武士》《疤面人》《盗火线》《星球大战》《眼线》《情枭的黎明》一大堆，太难跟上了。我们过去都是这种概念，拍现实主义的、温情有力量的电影，但是后来觉得电影不应该全这样，资讯一发达，发现电影有那么多样貌，太丰富了，伊朗电影——曾经有一段时间迷恋过——只是沧海一粟。

双：你刚刚在说现实主义的问题，在文学里面我觉得虚实还是比较好转化的，因为作家可以调控的东西还是更多一点。但电影有时候很难，比如说像《南方车站的聚会》，当你决定特别实地去呈现这个街区的时候，那其中虚的程度和它的配比，怎么去调配、平衡？比如说里面还能不能出现一个过道里的马或者是其他什么东西？虚实平衡的问题在电影里会不会比在小说里困难一些，你有这个感觉吗？

刁：有这个感觉。对我来讲，我是一直把电影里面的一些场景和情节，不管是在《南方车站的聚会》里，还是《白日焰火》里，尽量当成一场梦。但想想挺可笑的，因为他们说电影就是梦啊！但以前对我来说这不过就是一个形容、一个比喻。后来我真的留心了，回想自己做的梦，虽然梦到的是很实的东西，但梦里有很异质的元素，比如说在一条街上发生的事情，只有这几个当事人，没有群众，不会有社会面的信息。之后，再联想到《阿飞正传》也是这样的，大量夜景，就那么几个人物，香港在哪里？后来我勘景、拍摄的时候，就用这个原则给自己打底，没群众演员也不怕了。就只要这几个人物在场，把写实的东西从梦的角度剥离掉了，电影是梦呀，我就这样拍了，你不能说这不真实，有时候大街上就是没人呀。再不然我就拍夜景了，你看不到白天那么多人，白天很现实很驳杂的信息，全都被夜晚笼罩住了，你的光就照亮你需要看见的东西、看见的那几个人，就像我的梦境一样，我最后的理解就是这样子的。

双：但是《南方车站的聚会》还是会比《白日焰火》要实一些，这是你的一个选择吗？

刁：我是觉得它实归实，但是它还是梦，还是有异质的东西，比如说跳广场舞，那么多人周围的搭配、景都很实，但是他们穿的那些闪光鞋就很异质，观众第一次看可能会觉得非常奇异，那就够了。然后过一会儿又发生枪战，又有一个爆米花响，就是在这之间让你真假虚实莫辨，我觉得就像很多绘画的东西，我在造型和写意之间寻求这种平衡。

双：关于你这几部电影的虚与实，你怎么看？

刁：我没有想过这个东西，我觉得《制服》挺实的呀。

《南方车站的聚会》里两个人在车站的雨夜，包括小偷大会，还有什么断头，我觉得都是很梦幻的。《制服》是很实的，《南方车站的聚会》你如果说实，就是它里面的一些场面更加复杂，元素更多。

双： 所以我在想你肯定要平衡二者，你的电影里本身就有很抽象的东西，你想要把它变成一个更抽象的东西，然后很多时候你又要介入到社会议题里，它要表现出与很实的东西之间的平衡。

刁： 平衡。没错。这可能是更高级的要求，如果要人记住，你得靠鲜明的风格，一股锐气，一般头几部作品会这样。得到某种认可后，就追求平衡，隐藏风格的欲望就会随之而来，我觉得这是因为你想让自己的作品被更多的人看到，同时还希望评论依然为你喝彩。你内心的格局也因此不会只停留在自我的层面上，可能希望对当下具体的问题发出声音，一种道德上的紧迫感在驱使你，引起话题。对社会议题的讨论似乎让作品更容易被理解和接受，阐释也更有的放矢。但事情变简单了还是变肤浅了？《好女人的爱情》《暗店街》有什么社会议题？这方面它们一点也不时髦，尽管在那个年代，西方有很多可以放入作品中的社会议题。《迷魂记》有什么社会议题？它是影史上少数几部堪称优美的作品。这些作品可以进入我的"最爱"行列。有时候社会性元素的使用，会让作品产生即时的效应，甚至奖项的认可。但永恒的东西是日常生活里的生死哀乐，社会议题有时代的差异，如果把赌注全部压在对差异的展现和开掘上，作品会不会成为过眼烟云？当然，电影里有一个类型叫作社会问题剧，我一时想不起来这个类型里的佳作。经得住时间考验的、平衡到完美的作品从我的阅读和看片经验来讲，绝对都是以展现永恒的日常为主的。一些讨论当下社会议题的尖锐之作，历经时间的淘洗后大部分反而失去了魅力。我们可以做一个小实验，看看《奇遇》和《悲情三角》谁走得更远，两部作品我都喜欢。《奇遇》已经走了六十多年了吧。

双：《南方车站的聚会》有一个小细节是，里面出现了一件奢侈品牌的衣服（警察穿了一件印有范思哲Logo的T恤），其实这个在你的电影里挺少见的，因为你的电影里从来不会出现奢侈品牌。

刁：在那个空间里出现就很梦幻，如果说在巴黎的街头就没什么意思，因为在野鹅塘里的这些鱼龙混杂的人身上，出现一个当前国际前沿的设计师品牌，就很有张力。我觉得你要写虚的话，其实是先要好好写实，我一直是这么理解的。就是说不能因为我要写虚的，就全部都玩虚的，那绝对不行。反而是要把这根写实的钉子先给好好地钉住了。我不知道我传达得准不准确，我觉得写虚的时候一定是要有实的东西支持，那才高级，就跟咱们看《等待戈多》一样，看上去挺荒诞的，其实非常实，就是两个流浪汉在那儿，一会儿鞋带系不住了，一会儿又想起什么别的来了，一会儿要上吊，一会儿又生活，全是实的，而且他是当成一个流浪汉喜剧在处理。但是他厉害的地方就是通过极其简单的这种陌生化处理，把这个虚的和荒诞的东西给表达出来了。当然，用粗俗喜剧表达怪诞和悲伤是欧洲戏剧的一种传统。

回到电影上，因为电影不可能玩虚的，你拍到的东西就是时代，来自这个世界，但为什么有时候看到来自这个世界的很实的东西又给弄虚了？因为你滤掉了很多杂质和社会信息，把它变成了近似梦境的东西。但话又说回来了，当你拍很多事物、很多人的时候，也让人感觉很梦幻。

比如安东尼奥尼的《奇遇》，拍大街上的粉丝，冲到书店里，把那个女人的衣服都扯烂了，大全景，一堆人围上去，我觉得就是因为形式感，他把人群当作了某种建筑物般的东西，移动的建筑，形成某种结构的美感或张力。那些人也不是狭义上的人，而是一大群动物在集体行动。股票交易所里的群众场面也极具形式感，你看他拍的，最后就是回到形式感上。人群也好，神秘的孤单女人游走在雨夜也好，只要你拍出形式感就行，就怕给你一个女人行走在神秘的雨夜，你也拍不出形式感和风格。

双：《白日美人》是不是也算虚实结合得非常好的？

刁：好啊，平衡得非常好。布努埃尔是这几个大师里把风格隐藏得最好的，或者说是貌似最没有风格的。但他早期的作品，和达利合作的，就是风格里的战斗机。这说明不是他不知道风格，而是在隐藏风格。《我的名字叫红》里还有一句话，他说我的风格就是没有风格。因为我要有风格，我就会暴露我的破绽，就会形成瑕疵。但是当时欧洲的艺术大师们都很尊重瑕疵，这个话题确实是没法聊了，很悬。

PART 4 专栏

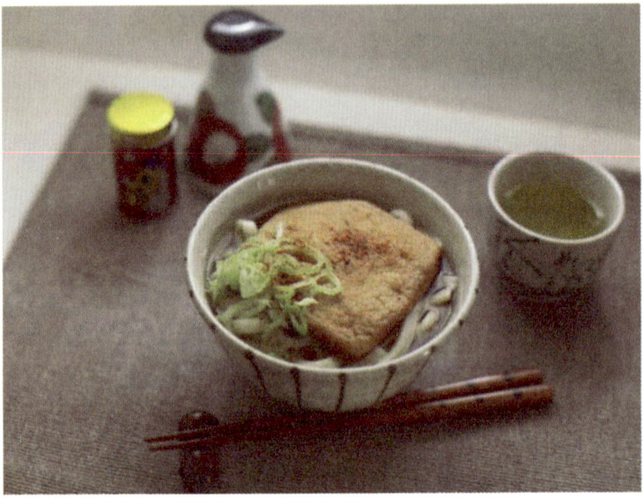

乌冬面馆的孩子

吉井忍 / 文

小说：宫本辉《泥河》
食谱：豆皮乌冬面

第一部分：文章

那是20世纪80年代末，正值我初中一年级的盛夏。日本的暑假一般从七月下旬开始，八月末结束，在昭和时代上中小学的人应该记得，在这个暑假的中间，大约在八月初会有"登校日"。之所以设定这么一天，当时的说法是，因为放长假后学生缺乏秩序感，其生活容易没了规律，有一天来学校见老师和同学们可以调节身心。还有另一种说法：过去发工资都发现金，哪怕是暑假，老师们也得来学校一趟，那干脆让学生们也过来陪陪。不知哪个是真的，反正现在不少学校取消了"登校日"。

虽然这是一种自由参加的活动，与出席天数无关，但大部分学生还是穿夏季制服来学校，先在教室里听班主任讲一番话。他提醒我们暑假作业是时候着手了，否则根本来不及。接下来我们学年的一百多个学生都被集合到了体育馆里，据说是要看电影，但没有任何关于作品的信息，拉上窗帘，关掉灯光，直接放映，我就这样遇到了《泥河》。

同学们的反应欠佳，黑白电影根本没法压住十多岁的孩子们，最后因为时间到了还是因为学生太吵，没放到结尾就放学了。我直奔附近的小书店，靠电影开头的原作者找到电影同名小说，得知结尾，才松了口气。

那是根据宫本辉的早期名作改编、小栗康平第一次执导的电影，1981年初首次上映。赘言几句，后来想想那年的暑假老师们为何选择电影《泥河》，还是应该与所谓的"和平教育"有关。我小时候每到夏天，主流媒体纷纷谈论起"和平"的重要性，八月中旬可谓是高峰，随后这个热情快速冷却，直到次年夏天。至于在学校里获取的相关历史和知识，我是到后面才察觉出其偏向性的。

小说《泥河》是宫本辉发表的首部作品，1977年在

《文艺展望》（筑摩书房）上问世。此前宫本辉（原名为宫本正仁）是一名上班族，在广告公司做文案，到25岁左右患上恐慌症，时常眩晕、心跳加快，根本无法乘坐电车，更不用说上班。有一天他因为暴雨被耽搁在一家书店，随手翻阅到一本文学杂志，看完一篇在头条位置的短篇小说后他便觉得："如果是我，只要一个晚上就可以写出比它好看100倍的小说。"短短三年后，《泥河》让他获得第13届太宰治文学奖并登上了文坛，说明他当时的感受并非青年的盲目自信。

大阪与乌冬面

《泥河》的故事发生在1955年的大阪。两条河和三座桥的交汇处有一家餐馆"柳食堂"，八岁少年板仓信雄和父母居住于此。说是"食堂"，但信雄有几次自称或被别人称为"那家乌冬面馆的（孩子）"，这句话我觉得很有大阪的感觉，若是在东京，那得换成"荞麦面店的孩子"。宫本辉1947年出生于神户，1952年随全家迁居大阪，在1956年移居到富山县前都住在大阪，作家应该不是随机给信雄（与宫本辉同龄）选择"乌冬面馆的孩子"这个身份的。

水都大阪曾被誉为"浪华八百八桥"。"浪华"是这座城市的古称,"八百八"代表数量多,四通八达的大小桥梁使其堪称东方威尼斯。大阪就靠着水脉,通过船运把大量食材运进城内,"天下厨房"也因此蓬勃发展。连接北海道和大阪两地的"北前船"经过日本海将北方的真昆布*带到这里,把它泡在大阪的软水里即可做出鲜味浓厚的出汁(汤底),用鲣鱼干、小鱼干和熟成期较短的淡口酱油†做高汤,一碗鲜美的乌冬面就做好了。北前船接着还会到江户,但好货已被眼明手快的大阪商人们买走。另外,以江户为中心的东日本的气候条件更适合荞麦的生长,故"东边的荞麦面、西边的乌冬面"的说法就诞生了。

大阪的乌冬面,其汤色清澈而淡(但味道上相当咸),考虑到大阪人习惯吃这样的面食,可以理解他们来到东京吃面时的错愕。关东地区的汤汁材料是鲣鱼干、味醂(甜料酒)、冰糖以及颜色较深的"浓口"酱油,汤头偏黑、口味带甜,因为荞麦面比较难以裹上汤汁,用这种高汤最合适不过。作为一个东京人,我已经习惯用这种汤汁做乌冬面,也觉得无碍。但在大阪品尝过几次当地的乌冬面后,

---

* 昆布中的上等品,主产地在以函馆为中心的北海道南部。
† 使用淡口酱油,一般是为了突出蔬菜的颜色,避免酱油过多着色。

就更愿意接受大阪人的说法，乌冬面还是出汁率高一点、口味相对淡些的为佳。

大阪出身的著名作家织田作之助1941年发表了《雪之夜》，这部短篇作品也充分描写出大阪人对乌冬面的一种骄傲。

故事的主人公喜欢上咖啡馆的女招待。其实她也是"乌冬面馆的孩子"。后来他们俩一同赴东京寻求新天地，选择开一家乌冬面馆。因为他们觉得"东京的豆皮乌冬面太难吃，实在难以下咽，该给他们品尝一下大阪正宗地道的豆皮乌冬面才对"。结果东京的客人进门后发现店主讲大阪话，将"きつねうどん"（豆皮乌冬面，标准发音为kitsune udon）说成"けつねうどん"（ketsune udon），感到有些费解，又因这家不提供荞麦面，便转身离开。

让孩子唱歌

讲了这么多，其实在小说《泥河》里没有出现乌冬面，顶多只在调皮的客人说的一句话（"以后不用再吃你们那么难吃的豆皮乌冬面，真是松了一口气！"）中被提及。但该食堂提供的一些甜品是有出现的，如一位老顾客与信雄分享的草莓味刨冰，或父亲烤的金锷烧。金锷烧是一种传统点心，薄薄的面饼裹住红豆馅。板仓晋平要给儿子信雄吃一块，却被对方以撒娇的一句"吃腻了"拒绝。

这位父亲的存在看似无足轻重，实际上奠定了这部小说的基调。父亲与故事的主线——信雄与生活在船屋上、母亲以卖淫为生的松本银子和喜一姐弟的交往，以及信雄的性萌动——并没有太多的交集，这反而增加了作品的深度。孩子们活在残留着战争伤痕的大阪角落里，对他们来说这只是一个背景，而对父亲这一代来说，战争就如他身上一道很深的伤痕，尚未（或许永远不可能）摆脱其阴影。这对姐弟来到柳食堂，喜一给晋平唱军歌《战友》，晋平停下手边的工作专心聆听。但喜一那么竭力地唱出"伤兵叔叔教的"这句词，实际上只不过是因为想要晋平的表扬。

"听说你父亲是个很能干的船夫。"虽然喜一对自己的父亲似乎全无印象，但晋平跟喜一说这句话时，他透过眼前的小孩应该看见了其父亲，那位在战争中因伤死亡的男人。他知道自己与那个男人之间没有什么差别，但若有的话，那只能说是宿命不同。

小说《泥河》里有两件与死亡相关的事情。一个是驾着马车搬运废铁的男子。他是柳食堂开业后的第一位顾客，背景与晋平相似,一样是战争中的少数幸存者,家里也有小孩。另一位是"山下丸的老爷爷",有一天他照样驾驶着一艘名叫"山下丸"的小船捕捉沙蚕,而信雄一不留神,他就不见了。

晋平问起儿子想不想搬到"大雪纷飞的地方",就在这位老年人那么轻盈地去世(虽然尸体没找着)之后。他说自己想再尝试其他的、更有干劲的事,刚好有人邀请他一起去新潟县做生意:"爸爸呢,很想要做好一件可以倾尽全力的事!"接着他对坐在自己腿上的儿子透露心情,"每当在夕阳下烤着金锷烧时,我就会想起'满洲'的夏天。在那场战争中,我为啥没死?……怎么还活着?……偶尔我会发现自己又开始想这个了。"

自己为何没死,怎么还活着?既然还活着,那么该如何活下去?战败十年后,晋平以两者的死亡为启,将抱有已久的疑问扭转成前进的力量,抛开能够让他过着稳定生活的柳食堂,面向新天地迈出一步。他的妻子贞子看清这点。晋平说去新潟县是为了让患有气喘的贞子换个地方疗养,但她反驳说一切都是"为了你自己方便",只不过是以她的病为理由编出的借口。

晋平的决心不仅结束了柳食堂,还把儿子和喜一的故事也引到结尾。到这里,两者的故事仍然彼此保持着平行。信雄在喜一他们居住的船屋看见了巨大的鲤鱼，提高声音大叫："阿喜，鲤鱼精真的在你们后面出现了啊！"对此刻的他来说，自己跟随父母搬去新潟县的事，以及得和喜一道别的事，"都不重要了"。

第二部分：食谱

若大家到西日本，大阪、神户或京都哪座城市皆可，在当地超市应该很容易找到塑料包装的高汤。位置就在放豆腐、蒟蒻、豆皮、纳豆或乌冬面的冷藏区，一包刚好是一人份，价格实惠，人民币三元左右。除了乌冬汤面，还可以用它来做各种日本料理，比如把切成小块的鸡腿肉、白萝卜和叶菜同高汤加入锅中，小火慢炖一刻钟，这个"煮物"的味道至少可以超过便利店盒装小菜的水平。这个袋装高汤，对当地人来说应该属于生活必需品，且保质期很短，不宜囤积，去超市的时间太晚就买不到了。

回到东京之后我开始寻找这个西日本的宝物，发现一般超市几乎都买不到，最后在百货公司的地下商场看到几包。可能是因为物流成本的关系，其价格涨到人民币十元左右,那还不如自己做呢,或出去在立食荞麦面店吃一碗也可。

乌冬面是一种百搭食材,菠菜、裙带菜、鸡蛋、天妇罗、鱼糕、年糕、可乐饼……能在冰箱里找出来的食物基本都可以相配。还有老少都爱的咖喱乌冬面。做好汤汁,用高汤煮鸡肉小块,再加少许咖喱粉和太白粉,浇在煮好的乌冬面上即可。不过豆皮乌冬面才是菜单里不可或缺的主角,日语原名的直译为"狐狸乌冬面",这是因为在日本民间传说中,狐狸喜欢吃油炸豆皮。狐狸又被视为稻荷大神的使者,所以日本各地的稻荷神社也以狐狸代替狛犬(守护神明的动物),同豆皮一起供于神前。

豆皮乌冬面是一种热汤面,纯白的乌冬面上放一块金黄色的甜煮油炸豆皮。小时候很珍惜这块甜甜咸咸的金黄色豆皮,吃一小口豆皮,啜食一些乌冬面,吃完再喝一口汤,直到把面条都吃完。我想要把豆皮留到最后一口,所以必须得算好豆皮的大小和碗里的乌冬面的比率。自己做饭就是有这点好处,喜欢吃就多做一些,保证有足够的豆皮,不够再添一两块。

豆皮乌冬面

所需时间：40分钟（不含做高汤的时间）

分量：两人份

出汁材料：

昆布　鲣鱼干（柴鱼片）　水

甜味豆皮材料：

油炸豆皮　出汁：250毫升　白糖：6—7汤匙　淡口酱油（或生抽）：3—4汤匙

豆皮乌冬面材料：

高汤　甜味豆皮　乌冬面

味醂　淡口酱油（或生抽）　白糖　盐

葱末　七味粉

注意事项：

1. 淡口酱油可以生抽代替。

2. 1汤匙约合15毫升。

3. 油炸豆皮有长方形的（尺寸类似于纸币），也有正方形的（边长12厘米）。这次用了正方形的油炸豆皮，调料分量请按豆皮的大小适当调整。

步骤1：熬制出汁

昆布一般无须清洗（表面上的白色粉末是甘露醇，可食用），但若有污垢，可以用拧干的湿布轻轻擦拭。在锅中放入水（1000毫升）和昆布（8克），浸泡30分钟左右。用小火加热到昆布冒出细小的气泡，无须煮开，关火并取出昆布。加鲣鱼干（20—30克），开火煮一到两分钟即关火，以细筛网（或铺有厨房用纸的漏网代替）过滤，备用。

步骤2：制作甜味豆皮

用小锅煮开水，将豆皮（6块）放入锅中，小火煮一分钟。关火后焯水，去掉多余的油分。再用大一点的锅，放入出汁（步骤1的，400毫升）、白糖（6汤匙）和淡口酱油（3汤匙），开中火。调料煮开后转成小火，放入豆皮。此时可以用烘焙纸（将它剪成圆形并剪出小孔）盖在锅里的豆皮上，使之入味。继续煮约15分钟后关火。

步骤3：做汤底，完成

乌冬面（约200克/人）焯烫过水，备用。用小锅将出汁（600毫升，两人份）加热，放入淡口酱油（2汤匙）、味醂（1汤匙）、白糖（5克），用少许盐调味，煮开后关火。把乌冬面和豆皮放入碗里，加入汤底，按个人喜好加葱末、撒七味粉即可。

PART 5 评论

洛威尔和他的当代性

黄灿然 / 文

海伦·文德勒的评论集《一部分自然，一部分我们》（*Part of Nature, Part of Us*）收录了她20世纪70年代写的评论，论及二三十位当代美国诗人。她独钟史蒂文斯和罗伯特·洛威尔，所以评论这两位的篇幅特别多。文德勒无疑是一流的诗评家，不过，虽然她已经非常难得，但我还是觉得，读诗论，还是艾略特、布罗茨基、希尼的东西最酣畅，洛威尔的同代人贾雷尔的诗论也还不错。一句话，还是"诗人批评家"的东西耐读。诗人批评家往往能说到"诗人读者"的心坎里去，这里那里不经意露一两招，让人看看他的功力，而这种功力，一般读者很容易忽略过去，只有"诗人读者"才会心领神会。非诗人批评家，即使是最好的，例如文德勒的论述，也常常是解释作者的东西，且引用很多诗歌片段。而诗人批评家的批评，都是要给诗歌带来发展或改变的，往往能把他们的锐利触觉，磨到诗歌现状的锋刃上。诗人批评家的批评，较少引用诗歌片段，而是滔滔不绝论述下去。年轻人写诗，恰似非诗人批评家式的描述，表达的技巧不够繁复、幅度不够宽广，且不大懂得使用比较客观化的论述，倾向于套用别人的感受力。成熟诗人则可以做到既细致、又客观。

话说回来，多引用些诗人的句子或观点，确实能吸引人。例如洛威尔的一些妙句："由前中年到后中年的过程，比一根火柴在水中叹息还短促。""没有妻子的男人，犹如没有外壳的乌龟。"文德勒复述洛威尔的一个观点，与我曾经表达过的一个观点不谋而合："洛威尔告诉我们，每一代人都过着相同的生活，他们那个时代的生活。现在的人，并不比过去或未来的人更聪明或更愚蠢。"

文德勒回忆说，有一次她与洛威尔在哈佛校园散步。洛威尔语带幽默和嘲讽说，某某人最近写他，说他violent（暴烈）。文德勒说，还有某某人写他，说他comic（滑稽）。洛威尔不满地说："为什么他们总是说不出我最想他们说的？"文德勒问："那是什么？"洛威尔说："我是令人心碎的。"这句话太对了！其实，洛威尔早就向批评家们暗示过这句话了。他在评论好友贾雷尔时，曾说："我认为，他成了他那一代人之中最令人心碎的英语诗人。"

我记得我读他的诗,以及后来读他的《散文集》(*The Collected Prose*)后,看到这句话,就觉得最适合用来形容他本人。有些诗人评论另一些诗人,真是一句讲尽。例如阿赫玛托娃说茨维塔耶娃是"从高音C开始";茨维塔耶娃形容阿赫玛托娃是"哀泣的缪斯";阿赫玛托娃形容布罗茨基有一个"孤立的声音"。全是切得最准的评语。奈何,洛威尔眼光如炬,看别人都看得很准,却没人说出他心中那句话。

当代最优秀的一些诗界人物,青年时代都受过晚年洛威尔的恩泽。沃尔科特在洛威尔去加勒比海时招待过他,洛威尔则待他如儿子。他给沃尔科特一个意见,沃尔科特接受并终身受用。洛威尔对他说,不要在每一行诗前都用大写字母。别看这是小枝节,其实包含大奥秘。布罗茨基除了赶上认识晚年的奥登之外,还认识晚年的洛威尔,并在洛威尔那里读到沃尔科特的《另一种生命》(*Another Life*),而他们两人则相识于洛威尔的葬礼上。沃尔科特首次来纽约时,洛威尔为他安排朗诵,并且发表了一番极其赞赏的话。沃尔科特也赶上认识奥登,不过却是在一次聚会期间在电梯口碰到的,他对奥登表示感谢,奥登对他的感谢表示感谢。布罗茨基青年时代也赶上认识阿赫玛托娃。我直到最近在某一篇文章里，才获知原来希尼20世纪70年代初到美国时，也曾"登堂入室"，与洛威尔有过深入交谈。现在更惊奇于文德勒也与洛威尔有过看来颇亲近的交往。沃尔科特与希尼交往，则始于一位著名诗人写文章批评希尼，十分刻薄，沃尔科特觉得不公平，于是写信安慰希尼。后来沃尔科特出版他最重要的诗集《星苹果王国》（*The Star-Apple Kingdom*），希尼写了一篇极出色的评论。我两天前刚把这篇文章重看了一遍，又是好像第一次看一样。可见好文章确实经得起一看再看，也应该一看再看。

沃尔科特说，洛威尔为人极好。这也可从洛威尔的散文中看得出。洛威尔是那种性情中人。他的评论虽然有很多真知灼见，其实写得并不是很出色。这是他的性情使然。性情中人，适合写诗，却不适合写评论。文德勒其实也是那种真情流露的评论家，这种人，写评论如要达到她现在这种高水平，所下的功夫要特别深，学养要特别丰饶和多样，才可克服这种性情带来的弱点。这种弱点就是不能极其有节制地、冷静地、权威地、有说服力地铺展和论述。但这种性情中人写诗却变化多端，不得了，洛威尔就是如此。他生活动荡，感情丰富，学识渊博，历练也极深极多极广，技巧之锻造更是犀利如锋刃。真可以点石成金。

艾略特的技巧严谨，奥登的技巧"融化"，洛威尔的技巧精湛而尖锐。就感觉力而言，艾略特是典型的现代，奥登是向传统倾斜的现代，洛威尔是向现代倾斜的当代。读艾略特，你会感到他属于某个特定的不是太远的过去时期；读奥登，你会觉得他属于任何时期，且适合你自己的任何时期；读洛威尔，你会觉得他就在你身边，包含你所有的生活，无论是精神的、肉体的、日常的，还是历史的、社会的，并且你读着读着，会发现你身边的一切，都可以提炼出尖锐的诗。

《日复一日》（*Day by Day*）是洛威尔生前最后一本诗集，这之后还有一些零散作品，至今一直未结集*，我只看过其中一首《夏潮》，是他死前不久发表的，香港70年代一本很好的诗刊《罗盘》在洛威尔逝世时立即原文转载，后来汉密尔顿在其《洛威尔传》（*Robert Lowell: A Biography*）中，也全文引用这首诗：

> 今夜
> 我望着涨起的月亮游动

---

* 本文写于1998年，《洛威尔诗合集》（*Robert Lowell: Collected Poems*）于2003年出版。

在云层的三条玛瑙静脉下,
把假银盘的酥皮投射
给海岸饥渴的花岗岩边缘。
昨天,太阳的丛集火花;
今夜,月亮没有卫星。
这整个挥霍无度的、屋内的夏天,
我们那拥塞游艇的港湾
未被尝试地躺着——
在我看来逼真如你的画像。
我奇怪谁竟会让你摆出如此精巧的姿势
在他那意大利小帆船的船头,
犹如一个没有双腿供其飞翔的女艏饰像。
时间借出它的双翅。去年
我们的醉后争吵没有任何解释,
除了一切,除了一切。
那棵橡树是否挑衅了闪电
当我们听见它的大树枝连叶子掉下?……
我的木制沙滩梯被一阵霹雳击得直摇晃,
并重复它那嘎吱嘎吱的单一节奏——
我无法走进下面的海水里。
经过如此多有逻辑的审问,

我无法做任何重要的事情。

东风带来数十里的扰乱——

我想到自己的儿子和女儿，

还有在怪岩架上的

三名继女，

波浪可怕的钟钟响冲刷着岩架……

逐渐侵蚀我所站立的护堤。

她们父亲的非母性接触

颤抖在松动的扶手上。

（黄灿然译）

自《生活研究》开始，洛威尔诗风大变，其中一个显著特点就是一种崭新的当代性。《日复一日》也延续这个特点，对生活之贴近，简直无以复加，以至于成了预言——整本诗集笼罩着死亡气息，成为所谓的谶语，例如《最后散步？》《自杀》《我们的来生》《葬礼》，还有哀悼朋友，等等。《我们的来生》中写道："这一年杀死了/庞德、威尔逊、奥登……"在《给贝里曼》一诗中他写道："我总是想活下去/以免你写哀歌。"贝里曼真的先走一步，把哀歌留给洛威尔来写。更令人吃惊的是，诗集分三部分，每部分最后一首诗的标题分别是《告别》《结束》和《尾声》!

整本诗集仍然充满浓厚的自传色彩,他自己曾有"用诗写自传"的说法。他的诗始终有一份忧伤的情感和忧患的意识,这是十分非美国化的,可能与他继承的欧洲传统有关,尤其是蒙塔莱和帕斯捷尔纳克的影响。他用他那本极具创造性的翻译作品《模仿集》(*Imitations*)给美国诗歌注入欧洲感受力,也因此,某些本土化意识十分强烈的诗人和读者十分不喜欢他。去年我在国际诗歌节上碰到帕斯的译者艾略特·温伯格,此君似乎只专本土化意识一味(也即威廉斯宣扬的"根植于美国"的风格),提起洛威尔,他真是咬牙切齿:I hate him!(我憎恨他!)*

洛威尔的当代性是如何达到的,我依然没有把握。也许跟他的尖锐有关。他的尖锐在于,当你阅读的时候,每一行诗都会引起你足够的警觉或警惕,不是他有什么强大的想法或理念引起你的注意,而是他处理文字的技巧已使他的文字有了某种知觉。例如"when he next wakes up, /

---

* 整理这篇文章时,觉得似乎需要澄清一下。这里说的本土化意识,应该是指温伯格对美国诗人的要求。温伯格本人对所有外国诗都感兴趣,包括中国诗(他后来编了一本中国诗选)。我就曾与他谈过很多欧洲诗人,包括意大利的赞佐托。

the sun is white as it mostly is"（当他又再醒来，/太阳白得像它最常见的）。这里的"as it mostly is"便是处理得令人警觉（但一翻译，味道全没了）。希尼在《洛威尔的权威》一文中说："他想要的结果并非展示，而是揭示。"*

有些初学者，凭其直觉，往往也能达到一种貌似的当代性。之所以仅仅是貌似，是因为处理文字的技巧仍不足以唤醒那种知觉。即是说，初学者与大师也是起点与终点的区别：后者完成一个圆。希尼在同一篇论述洛威尔的文章中引用波兰女诗人斯维尔的一段话，她说作家有两个任务："首先，是创造自己的风格；其次，是摧毁自己的风格。后者更困难，也更耗费时间。"当一个诗人摧毁自己的风格，他已是在揭示而不是展示。洛威尔在《生活研究》之前是建立自己的风格，从《生活研究》开始，他摧毁了自己的风格。摧毁意味着重建。重建即重组一切。

洛威尔的当代性也与他处理日常经验和个人生活有密切关系。他曾说过："为什么不把发生的事情说出来？"对此，文德勒有精辟的论述："'为什么不把发生的事情说出来？'这是一个颠覆性的问题，因为这是创作班二年级学

---

* 这句话见于希尼评论集《舌头的管辖》。当我整理这篇文章，核查这句译文时，发现这句话在后来的《希尼三十年文选》（*Finders Keepers*）中不见了，句子所属的那段文字亦做了改动。

生的问题。二年级学生当然不能把发生的事情说出来，即使他以为自己正在这样做——他弄出来的总是一大堆老生常谈。但是洛威尔可以做到，因为对他来说英语中的每一个词现在都具有明显的音乐价值，他可以用一种明察秋毫的准确性'把发生的事情说出来'。"

这里说的，其实也是洛威尔完成了一个圆。他已经抵达随手拈来皆成诗的境界。他用最精湛的技巧写具有浓厚自传味道的最"身边化"的事情，也许这就是他的当代性的成因之一。

"每一个词现在都具有明显的音乐价值"，这句话在我看来特别重要，因为我觉得这正是洛威尔的迷人之处，尽管这点可能与他的当代性无关。刚才提到建立与摧毁个人风格，摧毁即意味着重建和重组一切，其实也就是重新认识和重新使用他所认识和使用过的词语、经验，并使它们具有明显的音乐价值。正是明显的音乐价值织成一张神经网，使文字有了知觉。

突然想起拉金。拉金也技巧精湛，也写日常经验。但是，他虽然晚洛威尔一代，却没有洛威尔那种当代感，甚至可以说，他在这方面给人"落后"洛威尔整整一代的感觉。拉金的日常经验是总结性的，是观念化的，尽管他笔下的人事也是具体的，或者说，他是把他的观念具体化。

而洛威尔处理的是此时此刻,并且与自我融为一体。洛威尔不把自己当成一个他者来处理,却可以保持一种更高更远的距离,一种奇异的冷静:在自白的同时保持冷静。拉金把生活、把世界当成观察乃至谴责的对象,自己是旁观者或评判者;洛威尔把自己的生活和世界当成生活和世界(甚至可以说,不存在"把……当成",而是"就是"),似乎不存在一个观察者。

我并不认为具备这种崭新的当代性,就比不具备这种当代性好。例如拉金的荒凉现代感——更确切地说,后工业社会感——也许比当代感更具毁灭性。与洛威尔相比,绝大多数重要诗人都是缺乏这种当代性的,尤其是这种"崭新"的当代性。洛威尔的个案是非常罕见的。

选自《必要的角度(增订版)》,即将出版

图书在版编目（CIP）数据

鲤·严肃点！文学 / 张悦然主编 . -- 北京：北京联合出版公司 , 2024.2
ISBN 978-7-5596-7238-4

Ⅰ . ①鲤… Ⅱ . ①张… Ⅲ . ①中国文学－当代文学－文学评论－文集 Ⅳ . ① I206.7-53

中国国家版本馆 CIP 数据核字 (2023) 第 189317 号

鲤·严肃点！文学

作　　者：张悦然 主编
出 品 人：赵红仕
策划机构：明　室
策划编辑：陈希颖　赵　磊
特约编辑：赵　磊　孙皖豫　石　凡　龚　琦　张亦非
责任编辑：龚　将
装帧设计：曾艺豪 @ 大撇步

北京联合出版公司出版
（北京市西城区德外大街 83 号楼 9 层　100088）
北京联合天畅文化传播公司发行
北京市十月印刷有限公司印刷　新华书店经销
字数 184 千字　787 毫米 ×1092 毫米　1/32　11 印张
2024 年 2 月第 1 版　2024 年 2 月第 1 次印刷
ISBN 978-7-5596-7238-4
定价：65.00 元

版权所有，侵权必究
未经书面许可，不得以任何方式转载、复制、翻印本书部分或全部内容。
本书若有质量问题，请与本公司图书销售中心联系调换。
电话：(010) 64258472-800